AMOURS INSOLITES DU NOUVEAU MONDE

MARÍA ROSA LOJO

Amours insolites du Nouveau Monde

récits

traduits de l'espagnol (Argentine)
par
André Charland

L'inStant même

Maquette de la couverture : Interscript
Illustration de la couverture : Vito Campanella, *La bella Marilú,* 2009, huile sur toile (50 × 40 cm). Nous remercions la galerie d'art Marier de Buenos Aires pour son aimable collaboration.
Photocomposition : CompoMagny enr.

Distribution pour le Québec : Diffusion Dimedia
539, boulevard Lebeau
Montréal (Québec) H4N 1S2

Distribution pour la France : DNM – Distribution du Nouveau Monde

L'instant même
865, avenue Moncton
Québec (Québec) G1S 2Y4
info@instantmeme.com
www.instantmeme.com

Dépôt légal – Bibliothèque et Archives nationales du Québec, 2011

Catalogage avant publication de Bibliothèque et Archives nationales du Québec et Bibliothèque et Archives Canada

Lojo de Beuter, María Rosa

    Amours insolites du Nouveau Monde

    Traduction de : Amores insólitos de nuestra historia.

    Comprend des réf. bibliogr.

    ISBN 978-2-89502-305-0

    1. Argentine – Histoire – Jusqu'à 1810 – Romans, nouvelles, etc. I. Charland, André, 1970- . II. Titre.

PQ7798.22.O352A814 2010   863'.64   C2010-942241-4

L'instant même remercie le Conseil des Arts du Canada, le gouvernement du Canada (Programme d'aide au développement de l'industrie de l'édition), le gouvernement du Québec (Programme de crédit d'impôt pour l'édition de livres – Gestion SODEC) et la Société de développement des entreprises culturelles du Québec.

Cet ouvrage a été publié dans le cadre du Programme « Sur » de soutien aux traductions du Ministère des Affaires étrangères, du Commerce international et de la Culture de la République argentine.

Non, ne laissez pas fermées
les portes de la nuit,
du vent, de l'éclair,
et celles du jamais vu.
Qu'elles soient toujours ouvertes
elles, les connues.
Et toutes les inconnues,
celles qui s'ouvrent
sur les longs chemins
qui tracent les routes dans l'espace
cherchant leur passage
avec une sombre volonté [...]

Pedro SALINAS,
La voz a ti debida.

Prologue

Avec le numéro deux naît la peine…

Leopoldo MARECHAL,
Sonetos a Sophía.

Amours, métaphores et alchimistes

L'amour et le pouvoir sont deux lieux communs à toute littérature depuis des temps immémoriaux. Déjà dans l'*Iliade* et l'*Odyssée*, l'amour et le pouvoir inspirent les actions des dieux et des hommes, provoquent la gloire et la catastrophe, font que les vies mortelles méritent d'être racontées pour que dans cette histoire, comme un fruit mûr et coûteux, apparaisse enfin la sagesse.

Mais au-delà de la littérature, l'amour comme idéologie sociale – non plus comme sentiment – a son point de départ au XIIᵉ siècle, au pays d'oc, à la cour des rois de Provence, qui ont inventé, justement, le soi-disant « amour courtois ». Malgré les changements sociaux, politiques et économiques, certains traits constants de cette idéologie de l'amour en vigueur dans l'imaginaire auraient survécu : l'idée de l'amour unique (comme sentiment interpersonnel, exclusif, réciproque) ; l'obstacle et le défi transgresseur des amants face aux valeurs et institutions du milieu social ; la coexistence de la domination et de la soumission ; la coïncidence de la fatalité et de la liberté dans un lien aussi inévitable

7

qu'accepté avec plaisir ; et enfin, l'union indissoluble « d'un corps » et « d'une âme » qui parie sur l'éternité d'aimer et d'être aimé. C'est ainsi qu'Octavio Paz l'a définie dans *La flamme double*.

Fabrique de paradoxes, vertige de la coïncidence des opposés, extase et malheur, violence et paix, fugacité et permanence, l'amour apparaît à la fois comme l'éternelle contradiction et comme l'instance de dépassement de toutes les antinomies. Cette expérience extraordinaire, qui réussit à arrêter et à abolir de manière éclatante le cours pénible du temps mortel, est potentiellement un patrimoine partagé par tous les êtres humains. Comme il est aussi vrai que chacun de nous vit son accès à la dimension amoureuse comme un fait singulier, unique, irremplaçable et, en général, incommunicable. C'est peut-être en cela – par sa densité secrète, par son mystère intrinsèque – que l'amour continue d'être un thème central pour la littérature, qui rôde autour de son « noyau dur », qui l'assiège sans l'ouvrir, qui parle toujours de la « même chose » sans jamais l'épuiser.

Pourquoi alors, si tous les amours sont insolites pour leurs protagonistes, ce livre s'obstine-t-il à afficher un titre si redondant ? Je m'avancerai à répondre que la redondance se justifie parce que ceux que je nomme ici « les amours insolites » sont ce que les métaphores avant-gardistes sont aux métaphores classiques.

Qu'ont en commun les amours (« insolites » ou pas) et les métaphores ? L'amour tout comme la métaphore aspirent à l'unité des êtres. Au-delà de la séparation des individus, l'amour et la métaphore cherchent des vases communicants, liens invisibles aux autres, connexions subtiles mais vraies, qui transforment mutuellement, sous une lumière dense, des éléments préalablement isolés. En cela, ils partagent le sens de la plus profonde et intime utopie humaine : le retour à l'Unité primordiale, à un monde autosuffisant, sans ruptures, indivisible, complet et plein. Les mythes ont insatiablement rêvé cette unité sacrée antérieure au temps, le parfait concert cosmique, quand tout participait au Tout, quand les hommes, les dieux et les animaux vivaient ensemble dans une nature sans conflits, exempte de décadence et de mort. La littérature évoquera de nouveau l'Âge d'or et le paradis perdu comme un horizon, toujours renouvelable, d'un enchantement lointain. De ce côté, dans la vie quotidienne, dans le monde profane exposé au dépérissement et à la chute dans l'Histoire, l'amour apparaît comme la clef magique capable de restituer la mémoire du paradis, de suspendre le temps, de suturer la blessure de la séparation.

Mais ce ne sont pas toutes les métaphores ni tous les amours qui fonctionnent de la même manière ou courent les mêmes risques. Il y a des amours et il y a des métaphores qui cherchent à assimiler les êtres les moins semblables, situés aux antipodes et apparemment incompatibles. Et le fil peut se tendre au point de faire échouer l'union. La métaphore sera fautive ou non crédible. L'amour, peut-être, s'estompera comme un mirage ou un rêve brouillon.

De ce genre de métaphores provocantes et audacieuses, de la « corrélation des lointains », les avant-gardistes se sont vantés. Ainsi les poètes surréalistes, qui proposaient le mariage impossible du parapluie et de la machine à coudre. Ou les irrévérencieux poèmes argentins de *Martín Fierro* : le jeune Borges, qui compara une boucherie à un bordel et la nouvelle lune à une voix inaudible dans *Ferveur de Buenos Aires* ; le jeune Marechal, qui imagina un ciel rond et bleu comme les œufs de perdrix, et amena les merles à picorer les étoiles dans *Días como flechas*.

N'est-il pas moins extravagant ou désuet l'amour d'un fonctionnaire de la nation la plus puissante du monde pour la fille du représentant d'un pays périphérique, pauvre, à demi sauvage, et en guerre avec le sien ? C'est ce qui est arrivé à Lord Howden, chargé d'affaires de la Grande-Bretagne au Río de la Plata, avec Manuelita Rosas (« Le baron et la princesse »). Aussi absurde, la folle fascination pour Domingo F. Sarmiento (« Aimer un homme laid ») de la part d'une beauté américaine (qui en plus était mariée) et dont les principaux soucis tournaient autour de la mode, de l'opéra et des promenades en traîneau sur la neige nocturne.

Tout amour aspire à une rupture des limites entre les individus qui s'aiment. L'érotisme, la forme proprement humaine de la sexualité souvent unie avec la mort – surtout la mort violente, comme le remarque Georges Bataille –, est une expérience extrême de dissolution qui ouvre les frontières des corps fermés. Bien que – littéralement – le sang ne coule pas dans la petite mort du plaisir, les barrières de la conscience tombent, et avec celles-ci la mémoire des devoirs et les rôles que nous tenons dans la société. L'itinéraire des amants ressemble en cela à l'embouchure du Léthée, le fleuve de l'oubli qui attend les âmes dans l'outre-tombe du monde antique.

À travers cette rupture, dans cette jonction, nous cherchons précisément ce que nous n'avions pas, et peut-être ce que nous avons eu une seule fois, dans un monde plus complet. Dans le *Banquet,* Aristophane imagine une race originelle d'êtres humains totalement sphériques : quelques mâles, des femelles, et les autres, les androgynes, figurant les deux sexes dans une unité sphérique. Ils étaient heureux, et si grands, si forts, si fiers, qu'ils en vinrent à défier les dieux. Ils se proposaient d'escalader le ciel pour les affronter, roulant agilement sur huit extrémités. Leurs hautes prétentions éprouvèrent la patience du père Zeus et des autres Olympiens, qui n'eurent pas de meilleure idée pour neutraliser le danger de ces redoutables sphères humaines que de les couper en deux. Depuis ce temps-là, nous avons seulement deux bras et deux jambes, et – ce qui est pire – nous déambulons, errant en quête de l'autre moitié qui nous appartient.

L'idée de la scission originale, l'angoisse de l'incomplet, imprègne toute philosophie de l'amour. La reconstruction de l'androgyne primordial est aussi le but du Grand Œuvre des alchimistes : la conjonction des paires d'opposés pour éclairer une nouvelle créature extraordinaire, l'Œuf (*Rebis*) ou la Pierre (*Lapis*) des philosophes. La pierre philosophale (si convoitée par les rois et les princes, qui entretenaient des alchimistes à la cour) était considérée comme l'agent principal dans la fabrication infinie de l'or, pour la transmutation de toute matière, et pour le traitement des maladies. Mais sa finalité ultime allait bien au-delà : la recherche de l'immortalité et, avec elle, l'épuration et la perfection spirituelles. Pour sa part, Carl G. Jung a lu les opérations des alchimistes dans un autre registre, comme symbole du « processus d'individuation », par lequel chaque sujet arriverait à reproduire en lui l'image de l'androgyne, intégrerait les oppositions et atteindrait, sur un plan supérieur au psychisme personnel, l'expérience de la totalité.

À l'amour qui vainc toute chose, qui meut et dirige la musique des sphères, ces pleins pouvoirs ont aussi été attribués. Il les possède dans un sens littéral, quand il crée un autre être de chair et d'os : l'enfant qui – au moins dans le désir – condenserait le meilleur des amants et immortaliserait leur amour. Et de la même manière, dans un sens métaphorique, et même métaphysique : l'amour modifie mutuellement les amoureux, construit en eux et pour eux un espace privé et absolu d'intersection qui reproduit le cosmos, une sphère radiante, où sans cesser d'être qui il est, chacun « participe » à l'autre par compénétration. Cette unité n'élimine pas les individus, mais les enrichit et les libère parce qu'elle les amène à la transcendance ; les transmue et les transfigure à partir de leur relation. Quelque chose en somme de pas si distant du processus de la métaphore, qui peut lier deux éléments, comme un oiseau et une cithare, de telle manière que « la cithare, en rompant ses limites naturelles, commence d'une certaine manière à partager l'essence de l'oiseau, et l'oiseau l'essence de la cithare » (Leopoldo Marechal, *Adán Buenosayres*).

Asymétries et échecs

Ni les alchimistes, ni les amants, ni les poètes ne parviennent par leur vocation à accéder à la totalité. Les alchimistes vivaient dans la terreur d'être durement punis (ou même exécutés) par leurs puissants employeurs s'ils n'obtenaient pas la pierre philosophale et, avec elle, l'or. Même s'ils réussissaient parfois à apaiser la colère de l'autorité avec d'ingénieux succédanés, comme Johannes Böttger (1682-1719) qui, après treize ans de luxueuse captivité, n'avait pas réussi à produire pour le roi de Saxe une once du métal désiré. Mais devant la menace de la chambre des tortures, il inventa la formule de ce qui deviendra la porcelaine Meissen, qui apporta à la Saxe autant de prestige et d'argent que si Böttger avait découvert plusieurs mines d'or (comme le raconte Bruce Chatwin dans son roman *Utz*). Même s'ils n'avaient pas à craindre pour leur vie, les poètes de l'avant-garde, qui avaient fait le pari de l'intention métaphorique, ont souffert de l'incompréhension du public et du rejet de la critique. Les obstacles et la transgression sont maximisés dans les amours marqués par la forte disparité des amants, et par la censure sociale, prompte à rejeter ce que les normes et les coutumes jugent étrange, potentiellement agressif, inassimilable, en somme : « insolite ».

Dans presque tous les « amours insolites » de ce livre, les amants voyagent avec passion et sans craindre le danger, traversent des frontières, plongent – éblouis, épouvantés, ou les deux à la fois – dans la culture et le territoire de « l'autre » qui est parfois l'ennemi qui les capture, ou les soumet en les transformant en « subalternes ». L'asymétrie, l'*inégalité* face au pouvoir caractérise généralement ces amours. Cette inégalité est paradigmatique dans le métissage : la relation charnelle et culturelle qui fondera nos sociétés coloniales hispano-américaines. Plusieurs nouvelles de ce volume, situées à différentes époques – de la Conquête aux guerres de frontière –, ont à voir avec les mélanges ethniques, qui ont parfois réussi à fondre les amants dans l'engagement mutuel, et qui dans d'autres ont perpétué la hiérarchie du maître et de l'esclave et que l'on devait occulter par honte, ou qui ont motivé la revendication orgueilleuse (« L'histoire que Ruy Díaz n'a pas écrite », « Les amours de Juan Cuello ou les avantages d'être veuve », « Une autre histoire du guerrier et de la captive »). Il est aussi vrai que, pendant des siècles – et encore jusqu'à aujourd'hui –, dans des conditions plus « normales » à l'intérieur d'une même culture et classe sociale, la différence de sexe, la dualité irréductible de l'origine humaine, furent interprétées comme la marque « d'une infériorité innée » (du côté féminin), et prétexte de la « domination masculine » (Pierre Bourdieu). Même les hommes les plus sensibles, qui avaient eux-mêmes des idées féministes (en ce qui concerne la promotion de l'éducation des femmes), n'ont pu échapper à une tentation séculaire virile – celle de devenir Pygmalion – qui a l'habitude de finir mal pour les sculpteurs. C'est, du moins partiellement, le cas d'Eduardo Wilde que j'ai imaginé dans la nouvelle « La regardant dormir ».

Même l'identité sexuelle, quand elle est comprise comme une cuirasse de réglementation rigide, peut devenir une prison asphyxiante. Certains personnages de ce livre – hommes et femmes, homosexuels et hétérosexuels – cherchent à transgresser leurs limites, à vivre de l'autre côté, à essayer sur leur propre personne le jeu de la totalité, à assumer des rôles qu'ils considèrent bêtement prohibés (« Le sous-lieutenant et la proviseure », « Le maître et la reine des Amazones »), à trouver encore, même au prix du renoncement, de l'exil, de la distance, un endroit dans le monde où l'on pourrait enlever son masque (« L'étranger »).

D'autres fois, la frontière à traverser est celle qui sépare l'humain et l'animal. Le mythe du Centaure a peut-être une incarnation créole dans « Facundo et le maure ». La relation passionnelle qui s'établit ici n'inclut pas la sexualité, mais une sorte de « pan-érotisme » cosmique.

L'opposition familière – pour des motifs de race, de religion, de culture, et d'argent – peut pousser à l'extrême le conflit au point de le mener au seuil de la tragédie, ou d'y précipiter les amoureux (« Des yeux bleu clair de cheval », « La jeune fille morte d'amour au pays du Diable »). D'autres fois, la situation irrégulière, illégitime, du lien amoureux cause des effets convulsifs qui trouvent plus tard des réparations inespérées (« Les familles du chemin »).

Ce livre n'offre pas de sensationnelles révélations sur la vie amoureuse de nos grands hommes, qui de toute manière figurent à peine dans leurs histoires. Mais il explore, à travers des protagonistes inconnus et notoires, les complexités et perplexités de la passion. Il propose aussi une poétique de l'amour dans la société argentine, construite en grande partie grâce aux « amours insolites », aux mélanges et aux alliances des cultures et des ethnies dans ledit « creuset ». Il y a ceux qui pensent que cela s'est très mal fondu. Que l'œuvre alchimique a échoué. Et pendant que nous continuons de nous interroger sur le secret de notre identité, la nation – ou ce qu'il en reste – se désintègre à une vitesse irréparable.

J'aime croire que nous pouvons encore trouver plus de temps, ou un autre temps. Pour que nous cessions de ne nous sentir unis que par la peur, et que l'amour insolite exerce ses pleins pouvoirs de compréhension, de tolérance et de dialogue. Ceux-ci l'ont rendu plus intéressant – malgré les risques, et peut-être à cause d'eux – que l'amour dit « normal », que le monologue routinier des mondes homogènes.

Tatouages dans le ciel et sur la terre

> *... les femmes sont peintes de belle manière,*
> *des seins aux parties intimes, en bleu. Un*
> *peintre d'ici aurait à s'efforcer pour peindre*
> *cela, et elles vont complètement nues et*
> *sont de jolies femmes à leur manière. Mais*
> *bien qu'elles pèchent en cas de nécessité,*
> *je ne voudrais pas en dire plus à ce sujet*
> *cette fois-ci [...] ces femmes sont très jolies,*
> *affectueuses et très ardentes de corps, en plus*
> *d'être de grandes amoureuses, selon moi.*
>
> Ulrico (Utz) SCHMIDL,
> *Derrotero y viaje a España y las Indias.*

Mato Grosso, 1577

Comme la peau de ses premiers habitants, le ciel du Sud dévoile ses peintures et ses tatouages. On ne les voit pas pendant le jour. Ce sont des dessins subtils comme les rêves, qui se dissipent à grande vitesse sous l'invariable splendeur bleue. Mais de nuit, ces filaments se répandent sur la voûte obscure comme s'ils étaient les chemins illuminés d'autres constellations, à la différence qu'ils ne sont pas d'un froid impérial ni éloignés. On peut deviner les dessins à une hauteur moyenne. Parfois, ils planent au-dessus des têtes humaines dans un vol en rase-mottes, comme les auréoles des saints.

15

Elles n'ont pourtant rien du saint, ces lumières trop proches. Les femmes vertueuses et les hommes de Dieu se signent lorsqu'ils les voient, comme ils le font face aux âmes en peine, ou devant les feux follets que le démon dissémine lors des nuits sans lune pour que s'égare derrière eux le regard des chrétiens. Et ils font bien, parce que les tatouages qui déchirent la peau du ciel sont les empreintes de la mémoire des corps. Illuminations de la luxure, flash de la matière que le plaisir transmue en nuée d'étincelles quand les souvenirs des amants séparés convergent en un même point incandescent, et qu'une seule ligne de combustion brûle les pensées sur de grandes distances.

Cette nuit-là, un trait de feu bleu et froid (les amants qui se rappellent ont vieilli, beaucoup de temps s'est écoulé) réunit, comme les perles perdues d'un collier inachevé, une femme et un homme. Le trait commence au sud des Indes occidentales, traverse la mer Océane, pour ensuite se perdre, pudique, dans le ciel du Nord. Derrière les brouillards de Ratisbonne, qui sont l'haleine du Danube, s'éteignent ces blessures du désir.

À l'extrémité sud, il y a une femme qu'on appelle Ximú. Elle vient de sortir de sa hutte ronde dont le toit de paille ne laisse pénétrer l'éclat d'aucune étoile. Elle veut voir la nuit et s'assoit dans la position appropriée sur une pierre polie. Dans le ciel nocturne, au début du printemps, on peut voir briller les visages des morts. S'ils sont de belle humeur, ils peuvent même répondre aux questions que leur posent les vivants, à condition qu'on ne les importune pas d'interrogations sur les objets perdus ou volés, ou sur les événements futurs que seuls connaissent les dieux.

Ximú s'enveloppe dans la mante de coton où coexistent nandous et petits cerfs brodés. Elle a fait cadeau d'une mante comme celle-là à un étranger, le seul défunt dont le visage ne trouve pas son reflet dans l'espace. Peut-être parce qu'il n'est pas encore mort, ou parce qu'il est trop loin, dans un autre monde et dans un autre firmament, et l'ancienne passion de Ximú – étouffée par les végétations luxuriantes, lasse de traverser rivières et forêts jusqu'où se perdent les récits des voyageurs –, n'est pas assez persévérante ni assez intense pour le faire venir.

En réalité, s'il apparaissait de nouveau, en train de se dissiper et flou au-dessus de sa tête comme un nuage égaré, elle ne saurait quoi lui dire. Elle ne sait pas non plus quoi dire à ses deux maris. Oui, ils flottent calmement, comme des feuilles, près de la cime d'un palmier. Mais elle leur envoie la main et leur sourit avec civilité, parce qu'ils se sont donné la peine de se rendre visibles. Elle garde la main en l'air jusqu'à ce que les visages s'effacent et disparaissent. Le premier mari a su la rendre heureuse. C'était un grand chasseur, qui dansait avec les mouvements silencieux et élégants des pumas et qui pratiquait dans l'amour ces rythmes gracieux et précis. C'est peut-être pour cela que ses enfants étaient plus intelligents et plus forts que les enfants du second, un poète errant qui avalait la brousse lorsqu'il marchait, absorbé, derrière la voix contradictoire des dieux.

Au moins, soupira Ximú, tous ces enfants sont encore vivants, même si l'un d'eux ne reviendra peut-être plus jamais. Plusieurs ont suivi les soldats chrétiens qui continuent à défricher la forêt et à se lancer avec obstination, aujourd'hui comme hier, dans des marches impossibles pour trouver l'or des Amazones, ou pour conquérir une ville inconnue, qu'ils appellent « la ville des Césars ».

Ximú se rappelle la première fois qu'elle les a vus. Elle se le rappelle avec joie parce que ça s'est passé au temps de sa jeunesse fleurie, lorsqu'elle était danseuse sacrée de la cour. Le Manés, seigneur des Xarayes, avait ordonné que tout le chemin soit balayé et semé d'herbes et de fleurs pour impressionner les étrangers avec la suprême dignité que seule autorise la beauté. Bien avant leur apparition, elle avait pu entendre le bruit de leurs pas. Le messager avait annoncé qu'arrivaient des hommes : guerriers d'un royaume lointain et inconnu. Mais pouvaient-elles être des hommes, ces créatures pâles et maladroites qui avançaient – malgré le chemin nettoyé – de peine et de misère, traînant des couches de matériaux durs qui les couvraient jusqu'au cou ? Pouvaient-ils être humains ces visages hérissés de poils de diverses couleurs ? Et ces oreilles minuscules, sans aucune perforation, sans les rondelles de bois qui étirent les lobes, indiquant la hiérarchie sociale de leurs porteurs ? Ou ces lèvres qui, comme celles des enfants, n'avaient pas encore été traversées par la splendeur azurée du *tembetá*[1] ?

---

1. Mot guarani. Petit objet de pierre, bois ou métal de forme cylindrique que les indigènes inséraient dans la lèvre inférieure préalablement perforée. (*Toutes les notes sont du traducteur.*)

Elle aurait ri à gorge déployée de ces êtres rustiques et difformes, si elle n'avait pas été une dame de la cour, obligée à une certaine retenue. Plus encore, elle se serait étonnée si quelqu'un lui avait dit à ce moment-là, avant que la lune ne se fasse voir deux fois dans le ciel, qu'elle, Ximú, la plus gracieuse des danseuses royales, coucherait de son plein gré avec l'intrus qu'elle croyait être le moins humain de tous. Un individu corpulent, un peu plus grand que la moyenne, qui avait les poils de la tête et du visage fins et lisses, d'une incroyable couleur de maïs mûri ou de paille sèche, comme si un puissant venin avait teint et séché le poil noir et épais d'une personne normale. Mais le plus étrange de tout, c'était les yeux. Deux billes d'un bleu translucide, qui ne jouissaient peut-être pas du don de la vue, ou qui probablement – craignit-elle soudainement – pouvaient mieux voir que les yeux normaux, et pénétraient peut-être l'intérieur des corps et la pensée d'autrui.

Les ordres du roi ne lui donnèrent pas le temps de penser aux grotesques visiteurs. Il fallait aménager les maisons pour les héberger. Il fallait assaisonner et cuisiner les cerfs et les autruches qu'on avait chassés pour les leur offrir. Il fallait préparer l'arachide, le manioc, la patate douce, la noix de coco et le maïs. Il fallait les servir et les regarder manger. Et ça valait le spectacle. Bien que les étrangers aient semblé moins monstrueux, car ils avaient enlevé leurs coquilles, montrant leur torse, leurs bras et leurs jambes – décolorés, mais de forme acceptable –, la façon dont ils attaquaient leurs aliments démontrait une nature inculte et sauvage, ignorante de la moindre notion d'étiquette. Ils avalaient et dévoraient avidement les pulpes molles, et les os d'autruche et de cerf grinçaient sous leurs dents. Ils mangeaient comme s'ils n'avaient pas mangé depuis des années, sérieux comme si à chaque bouchée leur vie en dépendait, indifférents aux charmes de la bonne conversation, aux plaisanteries qu'on échange généralement lors des repas.

Cependant, tout se transforma lorsque le roi donna le signal pour que commence la musique. Certes, même ces êtres primitifs étaient capables d'une religieuse attention devant le langage des dieux. À peine les jeunes vierges se mirent-elles à danser que cessèrent les mouvements féroces des mandibules et que leur tombèrent des mains les ailes d'autruche et les cuisses de cerf.

Les jeunes filles dansaient nues pour que s'expriment sans entrave les tatouages rituels inscrits sur la peau depuis les seins jusqu'aux aines. Sans doute, nota Ximú, que l'étranger aux cheveux jaunes pouvait la voir, parce que les petites boules bleues dansaient tout le temps près d'elle, émerveillées, ingénues, comme si elles venaient de découvrir les formes et les couleurs de toutes choses.

Les jours suivants, Ximú eut l'occasion de vérifier que, mis à part les barbes et les yeux curieusement ronds, les étrangers étaient composés des mêmes éléments que les hommes Xarayes, même si l'excès de poils, non seulement sur le visage, mais aussi sur d'autres parties du corps, permettait de penser qu'ils étaient plus près du singe que des êtres véritablement humains. Et sans doute ils étaient, ou se sentaient, beaucoup plus fragiles. Peut être que les généreux rayons du Père Soleil leur faisaient du tort au lieu de les réchauffer, car ils allaient jusqu'à mortifier leurs propres pieds, les recouvrant de sacs qui leur serraient les orteils et les empêchaient de sentir la vibration de la terre.

Vulnérables, ils attaquaient avec les armes les plus dangereuses : des tuyaux noirs d'où jaillissait la mort, ficelée d'étincelles, et un bruit qui à lui seul, faisait peur. Ils transportaient également toutes sortes d'outils (pour couper viandes, arbres, tissus ou mauvaises herbes) très appréciés pour leur utilité. Ils ne demandaient en échange que de simples ornements : plaques de métal doré et argenté que le Manés aimait arborer sur le front et sur les bras, mais sans autre valeur que celle de plaire à l'œil. Un tel troc suffit aux Xarayes pour confirmer l'extravagance – sinon la stupidité – de leurs invités, disposés à sacrifier ce dont ils avaient besoin pour traverser les forêts pour le simple caprice de posséder des ornements qui n'étaient même pas aussi beaux que les plumes ou les fleurs, même s'ils duraient plus longtemps. En cela, les intrus ressemblaient aux singes : ils sautaient, fascinés, derrière tous les objets brillants.

Le lendemain du banquet, Ximú descendit à la rivière pour le bain du matin. Les étrangers semblaient ne pas partager cette coutume. Peu d'entre eux s'étaient mis à l'eau. Ximú n'était pas étonnée. Peut-être craignaient-ils autant l'eau que le soleil et la terre. Parmi ceux qui s'y trouvaient, elle vit l'homme aux poils jaunes. S'il n'avait pas tant de poils, pensa-t-elle, la peau se révélerait entière, pathétiquement blanche. Au mieux, c'était pour couvrir la nudité extrême et honteuse de leur absence de couleur, et non parce qu'ils étaient des proches parents des singes. Les étrangers naissaient tout simplement avec plus de poils, répartis sur tout leur corps, que le reste des mortels.

L'homme la salua de la main et lui marmonna quelque chose d'incompréhensible. À voir l'éclat des yeux, peut-être un compliment à la fois flatteur et obscène. Ximú s'approcha, jusqu'à ce qu'ils soient tous deux face à face.

« Utz, dit-il, en se montrant du doigt. Utz.

– Ximú », lui répondit-elle.

Ils se comprirent aussitôt, avec force gestes et fragments d'autres langues. Il parlait – de manière entrecoupée, mais tout de même compréhensible – la langue des Carios[2] du Sud.

Une fois sorti de l'eau, Utz remit le pagne qui lui couvrait le postérieur et les jambes. Il était fait de toile ordinaire et sans doute inconfortable, mais Ximú oublia rapidement son aspect bizarre, emportée par le rythme de la conversation. L'étranger riait facilement et posait beaucoup de questions. Il était intrigué par l'or et l'argent, mais également par la construction des maisons et des bateaux, par les noms des dieux, par l'élevage des animaux et la culture des aliments. Et surtout, par l'enseignement de la danse et l'art de la peinture corporelle.

Alors qu'ils étaient assis, au bord du fleuve, il toucha doucement du bout des doigts les dessins du ventre et de la taille.

« Ils ne partent pas à l'eau, hein ?

– Non. La couleur est dans la peau. »

Utz continua de parcourir les lignes de dessins gravés, jusqu'à ce que l'exploration devienne une caresse. Cette nuit-là, Ximú l'invita à dormir dans sa hutte, sur les mantes de coton brodé. Sous la lumière pieuse de la lune et des lampes de suif, la peau d'Utz, même sans couleur et sans tatouages, ne semblait pas si vulnérable, et les corps se comprirent sans avoir besoin de traduction. Après que Ximú

---

2. Les Carios appartiennent à la branche des Guaranis qui occupaient un territoire au sud du Brésil actuel, allant de Cananéia dans l'État de São Paulo jusqu'à Lagoa dos Patos dans l'État de Rio Grande do Sul.

l'eut frictionné, selon la coutume, avec des herbes parfumées, Utz commença à émettre un arôme familier. Son pénis – comiquement rosé et contracté lors du bain – avait allongé comme n'importe quel autre. Et bien que les poils du visage fussent quelque peu rudes, le duvet tressé sur sa poitrine avait la douceur de la soie. Lorsqu'ils eurent cessé de bouger, Ximú frotta sa joue contre cette touffe soyeuse. Alors il rit et se mit à dessiner sans hâte, avec la pointe de la langue, le précieux filigrane des tatouages. Elle eut le souffle coupé de plaisir. Aucun de ses amants n'avait osé cette pratique. Elle ne voulait pas qu'il s'arrête. Après tout, c'était un étranger, et sur lui les dieux Xarayes n'avaient aucune autorité. Ils n'allaient pas le fustiger – comme ils le feraient, sans doute, pour quelqu'un de la communauté – pour avoir profané cette écriture sacrée. Elle voulut lui rendre cette attention exquise en faisant de même avec le pénis pâle qui avait maintenant acquis un ton plus foncé. Utz se rejeta alors en arrière. Il tourna de l'œil et ses pupilles célestes se cachèrent derrière ses paupières, et le large torse semblait incapable de contenir le tumulte trouble de la respiration. Il ne fait aucun doute que dans le monde d'où il venait, un dieu ou une déesse s'était chargé d'interdire ce jeu tendre et inoffensif. Les deux avaient toutefois survécu dans le territoire neutre de leur passion, protégés par l'ignorance mutuelle des offenses et des tabous.

Le destin avait été généreux avec eux. Il ne leur restait pas beaucoup de nuits de plaisir, mais juste assez pour ne pas se lasser l'un de l'autre. Utz et les siens, entraînés par leurs singeries, partirent bientôt à la recherche du pays des Amazones, en dépit des recommandations du roi qui leur avait conseillé de revenir et de renoncer à la marche en saison des pluies, et en dépit du fait que les Amazones étaient notoirement inexistantes, comme ne pouvait l'ignorer aucun être sensé. Mais le Manés, qui avait bien mérité sa réputation de sage, voulait éloigner le plus possible de son royaume ces hommes armés qui, même stupides, ne lui semblaient pas moins dangereux. Les sots n'ont pas démenti qu'ils l'étaient. Ils ne sont pas rentrés, et n'ont pas abandonné l'idée de la marche. Le roi, tant pour respecter les règles de l'hospitalité que pour éviter des vengeances, n'eut d'autre solution que de leur assigner une escorte pour les guider dans une expédition qui durerait plus de deux mois par des terres inondées.

Utz revint en marchant sur ses deux jambes, même si beaucoup de blancs étaient tombés gravement malades, comme si l'eau dans laquelle ils avaient été submergés les avait ramollis jusqu'à les pourrir. C'était un homme fort et il voulut le prouver pendant les quatre jours de grâce qui leur avaient été accordés à lui et à Ximú. Elle lui offrit une couverture et un bracelet. Il lui laissa une médaille sur laquelle une femme enveloppée de tissus était peinte, la tête nimbée de rayons dorés, ainsi qu'un chapelet aux grains transparents d'où pendait une petite croix.

Cet amour n'a porté aucun fruit, hors du souvenir qui incite Ximú, trente ans, deux maris et sept enfants plus tard, à continuer de chercher le visage d'Utz entre les morts, dans le ciel printanier.

Elle se met debout. La rosée lui ronge les articulations, et la mante de coton ne la couvre pas suffisamment. L'écriture des dieux sur la poitrine et le ventre n'est plus la même, diluée et déformée par les grossesses, l'allaitement, et les années qui ont élargi la taille et relâché les chairs. Le monde fermé et ordonné des Xarayes n'est plus le même lui non plus, depuis que les singes blancs y ont mis les pieds.

Ximú rentre chez elle et se drape dans une autre mante, plus épaisse et sèche. Avant de s'endormir, elle serre dans son poing la médaille d'Utz. Elle regarde, sans pouvoir le voir, le visage de la femme et ses rayons d'or, couverts par une culture verdâtre de champignons.

Ratisbonne

Le jour se lève lentement sur le Danube. Sur le pont de Pierre, un homme enveloppé d'un caban de peaux lève les mains et les agite, comme s'il voulait tirer le rideau de brouillard pour voir le ciel. Cela fait déjà une heure qu'il marche dans les rues où il n'y a que vagabonds, voleurs, prostituées et amants clandestins qui retournent chez eux après s'être glissés sous un mur fortifié.

À cette heure, les vieillards riches et de bonne famille comme lui soignent un sommeil frivole et fragile sous les couvertures. Mais Herr Ulrich Schmidl préfère dépenser ses insomnies sous le ciel nocturne de la ville impériale. Il ne craint pas la fraîcheur qui transperce les os sous les riches tissus, et encore moins les bandits ou les aventuriers. Comment le pourrait-il après avoir passé vingt ans à dormir par terre, à marcher dans les marais, tourmenté par les insectes, l'arme brandie pour se défendre des Indiens ou des fauves ? De toute façon, Ulrich Schmidl, que ses amis nomment Utz, ne pense pas maintenant à la guerre et à ses adversaires.

Il est assis sur le parapet du pont de Pierre et soupire. Il est de nouveau seul. Il y a à peine deux mois qu'est morte sa deuxième épouse, la noble madame Benigna Reichlin von Meldegg qui, en plus de lui avoir procuré pendant trois ans une compagnie cultivée et digne, a eu la gentillesse de lui léguer une grande partie de sa fortune. Assez pour que le vieux Utz Schmidl soit à l'abri de tout besoin.

Utz médite sur l'étrange loi des compensations, sur les paradoxes mystérieux du destin. Il ne lui a servi à rien d'aller aux Indes, comme tant d'autres cadets de familles patriciennes, en quête de gloire et de fortune. Non seulement n'a-t-il jamais dépassé le grade de sergent arquebusier, mais la majorité des biens qu'il rapportait du Río de la Plata fut perdue dans un naufrage lors de la dernière étape de son voyage de retour depuis l'Espagne jusqu'aux Pays-Bas, et c'est à un capitaine ivre, qui l'avait oublié sur la terre ferme, qu'il doit la chance d'être en vie.

La vraie chance, il l'avait obtenue au moment de son départ. D'abord par l'héritage de son frère Thomas, l'aîné, qui mourut sans descendant, et qui, pour cette raison, l'avait fait rentrer des Indes. Ensuite par ses mariages réussis, le premier avec Juliane Hueberin, sa fiancée d'adolescence à qui il avait promis de revenir au plus vite, riche à craquer et couvert de lauriers. L'amour de Juliane semblait l'avoir attendu pendant vingt ans, bien que dans l'intervalle elle se fût divertie avec un mari et quatre enfants. Une fois veuve, elle avait été disposée à croire qu'Utz avait toujours gardé son portrait au fond de ses malles et au plus profond de sa mémoire, où ne pénétraient pas les vagues des naufrages.

En ce qui concerne la gloire, si tant est qu'il la connût, il s'en était chargé lui-même quand il avait écrit une plaquette sur ses aventures, ses découvertes et ses privations, qui trouva finalement un bon éditeur à Francfort. Au moins, sa légende de voyageur avait servi à attirer la considération de ses compatriotes, et aussi le cœur des dames, toujours enclines à plaindre l'homme qui pendant des années a erré, sans un toit sur sa tête, sans un foyer où se reposer de ses travaux. Mais ni ses exploits indiens, ni son personnage de noble citoyen, ni son travail comme conseiller n'avaient pu éviter que le duc Alberto l'expulse de Straubing, sa ville natale, avec d'autres luthériens récalcitrants.

Parfois Utz a la nostalgie du chaos des Indes, où personne ne se mêlait trop des croyances ni des péchés étrangers, sauf les rabat-joie, comme ce maudit Alvar Núñez Cabeza de Vaca, qui s'était proposé de tourmenter les soldats en leur enlevant non seulement leur maigre butin, mais aussi la douce abondance féminine qui compensait à tout le moins un autre type d'indigence. Utz a bonne mémoire des animaux invraisemblables et des végétaux qu'il a vus et des pays qu'il a parcourus. Mais il conserve un meilleur souvenir des femmes de chacun d'eux. Il n'y a pas de lieu sur sa carte qui ne soit associé à des corps et à des désirs, à des désillusions ou à des enchantements. Il se rappelle son séjour au Río de la Plata, dans le misérable village de Buen Viento, comme un cauchemar récurrent. Non pas parce que don Pedro de Mendoza et les capitaines espagnols ne se sont privés d'aucun geste insensé, non pas à cause des lances de silex et des roches meurtrières des indigènes, qui cassaient les pattes des chevaux comme si c'était des branches sèches, et qui défonçaient les crânes des chrétiens comme s'il s'agissait de fruits trop mûrs. Non pas à cause de la faim qui les a menés à s'adonner à des banquets pervers de souliers et de ceintures, de rats et de bestioles, et même de chair baptisée ; ni à cause de l'attaque finale qui a incendié le malheureux village ainsi que quatre navires. Dans cette terre de privations, antichambre des enfers, les corps se desséchaient comme de la morue frite, et les plaisirs les plus simples leur semblaient un luxe démesuré. Les rares Espagnoles qui se trouvaient là-bas, plus fortes que beaucoup d'hommes, ne se rappelaient même pas qu'elles avaient déjà été femmes et travaillaient comme des bêtes de charge. Quant aux Indiennes querandíes[3], qui se comportaient en

---

3. Les Querandíes représentaient la partie septentrionale de la culture tehuelche qui s'étendait sur toute la Patagonie. Ils partageaient avec les peuples de

ennemies féroces comme leurs pères, frères ou maris, elles étaient en plus horriblement laides.

Aussi laides que les Timbúes[4], grandes et disgracieuses, aux visages marqués par des incisions semblables à des égratignures, qu'il rencontrerait peu après, en amont, quand ils abandonneraient le village fatidique de Buen Viento, qui aurait dû s'appeler «La Mauvaise Étoile». Cependant, ils étaient restés quelques années avec ces gens-là, qui du moins n'étaient pas avares de vivres et les laissaient se gaver de viande et de poisson frais. De temps à autre, Utz fermait les yeux, oubliait les marques avec lesquelles les Timbúes croyaient embellir leur visage, et essayait de changer sa propre idée de la beauté féminine pour pouvoir jouir d'autres charmes.

À partir de là, et toujours en amont, les choses avaient commencé à s'améliorer un peu. Utz se rappelle les séductrices Agaces[5], bien qu'il ne fut arrivé à coucher avec aucune parce que leurs hommes – les meilleurs guerriers de tout le fleuve – les avaient, lui et les siens, expulsés à coups de flèche. Il se rappelle les premières rencontres avec les Carios ou Guaranis, et la surprise qu'avait provoquée en lui la coutume de vendre ou de troquer leurs femmes, qui allaient complètement nues, contre un couteau, un collier de verre ou une chemise. Cependant, la facilité excessive tue le désir. Utz ne voulut se séparer d'aucune de ses pauvres possessions. Bien lui en prit. Après la guerre avec les Carios, chaque guerrier eut droit à deux filles en échange de rien, comme part de l'accord de paix. Utz trouvait les siennes très à son goût. Elles étaient plutôt petites, mais jeunes, agréablement enrobées, dotées d'un bon caractère. Utz avait lui aussi le meilleur caractère du monde quand il disposait d'un bon lit et d'une bonne nourriture, qui lui semblaient le seul bonheur légitime. Il vécut quatre ans avec elles,

---

l'intérieur la même vision cosmique, la même langue et le même mode de vie, axé sur la chasse.

4. Peuple faisant partie de l'ethnie chaná-timbúe, nom par lequel on désignait l'ensemble des communautés situées sur les deux rives du fleuve Paraná, dans les territoires des actuelles provinces de Buenos Aires, Entre-Ríos et Corrientes.

5. Peuple vivant à l'embouchure du fleuve Paraguay.

dans la ville récemment fondée d'Asunción, et il regretta d'avoir à remonter une nouvelle fois le fleuve. Non seulement pour elles, mais aussi pour les trois enfants qui étaient nés de ce concubinage. L'un d'eux ressemblait beaucoup à son grand-père paternel, et bien qu'il doutât que la famille allemande fût heureuse de pareille ressemblance, Utz était triste à l'idée que les uns et les autres ne pourraient pas se connaître.

Ce ne serait pas la seule fois qu'Utz Schmidl abandonnerait femmes et enfants. Personne ne lui en faisait reproche puisque, même s'il revenait, il n'aurait aucun droit. Dans ce monde de déplacements et de combats, la seule permanence était les femmes et leurs enfants. Elles faisaient presque tout le travail et s'occupaient de la subsistance. Les hommes n'étaient que des pièces volatiles, facilement interchangeables. Les vents de la chasse et de la guerre les charriaient d'un bord à l'autre, comme des graines. Ils mouraient relativement jeunes, une fois qu'ils avaient donné leurs fruits, et on ne s'attendait pas à ce qu'ils donnent plus.

Utz a fait la guerre contre les Agaces, contre les Naperus et les Payaguás[6], pour ensuite échapper miraculeusement à la noyade lors d'une expédition qui devait le mener à Buen Viento, et réussir plus tard à se joindre aux garnisons de Buen Viento et de Buena Esperanza qu'Alonso de Cabrera avait déjà fait embarquer pour Notre-Dame-d'Asunción, où ils demeurèrent deux ans. À l'époque, Utz avait déjà perdu l'une de ses femmes, qui s'était débusqué un meilleur époux pendant son absence. L'autre n'avait pas d'engagement quand il revint pour la troisième fois à Asunción, même si elle l'attendait avec un autre enfant qu'Utz adopta aussitôt puisque le nouveau mari de son autre épouse s'était chargé de ceux qui étaient les siens.

Peu après être arrivé d'Espagne, ce fou d'Alvar Núñez Cabeza de Vaca[7] (seule une insanité nourrie par quelques générations pouvait engendrer pareil nom de famille) fut investi du pouvoir du roi pour assumer un commandement qu'il ne méritait pas et que

---

6. Peuple du groupe guaycurú qui habitait le Chaco paraguayen, face à l'actuelle ville d'Asunción.
7. Littéralement : « Tête de Vache ».

détenait jusque-là Domingo de Irala qui, lui, savait commander des soldats. Pendant l'expédition qu'ils avaient entreprise sous les ordres de ce dernier, Utz a pu connaître les belles Surucusis et les danseuses Xarayes. Ce fut la seule bonne chose de ce voyage, lors duquel il tomba malade d'hydropisie, après une incursion dans les territoires inondés où il faillit se dissoudre.

Par chance, Cabeza de Vaca ne dura pas longtemps. Ses erreurs et le mécontentement général forcèrent sa destitution et son remplacement rapide par l'ingénieux Irala. Mais ce fut aussi le commencement d'une autre guerre entre les chrétiens, à laquelle s'ajouta une nouvelle guerre contre les Carios et les Agaces, disposés à s'unir contre les Blancs quand ils virent qu'ils pouvaient tirer parti de la crue du fleuve. Malgré les sombres pronostics, tout s'était bien terminé. Irala s'était fait d'autres alliés indiens : les Guatatas et les Yapirús, qui s'accordèrent le plaisir de couper mille têtes de Carios, qu'ils vidèrent à l'aide de dents de poisson pour ensuite les faire sécher et les placer comme ornements devant leurs cases. Bien qu'Utz eût préféré une tête de lion ou de cerf, il décida de garder l'une de ces modestes peaux humaines, ne fût-ce que pour qu'on le crût, si un jour il rentrait en Bavière.

Le pire de tout était qu'il rentrerait sans l'or et l'argent qu'il était venu chercher vingt ans plus tôt. Il n'était pas le seul à se considérer comme un raté, de sorte qu'Irala ne manqua pas de candidats quand il annonça une septième expédition pour rechercher ces métaux précieux. Si Utz n'avait pas été un homme méthodique et méticuleux, capable de prendre des notes dans l'eau jusqu'à la ceinture et sur de glissantes pelures de banane, il n'aurait sûrement pas pu retenir les noms des dix-sept nations indigènes qu'il eut l'occasion de visiter lors de ce périple. Quoi qu'il en soit, deux d'entre elles ne se seraient pas effacées si facilement de sa mémoire. Ni les douces et apprivoisées Corotoquis ni les belles et hospitalières Mbyás, très disposées à pourvoir aux besoins des hôtes de leurs époux, ne méritaient l'oubli.

L'or n'est toutefois pas apparu, et l'ombre de Cabeza de Vaca continuait de planer sur Notre-Dame-d'Asunción, convoquée par le commandant Diego de Abreu, qui s'était lancé dans une guérilla couronnée de succès. Irala démontra de nouveau sa sagacité et son sens pratique. Convaincu que l'amour et une belle dot pouvaient avoir raison de tout, il conclut une alliance à vie avec deux des chefs prisonniers – Alonso Riquelme de Guzmán et Francisco Ortiz de Vergara – en les mariant à ses filles.

À la même époque, Utz avait eu deux enfants de plus avec l'épouse qui lui était restée fidèle et qui, peut-être par loyauté authentique ou par paresse (ses rondeurs délicates d'antan étaient devenues trop opulentes pour une femme de petite taille), l'attendait sagement, au retour de ses voyages. Le bilan du dernier, bien que sans or, n'était pas si mauvais : Utz avait réussi à faire environ cinquante prisonniers, aptes au travail, qu'il pensait utiliser sur ses propriétés ou vendre à un prix raisonnable.

Cependant, il ne put jamais jouir des fruits de son butin. Son destin le surprit encore une fois, par le message de Thomas. Il découvrit brutalement qu'il désirait s'en retourner, et qu'il n'avait fait qu'attendre semblable prétexte, incontournable et digne, sans penser alors que le retour serait irréversible. Il ne le pensait même pas trois ans après son arrivée à Straubing, quand il voulut négocier son embarquement pour le Río de la Plata, en vue d'y faire fructifier l'héritage de son frère, qui au bout du compte n'était pas considérable. Mais la réapparition de Juliane – beaucoup plus vieille, et aussi plus entêtée et notablement plus riche qu'à quinze ans, quand elle l'avait laissé partir – fit chavirer sa volonté comme une chaloupe sous les vents de l'océan.

Même si tous les enfants de ses femmes guaranis ne ressemblaient pas à ses grands-parents paternels, il ne les en aimait pas moins. Il distribua entre eux trente des captifs et une partie de ses économies. Le fils aîné, qui promettait d'être un magnifique arquebusier, fut confié à Juan de Quiñones, son parrain, pour qu'il en fasse un soldat en son absence. Quel mortel pouvait être certain que Dieu allait permettre son retour, non pas de la guerre, mais d'un voyage quelconque ? Le fil de la vie d'Utz, bien qu'il semblât immunisé contre les doigts effilés des Parques, avait failli se couper à maintes reprises, tant pendant le périple à travers les forêts du Brésil pour arriver à bon port, que dans l'aventure ultérieure, qui le fit presque couler dans les fonds marins, mais qui lui permit de voir des baleines, des poissons volants, et même des poissons avec chapeau.

Une fois à Anvers, Utz fit le décompte mélancolique de ses biens. Mis à part son armure et le porte-monnaie qu'il portait sur lui, contenant de l'argent, quelques bijoux et des papiers personnels, il avait perdu tout ce qui témoignait de sa vie aux Indes : la peau de crocodile et la peau de boa, la tête humaine desséchée, les perroquets et les tortues, un éventail de plumes resplendissantes, la mante brodée sur laquelle il avait dormi avec la belle danseuse à la cour du Manés. Cependant, pensa-t-il tout à coup, il avait encore quelque chose que personne ne pouvait lui enlever, et qui était peut-être la seule raison pour laquelle le Seigneur miséricordieux avait permis qu'il continue de respirer sur cette terre. Ainsi, sans être homme de lettres ni latiniste, il décida de raconter son histoire.

Herr Ulrich Schmidl prend lentement la direction de sa maison de la Wallerstrasse. Il regarde le ciel de l'aube, de plus en plus clair, qu'il n'a peut-être pas interrogé en vain. Peu à peu, des fenêtres s'ouvrent et les rues se gonflent de petits commerçants ou de gens de métier : boulangers, marchands de légumes, tailleurs qui veulent profiter des premières lueurs de l'aube. Dans une boulangerie, il achète quelques miches de pain de blé frais cuit. Quand il arrive chez lui, il tourne lui-même la clef dans la serrure, pour éviter les commentaires des domestiques sur ses extravagantes sorties nocturnes.

Il descend à la cave, se verse une chope de bière et coupe deux tranches de jambon qu'il étend sur le pain. Il monte ensuite dans sa chambre où il a l'habitude de s'enfermer pour écrire ou regarder des livres et des cartes. Il mord dans la miche. La croûte craque, odorante. La mie molle, tiède, presque sucrée, contraste délicieusement avec le jambon bien salé. Il boit la moitié du pot. La mousse de la bière – à laquelle il doit maintenant un ventre bien rond de bon bourgeois – lui chatouille les moustaches. Ah ! Rien de mieux au monde. S'il savait ce qui est arrivé à ses enfants aux Indes, la boucle serait bouclée, parfaite, malgré les ruptures et les catastrophes. Peut-être en était-il ainsi, après tout, en vertu de cette loi contradictoire des compensations qu'il a si clairement vu fonctionner dans son destin. Comme il s'est occupé des enfants de ses femmes allemandes, d'autres protégeaient les siens à Notre-Dame-d'Asunción.

« C'est la vie, *so ist das Leben* », se dit-il, avec cette sagesse de lieu commun à laquelle ont l'habitude d'avoir recours les survivants, « tout est bien qui finit bien. »

Il ne lui reste qu'un désir à exaucer, et sa marche sur le pont de Pierre lui a peut-être servi à rafraîchir sa mémoire. À tous les hommes, pense-t-il, même aux plus maladroits et aux plus vulgaires, est accordé un moment radieux de joie et de beauté. Et il n'a pas oublié le sien.

Il prend une nouvelle feuille de parchemin et l'étend avec soin sur la table. Il trempe la plume dans la meilleure encre bleue et essaie, pour la énième fois, de reproduire le tatouage passionné et brûlant que ses lèvres ont dessiné hier, à peine trente ans plus tôt, sur le corps de Ximú, la danseuse de la cour des Xarayes.

L'histoire que Ruy Díaz n'a pas écrite

> *en demeurant dans cette province, mon*
> *père dut bâtir maison, contracter mariage*
> *avec doña Úrsula de Irala, et continuant le*
> *service royal, au bout de cinquante ans, il*
> *quitta cette vie, me laissant les devoirs du*
> *premier-né.*
>
> Ruy Díaz de GUZMÁN,
> *La Argentina manuscrita.*

Ciudad Real, La Guayrá, 1574

Un long cri incohérent, fantomatique, comme s'il ne venait pas d'un corps vivant, mais d'une âme dépouillée qu'on brise en éclats, fait sursauter les premiers oiseaux du jour et parvient jusqu'à la chambre où Ruy Díaz dort d'un profond sommeil d'adolescent. Il est vrai que le sommeil peut être souvent interrompu s'il s'agit de quelqu'un qui a déjà connu, précocement comme lui, les alarmes et les précarités de la vie militaire.

Ruy ouvre les yeux, habitués à voir dans l'obscurité. Il n'est pas dans la jungle, à la merci des Agaces ou des Charrúas[1], mais dans la maison familiale de Ciudad Real, et ce n'est pas la sentinelle

---

1. Ancienne tribu de la côte septentrionale du Río de la Plata, se trouvant principalement en territoire uruguayen.

31

qui crie. Ni un agresseur. À moins que son propre père, don Alonso, ne soit l'ennemi.

En deux enjambées, il est dans la grande cour. Là, dans un hamac tendu entre deux colonnes de la galerie, repose don Alonso. Depuis sa jeunesse (et en raison de ses vieilles habitudes de guerre), il préfère les hamacs en filet pour le sommeil nocturne. Ruy sourit. Sans doute que lui et ses cinq frères doivent être les enfants de l'amour de la sieste, quand les pièces laissent couler une ombre fraîche, sous la protection des moustiquaires.

Sa mère apaise le front de don Alonso avec un mouchoir en hollande humecté d'eau du puits.

Le père a ouvert les yeux, démesurés, noirs.

« Qui êtes-vous ? Qui êtes-vous, madame ? Que me voulez-vous ?

– Qui suis-je, Alonso ? Úrsula, ta femme.

– Úrsula…, ah oui. Úrsula de Irala… La petite fille aux yeux verts. Jolie comme une poupée et qui joue encore avec des poupées. Que vais-je faire avec toi ? »

La mère essaie de le redresser. Elle lui donne à boire.

« Reviens à toi, Alonso, pour l'amour de Dieu. Il y a longtemps qu'elle est devenue grande. Regarde, voici Ruy, c'est déjà un homme. »

Le père s'alarme.

« Quel Ruy ? Serait-ce que ce misérable de Melgarejo[2] est venu jusqu'ici ? »

Doña Úrsula a persuadé son mari de se lever. Mère et fils, unissant leurs forces, le sortent du hamac, le font marcher.

« Il n'y a aucun Melgarejo par ici. Je le mettrais dehors à coups de balai, si nécessaire, comme une blatte. Ce n'est pas Ruy Díaz de Melgarejo, mais Ruy Díaz, notre Ruy.

– Vous ne me voyez pas, père ? »

Don Alonso, qui se laisse docilement mener, lève la main pour caresser les cheveux noirs du garçon.

« Si, si, bien sûr que je te vois, mon fils. Comme tu es grand. »

---

2. Ruy Díaz de Melgarejo. Rival et ennemi de don Alonzo Riquelme de Guzmán, qui fut son prisonnier.

Ils le couchent dans le lit conjugal. Doña Úrsula défait les cordons de la chemise et lui bassine les tempes avec une eau camphrée. Ensuite, elle s'assoit à ses côtés, lui prend la main.

« Úrsula, je suis perdu.

– Comment cela, mon seigneur ? Ici, c'est ta maison.

– Mais il y avait une autre maison à Asunción, et une autre, il y a plusieurs années de cela, à Jerez de la Frontera. Si je revenais et frappais à la porte, qui m'ouvrirait ses bras ? Qui serait là pour me dire : Alonso Riquelme de Guzmán, sois le bienvenu ?

– Mes parents aussi sont morts.

– Mais leurs os reposent dans cette terre. Tu es de cette terre. Où voudrais-tu revenir ? Mon passé s'effrite, a des trous, tombera bientôt en ruines, rongé par les termites, et je ne serai personne, ou je serai autre, complètement différent de ce que j'étais. »

Doña Úrsula se tait. Ruy la voit se coucher à côté du père. Elle entoure son torse d'un bras et lui caresse les cheveux, jusqu'à ce qu'il ferme les yeux et que son souffle devienne lent et paisible. Un homme endormi qui fait de beaux rêves.

La mère l'attend dans la salle de couture. Ruy ne se rappelle pas l'avoir jamais vue oisive. Elle a toujours quelque chose dans les mains : une broderie, une lettre, un tissu, un livre de messe, une cithare avec laquelle elle s'accompagne pour chanter. Mais cette fois, doña Úrsula a les doigts croisés sur ses genoux, tendus, beaucoup plus rigides que si elle priait. Ce sont les doigts qu'elle utilise pour donner un ordre important et sans appel.

« Assieds-toi Ruy, nous devons parler.

– Dites, Votre Grâce.

– Je veux que tu écoutes ton père. »

Ruy lève les yeux, surpris.

« Je l'ai toujours écouté, madame.

– Oui, mais autrement. Quand il te raconte l'histoire, tu prends note de tout ce qu'il te dit.

– L'histoire ? Quelle histoire ?

– Celle des siens, en Espagne. Celle des noms et des familles. Celle de leurs passés et de leurs gloires. L'histoire de ce qu'il a fait ici. Que se sachent la trahison et l'iniquité de Melgarejo.

– Mais qu'est-ce qu'il a, le père ? Quelle maladie, comment s'appelle-t-elle ? Ya-t-il un remède ?

– Il a le mal de l'absence et l'unique remède est la mémoire. Sois attentif. »

Ruy Díaz baisse la tête et sort de la chambre. Au centre de sa pupille verte comme un miroir d'eau trouble, l'image de doña Úrsula tremble et s'agite, pour ensuite s'effacer et disparaître.

Santiago del Estero, 1606

Don Ruy Díaz de Guzmán, commissaire aux comptes de l'Audience royale, pense à son père. Il pense qu'il se rapproche de l'âge auquel son père est mort, et que la vie les a réduits tous les deux – en échange de quelques honneurs assez coûteux – aux mêmes travaux ingrats.

Il révise le dossier des mérites et services qu'il compte présenter à la ville de La Plata, dans le Haut-Pérou, bien qu'il conserve peu d'espoir que ses demandes soient entendues. Il s'étonne lui-même des événements et des voyages qui ont si soudainement grugé les années, en faisant voler les amitiés et les autres liens comme des explosions de poudre.

Ruy Díaz s'est battu contre les Sept Chefs métis, a fondé des villes et en a déplacé d'autres, a soumis et catéchisé les Indiens, a été ami et ennemi de Hernandarias de Saavedra, comme son père l'était de Melgarejo. Il a été lieutenant et magistrat suprême de don Juan Torres de Vera y Aragon. Comme don Alonso, il a gouverné la Guayrá, et a aussi été fait prisonnier à Ciudad Real, chaînes aux pieds. Il a vécu à Buenos Aires, sur l'autre rive du Río de la Plata, où il a travaillé à la forteresse et fondé la confrérie de Notre-Dame de l'Immaculée Conception. Aujourd'hui, à Santiago, il peine comme comptable, tourmenté par les injonctions du gouvernement supérieur et par l'été asphyxiant qui serre son jabot et l'enfonce dans sa chair comme la corde autour du cou d'un détenu.

Lorsque scintille la mauvaise lumière des bougies dans le vide obscur que laisse derrière lui, comme par pitié, un soleil encore brûlant mais rassasié, don Ruy Díaz de Guzmán peut enfin respirer à son goût. Il se verse sur la tête un seau d'eau fraîche, puis, trempé, en caleçon et chemise ouverte, il s'enferme dans la chambre qui lui sert de bureau. Il y travaille jusqu'à l'heure du dîner, et parfois, dans la nuit dense, essayant de ne pas réveiller sa femme, il abandonne sa moitié de lit pour se glisser jusqu'à la table maculée de caillots de cire.

Dans ce royaume protégé où l'obscurité court comme un liquide froid entre les murs épais, Ruy Díaz écrit les *Annales* de la province du Río de la Plata. Il écrit la mémoire de son père, *fils de Ruidíaz de Guzmán, mon grand-père, habitant à Jerez de la Frontera, ancien serviteur de cette noble et ancienne maison* dans laquelle don Alonso Riquelme a grandi et a été page et secrétaire de don Juan Alonso de Guzmán, duc de Medina, son parent. Il écrit les curiosités et les splendeurs de la terre et les divers types d'hommes qui la peuplent. Il écrit les précipices et les forêts, les cultures et les rivières, les fortifications et les armes, les richesses rêvées et les fruits trompeurs du quartz, qui passent pour saphirs et émeraudes aux yeux de l'ambition. Il écrit les bateaux qui fendent la mer et les troupes affaiblies qui ouvrent, sans attendre de consentement, des chemins dans les fourrés dont la végétation ressemble au duvet d'une femme. Il écrit les champs vastes et dilatés du Río de la Plata et les Querandíes chasseurs d'autruches. Il écrit les origines, les fondations et les morts, aux mains des Indiens et du fait de la discorde intestine. Il écrit les trahisons, les haines et l'avidité. Il écrit la faim de Buenos Aires et des gens misérables contraints de manger les « entrailles et les viscères » du frère.

Il écrit l'injuste arrestation d'Alvar Núñez Cabeza de Vaca, l'*adelantado*[3], l'unique rébellion de don Alonso Riquelme – contre Domingo Martínez de Irala, qui a remplacé Núñez par suite d'un mandat populaire – et aussi son pardon et son mariage, puisque sa mère, doña Úrsula, et sa tante, doña Marina, ont servi de gages de paix entre le gouverneur et les deux jeunes levantins : don Francisco Ortiz de Vergara et don Alonso Riquelme, qui les prirent comme épouses par amour de leurs vies. Il écrit les exploits de son père, sa générosité, sa prudence, et la vilenie de Ruy Díaz de Melgarejo.

---

3. Gouverneur militaire et politique d'une région frontalière.

Il écrit ce qu'il a entendu, le vrai et le légendaire, parce que tout fait partie de la même mémoire.

Il écrit *dans un pays pauvre et misérable* ces pages qui sont le *premier fruit d'une terre inculte et nouvelle* et les offre à un seigneur qu'il n'a jamais vu, à l'autorité vivante de sa maison et de son lignage, à don Alonso Pérez de Guzmán, duc de Medina Sidonia, comte de Niebla. Et voilà qu'il écrit aussi dans celles-ci une histoire qui est peut-être une fable de son invention, comme partie véridique de ses *Annales*. Entre autres vanités, Ruy Díaz – qui se vante de la noblesse de ses ancêtres et de ses gloires militaires – n'inclut pas celle de se considérer comme poète. Cependant, ce récit qu'il croit parfois destiné à l'immortalité comme l'histoire d'Hélène de Troie lui plaît et le tranquillise.

Le conte se déroule dans un passé déjà lointain, avant sa naissance et l'arrivée de son propre père aux Indes, du temps du Vénitien Sébastien Cabot, fondateur du fort Sancti Spiritus, sur le fleuve Carcarañá.

Ruy Díaz imagine une femme blanche (Lucía Miranda) parmi plusieurs hommes, dans le fort qui, en l'absence de Cabot, est resté sous le commandement de don Nuño de Lara. Il ne dit jamais qu'elle est belle, mais qu'elle est bonne, et lui attribue la vertu d'être aimée. Elle est aimée de son mari, Sebastián Hurtado, peut-être d'autres Espagnols l'aiment-ils aussi, bien qu'ils n'osent le montrer, puisqu'il s'agit d'une dame, d'une compatriote et d'une femme bien mariée. Et l'aiment à leur tour Mangoré et Siripó, les deux caciques timbúes qui fournissent la nourriture aux Espagnols (sans doute moins par effet de l'amitié jurée que par la crainte de ces nouvelles armes et munitions).

Ruy Díaz rend ces jeunes caciques forts et braves. Siripó n'est pas laid, comme le constateront en revanche de futurs chroniqueurs. Et ils ne sont pas bêtes. Mangoré sait du moins à quoi s'en tenir au sujet des visiteurs, quand il veut persuader son frère Siripó d'attaquer le fort : *il ne leur convenait pas d'accorder tout de suite soutien et loyauté à l'Espagnol car, étant sur leurs terres, ils étaient maîtres de ce que dans quelques jours ils domineraient, comme l'annonçaient les signes, pourvu qu'ils ne fassent pas montre de subordination à son endroit, sinon ils seraient soumis à une servitude perpétuelle.*

Bien que barbares, tous deux sont dotés de forts sentiments humains, même si les sentiments des barbares semblent toujours les conduire, irrésistiblement, à la trahison et à la rapine.

Les caciques timbúes sont rusés. Bénéficiant de la confiance que les Espagnols leur vouent, ils attendent que la majorité des hommes du fort soient partis en expédition pour y pénétrer, chargés des cadeaux habituels : poisson, viande, miel, graisse, maïs. La nuit venue, et avec elle le sommeil qui relâche et rend insouciant, ils incendient le fort et le dépôt de munitions, avec une habileté stratégique. Ils tuent tous les chrétiens qu'ils peuvent, bien que la mort de don Nuño de Lara leur fût très coûteuse : couvert de blessures, celui-ci ne part pour son Ciel Sans Malheur qu'après avoir enlevé la vie à plusieurs ennemis, et ce qui est pire, celle de Mangoré.

Des Espagnols, ne restent vivants que cinq femmes et quelques enfants, réduits en captivité. Siripó, après avoir ardemment pleuré la mort de son frère, s'entiche, avec non moins d'ardeur, de la femme qui avait aimé Mangoré. Il ne veut toutefois pas en faire une esclave. Il la transforme *en dame de son désir*, que servent ses domestiques, et la nomme sa *chère femme. Ainsi,* lui dit-il, *tu peux être dame de tout ce que j'ai, et en faire à ta guise usage pour toujours, et avec cela je te donne le principal, qui est mon cœur.*

Mais le vrai amour de Lucía est en vie, et pas très loin. Sebastián Hurtado, qui est revenu d'expédition, ne veut pas être en reste : *considérant le cas, il a résolu de se rendre à ces barbares, et de rester captif avec sa femme ; préférant donner sa vie que vivre sans elle.*

Devant les prières de Lucía, le cacique suspend l'exécution de Sebastián. Il lui accorde – avec civilité, conformément aux usages et coutumes de son pays – un échange de femmes. Hurtado aura une autre épouse, et il vivra parmi les Timbúes comme sujet libre. Cependant, *la violence de l'amour* est plus forte. Les véritables et premiers amants se retrouvent et sont découverts. Siripó est aussi furieux de l'adultère de sa nouvelle épouse que s'il était un mari chrétien. Sebastián et Lucía, qui ne portent pas par hasard des noms de martyrs, meurent dans le martyre : Sebastián torturé et Lucía brulée – comme une sainte, et aussi, bien que Ruy Díaz n'ose le penser, comme une victime innocente de l'Inquisition. Puisque même les saints sont ou se considèrent pécheurs, ils ne cessèrent, avant d'expirer, de demander pardon à Dieu pour leurs erreurs.

Ruy Díaz lit et relit, polit et corrige. Il se sent encore un lecteur, enchanté et surpris par la passion et l'exemplarité de son récit. Il rejette les autres documents. Il ne s'occupe pas des preuves, il reproduit ce qu'il a entendu, ou peut-être seulement ce que lui suggère sa propre imagination. Ruy Díaz sait-il que l'expédition de Sébastien Cabot ne comprenait pas de femmes, aucun Nuño de Lara ni de Sebastián Hurtado ? Sait-il que Cabot n'a laissé personne en charge de son fort, et qu'il ne l'a abandonné qu'une fois incendié et détruit ? Dans le trou de cet incendie, dans un temps inexistant, les désirs et les terreurs d'une imagination chrétienne ont inscrit une autre vérité, la seule qui lui importe.

Il fait déjà jour. Le commissaire aux comptes de l'Audience royale est reconnaissant que le jour imminent soit férié – jour d'honneurs divins – et qu'il n'ait pas à s'accorder avec des nombres et des écritures. Il invoquera une nuit blanche et un mal de tête pour être excusé de la messe matinale par les siens.

Après tout, se dit-il, frôlant le blasphème, son travail sert Dieu mieux que les messes. Dans son récit, les Indiens ont démontré avec justesse leur appétit désordonné et leur perfidie traîtresse (mais aussi à un degré moindre, comme en sourdine, une certaine magnanimité, un courage et une dévotion amoureuse – bien sûr ils pourraient être meilleurs, presque chrétiens, s'ils acceptaient la vassalité et le baptême). L'épouse blanche a été rachetée par le sacrifice et par sa fidélité obstinée au seul mariage légitime et possible. Son union avec le barbare n'a pas produit d'enfants, qui seraient d'inacceptables bâtards. Notre-Dame de l'Immaculée Conception peut être satisfaite.

Mais cela n'est pas l'Histoire.

Et il y a une autre histoire que Ruy Díaz de Guzmán n'écrira jamais.

Ciudad Real, 1571

Don Alonso Riquelme de Guzmán s'installe comme il peut sur le grabat trop court et trop étroit pour un homme de sa taille, que Ruy Díaz de Melgarejo donna l'ordre de placer, pour mieux le railler, dans la pièce qui lui sert de cellule.

Il est prisonnier dans sa propre maison, à quelques mètres des chambres où se reposent aussi précairement sa femme et ses enfants, qui doivent souffrir tous les jours l'humiliation de le voir garder par des hommes que le gouverneur illégitime lui a imposés. Don Alonso s'inquiète en particulier pour le sang chaud et pointilleux de son fils aîné qui, même s'il n'a que douze ans, est un solide gaillard qui sait manier les armes, et surtout la langue, quand il s'agit de défendre son honneur. Il lui a recommandé mille fois résignation et patience, ne serait-ce que pour l'amour de sa mère et de ses frères cadets, en ce qu'ils seraient complètement seuls s'il mourait ou était fait prisonnier.

Maintenant que personne ne le voit, maintenant que même la nuit sans lune est compatissante et protège son droit à la tristesse infinie, don Alonso se permet les larmes. Qu'a-t-il fait de sa vie ? Était-ce ce qu'il s'imaginait en appareillant avec la flotte d'Alvar Núñez Cabeza de Vaca, infatué par le lustre des armoiries qu'il pensait embellir de ses propres exploits ? Était-ce pour cela qu'il avait laissé une position honorable et prometteuse à la cour du duc de Medina Sidonia ? Était-ce pour une maison perdue dans la Guayrá, et dont il n'est déjà plus le propriétaire, qu'il avait dédaigné le legs de sa grand-mère doña Brianda de Guzmán et les propriétés qu'elle lui avait laissées dans son Jerez natal ?

Quels sont les grands exploits que le Río de la Plata lui a réservés ? Combattre contre des empires ignorés de guerriers anthropophages nus comme des animaux ? Lutter contre des fleuves impraticables, des forêts, des marais, des insectes et des fauves inconnus, et contre les fièvres ? Quelles sont les richesses ? Les seules richesses portées à sa connaissance sont la nourriture et les fruits auxquels il a beaucoup tardé à s'habituer, ou quelques flous miroitements d'or et d'argent dont les sources se trouvent en réalité beaucoup plus loin, dans les terres du Pérou, ou des légendes de trésors et de cités fabuleuses où il ne souhaite plus aller. Et surtout, des contingents de chair humaine, des hommes battus et forcés à travailler dans les essartages, et des corps de femmes, affectés à tous les services. Cette gloire de propriétaire d'esclaves et de lits dissolus ne lui semblait guère digne d'un gentilhomme chrétien et d'un aspirant héros. C'est ce qu'il avait écrit dans une lettre à l'autre Ruy Díaz de Guzmán, son père, plusieurs années auparavant : *ceux-ci sont Guaranis et nous servent comme des esclaves et nous donnent leurs filles pour qu'elles nous servent à la maison et aux champs et d'elles et de nous sont issus plus de quatre cents métis, hommes et femmes, parce que voyez-vous, Votre Grâce, nous sommes de bons colons qui peuplent, non des conquistadors, et cela ne me paraît pas être bien...*

Depuis son arrivée, il y a de cela plusieurs années, dans le bidonville d'Asunción, il n'a vu que ressentiment et rébellion contre l'autorité constituée, en commençant par celle qui renversa Cabeza de Vaca, son oncle, un modèle fatidique qu'il imite aujourd'hui scrupuleusement, déposé lui aussi et confiné dans une cellule, sans avoir commis d'autre faute que celle d'avoir voulu exécuter la loi.

Cependant, parmi tant de misère, don Alonso trouve tout à coup un motif légitime de consolation ou d'orgueil qui ne passe pas par les armes et la fortune. C'est, absurdement, l'amour. Il n'y a pas eu, après tout, d'autre raison que l'amour pour justifier son actuelle incarcération, pour qu'il tombe dans le piège de Melgarejo. Il aurait pu s'enfuir de Ciudad Real quand son rival a refusé de lui remettre les rênes du gouvernement de la Guayrá qu'il réclamait légitimement par ordre de la nouvelle autorité de don Juan Ortiz de Zárate.

Il a seulement pu filer vers Asunción et armer de nouvelles forces contre l'insurgé. Cependant, il n'a pas voulu partir sans sa femme et ses enfants, qui étaient restés dans la ville pratiquement comme des otages. C'est pourquoi il s'est présenté sans défense devant le rebelle, pour qu'on le désarme et l'humilie en lui mettant les chaînes aux pieds, et en le faisant entrer attaché dans la ville, au son burlesque des fifres et des tambours.

Il fait jour. Don Alonso se lave le visage dans l'eau tiède de la bassine et change de chemise. Il veut être présentable pour l'arrivée d'Úrsula, qui s'approche toujours autant que le lui permettent les gardes, au lever du soleil, pour le réconforter avec le thé amer du pays que les curés condamnent comme coutume diabolique, mais auquel il s'est habitué.

L'amour absurde est ce qui a donné le sens de sa propre histoire avec Úrsula de Irala, la fillette de treize ou quatorze ans, maigre et petite, mais belle comme une poupée, qui venait d'avoir son premier sang et qu'on lui a remise sous un voile de fiancée.

La veille de ce mariage, dans une autre prison, après avoir donné son consentement au frère Andrada, l'émissaire d'Irala, il pensa qu'il renonçait pour toujours au mariage possible et désirable des Indiens riches avec une jeune noble de sang pur, pour épouser une métisse, la fille d'une fille du pays, bien que Ruy Díaz, son premier-né, n'ait jamais évoqué dans ses *Annales* cet autre lignage, ni non plus le nom barbare de sa grand-mère maternelle, Coya Tupamanbe, ni même son nom chrétien de Leonor, parce que la femme que Domingo de Irala ordonna de baptiser ainsi n'était pas seulement une autre de ses amantes, mais comme toutes les autres mères indiennes de ses rejetons, une simple domestique. (*J'ai au Paraguay* – il s'en est justifié dans son testament – *certains fils et filles qui sont : Diego Martínez de Irala, Antonio de Irala et doña Ginebra Martínez de Irala, conçus par María, ma domestique, fille de Pedro de Mendoza, un chef indien ; doña Marina de Irala, fille de Juana, ma domestique, Da. Isabel de Irala, fille d'Águeda, ma domestique, Da. Úrsula de Irala, fille de Leonor, ma domestique, Martín Pérez de Irala, fils d'Escolástica, ma domestique, Ana de Irala, fille de Marina, ma domestique, et María, fille de Beatriz, domestique de Diego de Villalpando.*)

Les pas de doña Úrsula, à peine audibles parce que tout en elle est léger, sont une rumeur croissante sur les dalles du patio. Son dialogue avec les gardes est bref. Elle sait commander ou persuader. Elle n'est pas la fille de son père pour rien. Ils ouvrent la porte et la laissent passer, mais ils seront avares avec le temps qu'ils leur accorderont.

Úrsula l'embrasse. Don Alonso, les yeux fermés, lui caresse le visage. Le parfum de la peau qu'il aime imprègne ses doigts comme une soie quand le monde extérieur n'est plus visible. Aucun corps offert ou soumis n'a jamais pu l'émouvoir de cette façon.

Il n'y a pas de délai. L'amour est forcément devenu bref et spasmodique, contrôlé par des coups de jointures et de hallebardes contre le bois de la porte. À peine s'il leur reste des mots, bien

41

que don Alonso thésaurise encore les souvenirs les plus anciens du toucher. Quand il fallait attendre que mûrisse le corps d'Úrsula, quand le silence entre eux n'était pas fait de craintes mais de plaisirs, et ornait la lenteur de l'amour d'un filigrane de salive luisante.

Le temps est écoulé. Don Alonso laisse sa femme retourner au rythme de la maison, complet même sans lui, où les enfants l'attendent. Il la voit encore très jeune, et encore plus belle que la petite fille qu'il a connue.

Il reste seul avec les gardes, face aux absences. Sans être vieux, il est brisé. Une moitié appartient aux mains d'Úrsula qui lui ont donné forme et l'ont modelé à sa manière, comme un pain. L'autre moitié est la forme du passé qui n'a pu s'accomplir, la forme de l'autre destin qui danse avec les fantômes dans une maison ducale de Jerez de la Frontera, où don Alonso ne reviendra jamais, pas même comme souvenir dans les rêves de ses morts.

Asunción, 1629

Ruy Díaz de Guzmán est engagé dans le plus ardu et peut-être le dernier de ses travaux : retenir l'air que chaque respiration lui enlève. Il ne se fait pas d'illusions. Il a vu mourir trop de compagnons pour ignorer que c'est maintenant son tour. Mais cela lui inspire une nouvelle vigueur, par discipline et parce que ce n'est pas son habitude de s'avouer vaincu.

Comment sera l'Autre Monde ? Sera-t-il comme l'Espagne, comme Jerez de la Frontera, comme les villes dont il a entendu parler dans les récits et qu'il a vues dans les gravures ou dans les paysages d'un tableau ? Hernandarias l'a empêché de faire le Grand Voyage. Mais peut-être, concède-t-il, est-ce mieux ainsi. Il connaît l'expérience amère des autres Indiens, toujours considérés comme des cadets devant la cour, toujours scrutés et regardés de travers à cause de leur teint plus foncé – la couleur de la terre d'Amérique qui les dénonce, qui les rend, subtilement mais inexorablement, différents des autres.

Qu'est-ce que l'Espagne ? C'est sans doute le sang des Goths, des Guzmán (« gods-manna », l'homme bon), qui a gonflé ses veines d'orgueil (et aussi le sang des Maures et des Juifs, bien que

Ruy Díaz préfère ne pas se souvenir de cela). Ce sont le blason, les lettres de noblesse, la vaisselle en argent, quelques livres, une langue immense, un pourpoint, une épée, une arbalète, des étoffes carmin, un chapelet, une croix, une mère célibataire qui a accouché d'un fils que les hommes ne reconnaissent pas. Espagne, celle qui fait et défait les foyers, celle qui a emprisonné et dévoré tout le monde, lui et Alvar Núñez, et don Alonso Riquelme. Espagne, ingrate et envieuse, Espagne qui ne reconnaît pas les mérites ni les blasons, Espagne devenue mauvaise ou dégradée par la cupidité que l'Amérique lui inspire.

L'Espagne, qui ne lui apporte à ses heures finales que d'amères pensées. Qui pourrait le compenser pour l'échec de sa dernière entreprise ? Qui pourrait lui restituer cinq ans de combats atroces dans le pays des Chiriguanos[4] ? Personne n'avait conçu un si grand projet, si magnifique, qui ouvrirait des chemins vers le Haut-Pérou et le Río de la Plata, le Tucumán, le Paraguay, la côte océanique du Brésil. Mais l'Espagne, en la personne de son vice-roi, le marquis de Montes Claros, lui refuse son appui, qui n'aurait consisté qu'à lui donner le titre de gouverneur, consigné dans un document. La raison est simple : Ruy Díaz, qui ne s'est pas enrichi dans le vol, comme d'autres fonctionnaires, n'a pas d'argent. *J'ai toujours pensé que les incursions de Ruy Díaz de Guzmán et de don Pedro de Escalante avaient aussi peu d'importance que les haciendas de leurs propriétaires,* écrit le prince d'Esquilace sur son bureau parfumé en bois sculpté, tandis que Ruy Díaz lutte dans les forêts vierges contre le scorbut, les fauves et les flèches imprévisibles.

Le malade tousse, s'agite. Doña Josefina de Oviedo, son épouse, qui prie avec un chapelet entre les mains, s'approche à la hâte avec une jatte d'eau, lui met des linges humides sur le front.

Mais la furie de Ruy Díaz ne cède pas. Il veut parler, et crie, avec un filet de voix.

« Va chez les Indiens, Lucía ! Ne sois pas stupide, femme, va chez les Indiens ! Reste avec Siripó, il a fait une reine de toi ! »

---

4. Une partie du territoire des Guaranis qui s'étendait au Paraguay, en Bolivie et en Argentine. L'appellation « Chiriguanos » a été attribuée par les Incas à ce peuple qui leur refusa l'accès à la jungle de la Bolivie orientale.

Doña Josefina hoche la tête. Son mari délire. C'est le prélude de l'agonie, il faudra se presser. Elle invite le prêtre, qui converse au salon avec le reste de la famille, à entrer.

La chambre est remplie de la fumée et de l'odeur de l'encens. La litanie commence.

«Laissez tomber le latin, Votre Grâce! tousse Ruy Díaz. Ce n'était pas la langue dans laquelle parlait Notre Seigneur Jésus-Christ. C'était la langue de ceux qui conquirent des terres et prirent des esclaves. Comme nous, et nous paierons pour ça.»

Il s'irrite tant que sa femme s'excuse et fait sortir le curé.

«Je veux mes enfants! demande Ruy Díaz. Que mes enfants viennent.»

Tous s'approchent. Il les recense et les enregistre du regard, ne s'arrête pas sur l'héritier, le premier-né, mais plutôt sur la fille cadette, celle qui ressemble à doña Úrsula, la seule dont le visage de poupée ait conservé la douce couleur cannelle de la peau de sa mère.

Il lui fait signe et la petite fille, qui pleure, s'agenouille à côté du lit pour recevoir la bénédiction de celui qui prend congé.

Les doigts de Ruy Díaz s'abandonnent à la caresse, se perdent dans l'épaisse chevelure presque bleutée.

Depuis le lit, entre les hauts coussins, il parvient à voir le tableau vivant de la fenêtre qui donne sur la grande place, où passe le peuple. Les visages bruns des femmes, vêtues de *tipoy*[5], qui portent des corbeilles de pain sur la tête, les vanniers, les maîtres de l'argile, les vendeuses d'herbes, les soldats d'infanterie, les bergers, le mendiant qui joue un air plaintif à la guitare. L'air est rempli d'un joyeux brouhaha, un croisement de diverses voix, guaranis et castillanes, parfois, aussi, basques, galiciennes, portugaises.

«C'est cela, la patrie», pense-t-il.

Et il se laisse mourir, parmi la foule anonyme.

---

5. Mot guarani. Tunique blanche, sans manches, portée par les femmes indigènes.

Le sous-lieutenant et la proviseure

*... tous rêvent à ce qu'ils sont, bien qu'aucun
ne le comprenne.*

CALDERÓN DE LA BARCA,
La vida es sueño.

Tucumán (actuelle Argentine), après 1612

Le sous-lieutenant ne s'est jamais senti aussi coupable du sang
qui teint ses exploits et les affections les plus chers de sa vie, et il
ne s'est jamais senti si près de la mort.

Il file tout droit vers le Tucumán depuis Puerto Concepción,
fuyant la justice, qui le poursuit pour l'assassinat de son frère don
Miguel, comme si ses propres reproches ne suffisaient pas. Chemin
faisant, il est tombé sur d'autres fugitifs de la loi, et ensemble, munis
seulement d'armes et de montures, et sous la haute protection divine,
ils ont monté plus de trente lieues par la grande cordillère, sans
nourriture et sans autre boisson que les cristaux brûlants de la neige.

Ils ont d'abord tué un cheval pour sa viande. Ensuite les
autres. Quand cette viande est venue à manquer, la terre même
les a abandonnés et s'est retranchée sous des boucliers de glace.
Depuis le sommet, ils voient deux hommes appuyés sur un rocher.
Ils crient des salutations sans obtenir de réponse, bien que les bras
de ces voyageurs semblent leur faire des signes. En s'approchant,
ils remarquent qu'ils sont drapés de ponchos aussi durs que la pierre

qui les entoure. Une mort ancienne a congelé une parodie de rire dans leurs bouches ouvertes.

Don Alonso, le sous-lieutenant, a survécu à la faim et à la soif, ainsi qu'à l'effroi. Mais ses compagnons périssent, bien qu'ils aient été eux aussi des bêtes de combat, rompus à la mauvaise nourriture et au manque de sommeil. Il glisse dans sa poche huit pesos et la viande qui reste dans les besaces des autres. Il ajoute à la sienne une autre arquebuse. Quand ses bottes finissent de se déchirer, il met sa tête entre ses mains et pleure maladroitement. À vrai dire, il ne sait pas comment le faire parce qu'il y a trop d'années il s'est proposé d'effacer jusqu'au souvenir des larmes. Ensuite, il égrène un chapelet, invoque la Vierge, saint Joseph, et emprunte un sentier qui semble sortir de la cordillère et qui le mène au flanc verdoyant où commence la forêt du Tucumán.

Ses bottes en lambeaux, l'épuisement et la faim l'abattent rapidement. Un bruit de sabots et deux silhouettes obscures l'alarment en vain : il n'a plus la force de lever l'arquebuse. Mais les environs le rassurent. Ceux qui s'approchent sont chrétiens, bien que de basse extraction. Ils lui donnent à manger un morceau de viande salée et mouillent ses lèvres d'eau-de-vie. Ils le hissent sur un cheval de rechange, et avancent longuement à travers des champs fertiles désertés, jusqu'à ce qu'apparaissent les grandes portes de caroubier d'une propriété.

Là, l'hébergent, bienveillantes, les mains brunes de la propriétaire de la maison. Elle est fille légitime d'Indienne et d'Espagnol, une veuve d'âge moyen aux traits fins que ne gêne ni ne diminue sa peau de métisse.

La veuve lui offre un lit, de la nourriture et du linge frais. Les jours suivants, elle l'assoit à sa table et le traite comme un gentilhomme. Le sous-lieutenant énumère ses prouesses et tait ses délits. Elle loue ses manières d'hidalgo et son visage blanc, à la peau parfaite, sans mélange de sang ni marques de variole.

Don Alonso se laisse dorloter à souhait par la matrone, qui ne lui semble ni laide ni vieille. Il y avait longtemps qu'il s'était délecté de plats aussi raffinés et avait goûté à des vins aussi capiteux, que la propriétaire semble avoir gardés spécialement pour lui, puisque c'est à peine si elle trempe ses lèvres dans un verre d'eau fraîche.

Bien qu'il ne soit pas particulièrement gourmand, il cède au charme des *yemas quemadas*[1] et de la confiture d'abricot, et il compense l'amertume du thé des Jésuites qu'on lui sert à jeun par des tasses de chocolat.

Son orgueil ne lui permettant pas de devoir des faveurs, il se met à aider la propriétaire à tenir les comptes du domaine. Les colonnes droites des additions et des soustractions que le sous-lieutenant corrige et met au propre plaisent à la femme. Elle admire le trait d'une calligraphie étrange comme un chapeau empanaché, plus élégante que prolixe.

La grâce de ces lettres, ajoutée à celle de don Alonso, qui exhibe comme un bijou de famille sa connaissance du latin, éblouit doña Ana. Elle lui offre un emploi comme administrateur de ses terres. Il se réjouit, au début, de cette opportunité de retraite tranquille.

Cependant, au bout de quelques jours, une présence nouvelle agite et salit les eaux de cette paix sur laquelle le sous-lieutenant flottait comme dans la tranquillité transparente d'un miroir. La fille de doña Ana vient d'arriver du couvent, où les religieuses lui ont appris, à grand-peine, peu de lettres et encore moins d'arts. Mais elle a l'âge de prendre mari, et la propriétaire vient d'en trouver un, d'un pur lignage hispanique et à l'instruction fleurie.

Don Alonso médite, sans oser dévoiler à sa bienfaitrice ses pensées rebelles. Il soupèse les terres et les têtes de bétail, les vêtements et la faveur que la veuve lui accorde. Mais aucun de ces biens ne compense, à la réflexion, la taille forte ni les manières communes de l'héritière, dont le visage sombre et grossier, aux traits irréguliers, offense le regard. Cependant, il se tait et se jette aux pieds de la dame pour la remercier de cette marque d'estime si appréciable.

Lors des douces soirées de printemps, le sous-lieutenant, la veuve et sa fille s'assoient sur la galerie. Par moments, doña Ana se lève sous un prétexte quelconque et laisse les fiancés seuls. Don Alonso n'abuse pas de la confiance qu'elle lui accorde, et sa promise se refuse à toute conversation et à tout contact. Cependant,

---

1. Dessert typiquement argentin, à base de jaunes d'œufs.

le sous-lieutenant sait que ces yeux, froids et éteints pour lui, peuvent drôlement s'embraser quand arrivent les jeunes muletiers qui emportent au marché les produits de la ferme. L'un deux, en particulier, a la préférence de la fille, aussi gras qu'elle, et du même teint basané, bien que sa mère fasse tout en son pouvoir pour la protéger d'un choix si malheureux.

Deux mois plus tard, tous partent pour San Miguel de Tucumán pour régler les préparatifs du mariage. Mais ce sont ces indésirables noces mêmes qui portent le sous-lieutenant à se lier d'amitié avec le chanoine de la cathédrale et juge proviseur, même si don Alonso prend soin de ne pas lui révéler que c'est son propre mariage qu'il vient préparer.

Il y a une bonne raison à cela : la nièce du chanoine, qu'il a vue à la messe, et qu'il connaîtra plus intimement quand le juge proviseur l'invitera à dîner chez lui. Assis à la table du chanoine, il se laisse ensorceler par les gestes harmonieux de la proviseure, qui coupe élégamment les aliments en petites bouchées, et détourne avec pudeur ses yeux clairs quand les yeux du sous-lieutenant les cherchent.

La jeune fille sait chanter et jouer de la cithare. Parfois, don Alonso l'accompagne. Il devine l'éclat nacré de la peau sous le justaucorps et le corsage. Son propre corps, plus grand, plus fort, façonné par les difficultés et les défis du monde extérieur, pourrait être, comme sa voix, une juste compagnie pour cette taille qui ne s'est mesurée qu'à des pas de danse, ou qui ne s'est inclinée que pour cueillir des fleurs nouvellement écloses sur les patios intérieurs de la maison.

Tous deux se regardent pendant des heures, sans se toucher. Les yeux du chanoine pèsent les mouvements. Chacun trouve en l'autre, pour des motifs distincts, un inépuisable objet de fascination.

Une quiétude splendide émane de la proviseure comme un nimbe doré. Le sous-lieutenant approche sa tête de cette irradiation presque palpable et plisse les yeux. Voici, pense-t-il, le pouvoir secret des femmes, qui ne se doivent qu'à leur beauté et à la perpétuation de l'espèce. Il leur suffit d'être et de briller.

La proviseure scrute don Alonso de la tête aux pieds, oubliant sa timidité. Elle étudie la musculature des mollets, la tension des cuisses qui, même au repos, trahissent le destin du marcheur et du cavalier.

« Comme j'envie Votre Grâce, monsieur le capitaine.

– Moi ? Comment pourrait-il en être ainsi ?

– Sa Grâce a vu le monde. Il est libre de diriger ses pas où bon lui semble. Il a servi glorieusement, et l'on se souviendra de ses exploits.

– Dans le monde, on voit plus de mal que de bien, madame. Les occasions de péché abondent, et moi-même, pécheur que je suis, j'ai fait plusieurs fois le mal. Quant au souvenir des exploits… Combien de soldats ont expiré dans mes bras pour leur roi, et personne ne connaît même le lieu de leur sépulture !

– Cependant, monsieur le capitaine, c'est cela, la vie, et non pas la réclusion. Je préfère ce mal et ce peu de bien à ces limbes entre quatre murs, où le temps ne passe pas. Ah ! si j'étais homme ! J'accompagnerais Votre Grâce à la milice. »

Le sous-lieutenant sourit, amusé. Elle n'est pas faite pour ces choses-là, la proviseure, petite et fine comme la figure de porcelaine, bordée de dentelle, d'une Vierge d'autel. Par contre, il la comprend très bien. Comme si lui-même avait été, dans une autre vie, une femme fragile, cloîtrée derrière des murs en pierre d'un mètre d'épaisseur et des siècles de commandements.

« Votre Grâce me promettrait-elle une seule chose ?

– Tout ce que vous désirez, madame, qui soit à la portée d'un pauvre mortel, répond-il, galant.

– Mon oncle le proviseur consent à notre mariage.

– Et vous, madame ?

– Je le ferai, si Votre Grâce jure de me sortir de cette maison, qui est tout ce que j'ai connu depuis que mes yeux sont ouverts, et de m'emmener loin d'ici. »

Le sous-lieutenant est absolument sincère quand il promet :

« Je jure, madame, sur le salut de mon âme, que si je me marie avec vous, nous irons courir le monde ensemble et vous verrez des villes, au-delà des montagnes, et vous mangerez des mets rares, et vous écouterez, dans des paysages étonnants, des langues et des musiques inconnues. »

La proviseure sourit. L'arc du sourire rajeunit encore plus ses joues rondes et dépose dans ses yeux l'étincelle du désir.

« Que Dieu et la sainte Marie vous demandent des comptes, si vous ne vous exécutiez pas. »

Le jour suivant, le sous-lieutenant reçoit à son auberge, en guise de ratification et en prévision de la noce, un cadeau extraordinaire envoyé par le chanoine proviseur : un costume en bon velours, douze chemises, six paires de caleçons de Ruán, des cols en hollande, une douzaine de mouchoirs et deux cents pesos sur un plateau d'argent.

Don Alonso se trouve obligé de donner des explications à doña Ana, qui a vu se compliquer et être repoussés de jour en jour les préparatifs du mariage de sa fille. Un tel cadeau, lui dit-il, n'est qu'une marque de faveur du chanoine, qui a eu vent de son engagement avec l'héritière, et lui manifeste l'estime qu'il porte à ses belles qualités et au plaisir de l'avoir comme voisin, comme futur propriétaire foncier de la région.

Le soir même, il selle son meilleur cheval : un cheval gris richement harnaché, un cadeau de la veuve. Il remplit ses bissacs de provisions et prend le chemin du Potosí. Avant de rayer dans le livre de l'avenir la carte déjà inutile de San Miguel de Tucumán, il passe devant la maison de la proviseure. Il n'a pas rompu sa promesse, puisqu'il ne s'est pas marié. Il regarde fixement le balcon de la salle de couture, comme s'il voulait envoyer un message, ou comme si la demoiselle l'y attendait toujours. Sitôt disparu, la ville commencera à l'oublier.

Guamanga (actuel Pérou), vers 1619-1620

Le sous-lieutenant don Alonso Díaz Ramírez de Guzmán rassemble les fragments de son corps imparfait. Il se voit multiplié et dispersé sur les morceaux de verre enchâssés parmi les ors et la bordure des rayons du miroir de Cuzco qui imite le soleil ou l'ostensoir.

La petite lune centrale lui renvoie un visage qui répète le carré décidé de la mâchoire, et le long nez droit, osseux. Ainsi que le reflet de ces yeux noisette qu'il préfère fuir. Il ne prête pas attention aux mèches désordonnées des courts cheveux noirs qui tombent sur le front, frôlent les joues et recouvrent à peine le lobe des oreilles. Le regard cherche plus bas, hors de la portée du miroir : le thorax que révèle en partie la chemise ouverte, le bassin déjà couvert par la culotte, les jambes qui ont dessiné avec un filet de sueur brûlante les routes d'Espagne et des Indes.

Comme d'autres fois, le hasard ou la Providence – il croit modérément aux deux – lui ont accordé le privilège d'un autre matin, celui-ci par l'aimable intermédiaire de monsieur l'évêque, le frère Agustín de Carvajal, qui ne s'est pas contenté de le sauver d'une mort certaine, de la potence ou des mains des esclaves du corregidor. Il a ajouté à sa générosité le gite et le couvert, et des vêtements élégants, de gentilhomme, que revêt Alonso Díaz pour paraître avec dignité devant l'auguste présence. Le moment est venu de rembourser cette charitable hospitalité. L'évêque espère probablement entendre, avec la curiosité extasiée de tous les hommes sédentaires, le récit d'une vie indépendante et tumultueuse. Peut-être espère-t-il aussi remettre dans la bonne voie les pas du pécheur encore jeune, suivant le rythme contemplatif de son propre repos. Bien qu'il n'ait pas encore trente ans, le sous-lieutenant peut exhiber à fleur de peau un tatouage indélébile de cicatrices et, plus profondément, des souvenirs vibrants et invisibles d'escarmouches et de poursuites, du choc des lames et des os résistants comme l'acier, affaires d'honneur et de caprice.

Don Alonso palpe la texture sèche de ses blessures du bout de ses doigts charnus, si sensibles au fil des dagues, comme les marques que son ongle de tricheur sait laisser à la dérobée, lors de certaines parties de cartes. Tant de traces de violence pour une si courte vie, qu'il lui est parfois difficile de se rappeler les circonstances dans lesquelles elles lui ont été infligées. À la bataille de Valdivia, au royaume du Chili, il doit quelques-unes de ses plus mémorables : une pointe de lance qui lui traversa l'épaule gauche, trois tirs de flèche, neuf mois de privations – en plus d'une convalescence –, et le drapeau du régiment espagnol, repris aux Indiens, qui lui a valu son grade de sous-lieutenant. La bataille de Purén qui a suivi a augmenté les tirs de flèche et l'estime de ses camarades, mais exacerbé sa colère au point de le pousser à mener à l'échafaud un cacique emprisonné, que le gouverneur souhaitait garder vivant pour demander une rançon. Don Alonso regretta plus tard cette démesure qui l'empêcha de devenir capitaine. Il demeurera sous-lieutenant, parce qu'aucun autre grade n'est compatible avec un esprit rebelle et un caractère instable.

Ces coups de sang enfin apaisés ne méritent pas tous d'être affichés comme des décorations. Certains ont affleuré à la lumière glauque des maisons de jeu, dans l'obscurité des vestibules indécents ou sur les terrains impies du duel, avant l'aube – ce fut dans la confusion féroce de l'un d'eux que don Alonso tua son propre frère Miguel sans le reconnaître, et c'est peut-être la seule mort qui lui pèse. Dans sa main droite, les lames de Tolède ou l'acier d'Eibar se sont levés, toujours naturels et impérieux, avec la facilité irrésistible des érections de l'adolescence. Ses crimes pour des querelles aux cartes, pour des questions d'honneur ou d'épisodes amoureux ont été, mais oui, démocratiques : ils ne répondaient pas à des privilèges de fortune, de charges ou de naissance. Don Alonso se souvient de ses victimes comme de personnages ombrageux plutôt que d'hommes justes – un auditeur général, un marchand, des sbires de corregidors, des gentilshommes, des esclaves et des domestiques, et même un fameux brave, grand, brun et poilu, qu'on nommait le nouveau Cid, qui avait une tête à faire peur. Cette dernière mort, la justice de Cuzco la lui réclame encore.

Le sous-lieutenant ajuste le pourpoint, jusqu'à ce qu'il ne reste plus un seul pli. Vêtu de velours noir de la tête aux pieds, comme un pénitent ou un fonctionnaire, il est prêt à se présenter devant Son Excellence, du moins en apparence. Il réfléchit au récit qu'il fera devant l'évêque. Il lui dira, en toute vérité, qu'il est le fils de nobles parents basques. Qu'enfant, il avait été consacré par eux au service de Dieu, mais qu'à l'éclosion de la puberté avec ses désirs inavouables, le démon qui ouvre toutes les portes, même celles du cloître, l'avait sorti du couvent pour l'égarer dans quelques châtaigneraies où il avait troqué le vêtement religieux contre un accoutrement séculier. Il lui dira qu'ainsi vêtu – et changé, aussi, le nom auquel il s'identifie et qui lui donne sa raison d'être –, il avait servi divers maîtres dans les terres d'Espagne : un professeur, deux muletiers, deux nobles, dont l'un était secrétaire du roi. Il les a tous laissés pour chercher fortune ailleurs, ou parce qu'ils étaient sur le point de surgir dans le patio fermé de son secret. En ce temps-là, il se faisait appeler Francisco de Loyola, et il dormit pour la première fois dans une prison, à cause d'une bagarre à coups de pierre avec quelques jeunes hommes.

Lui dira-t-il aussi que, vêtu de ses plus beaux atours de page, il a défié la tentation suprême, celle du retour, et s'est rendu au couvent de Saint-Sébastien l'Ancien, le jour même où sa mère entendait la messe ? Le défi le fortifia, parce que sa propre mère le regarda sans le reconnaître. Don Alonso comprit alors qu'il était déjà autre et qu'il pouvait impunément changer de costumes et de métiers, dépouillé de tout lien. C'est peut-être pourquoi il partit de Sanlúcar et s'engagea comme mousse sur le galion même que commandait son oncle Esteban de Eguino, en route vers les Indes occidentales. Don Alonso Díaz Ramírez de Guzmán sera le nom choisi pour son nouveau baptême blasphématoire.

C'est sous ce nom qu'il vivra la discipline de la guerre, le désordre fortuit des disputes et les formalités du commerce. C'est sous ce nom qu'il connaîtra ensuite son frère Miguel, capitaine aux Indes, qui partit très jeune de la maison paternelle pendant que don Alonzo était encore à la tétée. C'est ce nom que ses amoureuses ou ses séductrices déçues mentionneront. Le sous-lieutenant s'est immunisé contre les leurres et les charmes avec lesquels les femmes tapissent l'antichambre du mariage pour que ne soient pas remarquées les rigueurs et les colères de la salle contiguë. D'autres hommes se sont installés avec joie entre ces quatre murs, surtout s'ils sont tapissés de bons doublons et qu'on peut étendre son corps entre des draps brodés. Lui ne cédera pas aux pressions de la beauté ni de la fortune, mais se prêtera aux jouissances d'un jeu qui se terminera toujours abruptement, par la fuite ou la répudiation.

Les mains de doña Beatriz de Cárdenas se sont amusées ferme, cherchant en vain des ombres de barbe sur la joue cuivrée, mais glabre. « On croirait que Votre Grâce a du sang indien, tout blanc que vous soyez. Peut-être que si vous aviez plus de conversations avec les dames, des canons noirs vous pousseraient preste, comme si la pluie les arrosait. » Le sous-lieutenant sourit, sans dire mot. Il se laisse caresser par les mains solennelles, luisantes de crème. Le regard de doña Beatriz promet des largesses excessives quand elle le reçoit dans sa loge, parfumée par un incendie de fleurs séchées. Don Alonso joue, complaisant, avec ces cartes faciles, jusqu'à ce que les mains de la Cárdenas exigent des liens moins délicats, impossibles.

Des doigts plus innocents s'appliqueront à le peigner quand il se trouvera au service de don Diego de Solarte, et il passera ses rares moments de loisir sur les coussins de la terrasse où filent et brodent les nièces du maître. «Votre Grâce a de beaux cheveux. Ils brilleraient davantage si nous lui mettions des huiles. Me laisserez-vous les laver un de ces jours?» Le sous-lieutenant ne parle pas, mais embrasse un à un les doigts sertis de bagues. Et une fois, avant que ne s'allument les bougies du salon, il appuie ses lèvres clandestines, impertinentes, sur la bouche sèche, subitement effrayée, de la fille qui préférerait l'envoyer chercher fortune dans les mines du Potosí avant de lui accorder quelques douceurs conjugales. Il ne fut pas obligé de la désillusionner, parce que don Diego eut vent de ces audaces de jeune pauvre et décida de le renvoyer pour qu'il ne gâte pas avec son toucher empressé le fruit qu'il destinait à des prétendants plus opulents.

Le jeu se transformera en soupçons et en trahisons quand don Alonso, devenu soldat, trouvera à Puerto de la Concepción Miguel, qui ne le verra jamais comme son petit frère, mais comme le protégé, le compagnon et le compatriote. Il s'assoira à sa table pendant trois ans, et non seulement partageront-ils la nourriture, mais aussi l'inexpugnable langue qu'ils défendent contre l'orgueil de la Castille. Mais don Alonso commettra l'erreur de visiter la dame de Miguel comme si elle était aussi la sienne. Trois autres années d'exil, cette fois au fort de Paicabí, punissent son audace. Mais c'est là qu'il obtint, justement, ses lauriers de sous-lieutenant.

Il ouvre le balcon protégé par des jalousies. La grande place de Guamanga apparaît sous un fin voile d'arabesques, tout comme se dissipe le visage virginal de la proviseure sous les couches poreuses de sa mémoire. Le patio de jasmins dans les profondeurs de Tucumán lui semble une oasis illuminée au milieu d'une nuit sans fin traversée de bourrasques et déchirée d'éclairs. Depuis cette fuite, il a inscrit trois autres morts sur son fourreau d'épée, où il fait le compte de ses colères meurtrières, sauvé une femme infidèle de la vengeance de son mari, lutté dans la faction des corregidors et dans celle des détenus. Il a connu les deux côtés de la loi, assez pour se rendre compte que, dans les deux, on tue de la même manière, sans raison, avec la même injustice.

On frappe à la porte. La domestique de l'évêque, une métisse aux longues tresses nouées à leurs extrémités, le regarde, et regarde ensuite son dos fracturé dans la complexité du miroir.

« Son Excellence m'envoie vous dire que Votre Grâce peut se présenter devant elle. »

Don Alonso suit la trace invisible des sandales jusqu'au salon où le frère Agustín l'attend. Il embrasse sa bague. Tout évêque et vieillard qu'il soit, ses yeux sont innocents et troublés, comme ceux d'un enfant toujours surpris devant la méchanceté et les bizarreries du monde.

« Maintenant, mon fils, commence le frère Agustín, j'espère entendre de vos propres lèvres le récit de la vie que vous avez menée. Je ne doute pas qu'elle a été mouvementée et exposée à la damnation et j'espère que dorénavant le chagrin de vos fautes vous accompagnera pour le salut de votre âme immortelle. Nous n'en avons pas deux, et une fois l'unique perdue, mon fils, sourit l'évêque de façon inopinée, il n'y aura pas de bonne main aux cartes pour l'arracher des griffes de l'ennemi. »

Le sous-lieutenant recommence le récit qu'il a raconté à maintes reprises. Il progresse bien, sur un terrain déjà débroussaillé et confortable. Il ne fait même pas de pause avant l'épisode le plus malheureux et amer, la mort de son frère, jusqu'à ce qu'il trébuche sur la route qui part de San Miguel de Tucumán. D'abord, il excuse, avec une certaine grâce picaresque, sa double fuite des pièges du mariage. Ensuite, il raconte avec force gestes comment il a déjoué l'attaque de trois voleurs et est arrivé finalement au Potosí, et ensuite chez les Chunchos, où il a recommencé à servir, d'abord le roi, et ensuite son ambition, dans une féroce récolte d'or et d'argent.

Mais une fois ici, un coup traître le désarme et le défait, le laisse inanimé et lui fend la poitrine. L'évêque apprécie, satisfait, comme un signe manifeste du repentir, les larmes qui se mettent à glisser sur les joues étrangement lisses. Il a vu des hommes plus endurcis se rendre devant l'avance intangible et implacable de la Grâce divine.

Ce n'est toutefois pas la Grâce de Dieu – du moins pas comme la conçoit le frère Agustín – qui déchire en lambeaux la voix du

55

sous-lieutenant. Don Alonso a la gorge nouée par l'odeur de la cannelle, il a la poitrine pressée par des délices anciens qui affluent depuis la cuisine de l'évêque, dans une cohue d'arômes débridés.

Le sous-lieutenant se débat entre pelures d'orange et feuilles de laurier. Il lutte contre la fascination du fenouil et du thym, veut extirper de sa mémoire la couleur des fruits confits et l'odeur de la vanille et du riz au lait. Mais c'est inutile. Il a de nouveau trois ans et il somnole sur les genoux de sa nourrice, dans la cuisine d'un manoir en pierre de la ville de Saint-Sébastien, quand il ne s'appelait pas encore don Alonso Díaz et que personne ne s'imaginait que ses mains choisiraient le contact des dagues, des arquebuses et des lances, au lieu du fuseau, de la quenouille, et des aiguilles à broder.

Il respire profondément. Il ne peut pas continuer de raconter une histoire à laquelle manquent le sang des veines et le cœur de sa vérité. Il décide de renoncer au seul gros mensonge sur lequel les autres se sont tous construits : les trahisons, les vols, les déviations dans lesquelles il est tombé pour demeurer fidèle à cette essentielle illusion.

« Votre Seigneurie, ce que je vous ai raconté est vrai, mais j'ai omis le principal. Il est vrai, le récit de mes aventures, péchés et infortunes, et les prouesses que Dieu a voulu me laisser accomplir. Il est aussi vrai que mes parents m'ont destiné dès mon enfance à Son Service. »

Le sous-lieutenant s'arrête. Non seulement les mots lui manquent, mais il semble même changer lentement d'apparence, comme les serpents qui abandonnent leur vieille peau au bord du chemin. La voix lui revient, bien qu'avec un timbre distinct qui dément les paroles précédentes comme si en elles se répercutait l'écho d'une fausse note.

« À quatre ans, je suis entrée au couvent, sous la protection de la religieuse doña Úrsula, ma tante, non pas en tant qu'homme, mais comme femme, parce que c'est ce que je suis, et je ne m'appelle pas don Alonso Díaz Ramírez de Guzmán, mais doña Catalina de Erauso. C'est le nom que j'ai abandonné après être revenue dans le siècle, peut-être parce que mes parents ne méritaient pas que je pêche par lui, et ils ne méritaient pas non plus que je le fasse briller par la gloire des armes. C'est pour cela qu'ils m'ont enfermée dans ce couvent pour que je devienne une religieuse. »

L'évêque se voit dans les yeux du sous-lieutenant doña Catalina, qui se sont levés maintenant pour l'affronter, sans larmes.

« Je sais que la rareté de mon cas suscite plus l'incrédulité que la foi, bien que Votre Seigneurie – elle sourit – soit un homme de foi. C'est pourquoi je dis que si Votre Grâce ne veut pas entretenir de doutes, qu'elle me fasse examiner par une sage-femme, qui prouvera non seulement mon sexe, mais la chasteté dans laquelle j'ai vécu. »

L'évêque réfléchit, émerveillé et courbé sous le poids invraisemblable de l'extraordinaire. Peut-être doit-il se disposer à remercier la grâce divine, qui donna les antiques sirènes et les centaures, et qui lui offre, comme un phénomène des temps nouveaux, une femme capable de vivre le plus viril des destins.

Au jour suivant, les sages-femmes certifient que la pénitente doña Catalina de Erauso est en effet une fille d'Ève, une vierge intacte comme au jour où elle est née.

Le frère Agustín de Carvajal promet de la vénérer et de la protéger comme l'une des personnes remarquables de ce monde. Aussitôt, une armée de curieux entoure la maison, tandis que pénètrent dans le lieu interdit des personnages et des m'as-tu-vu à qui on ne peut refuser l'entrée, et qui meurent d'envie de voir le prodige. Les visites au Monstre de la Nature durent jusqu'à ce que Catalina demande d'être admise au couvent des sœurs clarisses. L'évêque l'accompagne et l'assure de son amitié assidue, tenant promesse jusqu'au jour de sa mort.

Nouvelle-Espagne (actuel Mexique), 1650

Il fait chaud sur la route de Veracruz. Un soleil inquisiteur tourmente en vain les chapeaux à large bord que portent les muletiers. Ce sont des paysans noirs et métis, habitués aux cruautés et à l'éclat des midis estivaux des sentiers de la Nouvelle-Espagne. Même l'homme blanc qui va en tête du troupeau, celui que l'on nomme don Antonio, ne semble pas contrarié par la rigueur du ciel.

Mais les mules exigent de l'eau, il faut transférer les charges sur un nouvel attelage. Ils s'arrêtent dans une auberge, où quelques religieuses carmélites ont déjà commandé des fruits et des jus. Don Antonio se découvre devant les religieuses et s'assoit en retrait, face à une petite jarre de vin rouge. Bien que ses yeux impatients fixent déjà la route, il ne peut s'empêcher de se retourner vers la table des épouses du Christ, avec la méfiance de l'homme d'armes qui se sait épié, bien qu'il n'y ait pas d'ennemis en vue.

L'une des religieuses – celle qu'il croit être la supérieure ou l'abbesse – le regarde, tranquille et insistante. Don Antonio croit reconnaître un paysage du passé dans ce visage tout blanc, net, à la peau mûrie et polie. Les yeux verts qui le scrutent sous la coiffe l'ont déjà sollicité mais où ? – de la même façon. Comment se rappeler ? Don Antonio a parcouru une partie de l'Espagne, de la France et de l'Italie, et presque tous les territoires de l'Espagne aux Indes. Partout, il a rencontré des religieuses, mais il n'associe ces yeux familiers à aucun voile. Enfin, il se lève et, chapeau à la main, il s'approche de la table de la religieuse.

« Est-ce que Votre Grâce me connaît, ma mère ? demande-t-il, circonspect.

– Oui, je vous connais, bien que je n'aie pas alors été votre mère, non plus que je ne le suis aujourd'hui. De plus, à cette époque, on ne vous appelait pas don Antonio, mais don Alonso. C'est vous, monsieur le sous-lieutenant, qui ne me connaissez pas. Il est vrai que j'ai changé d'habits beaucoup plus que Votre Seigneurie. »

Don Antonio entend au loin une rumeur de cithare et d'eau. La cithare est dans les mains d'une jeune fille. L'eau déborde de la petite fontaine au centre d'un patio rempli d'ornements de jardin.

La religieuse sourit.

« Vous savez maintenant qui je suis, n'est-ce pas ? Doña Isabelle, la nièce du chanoine proviseur de San Miguel de Tucumán. Celle à qui vous avez juré de l'emmener voir le monde, quand vous l'épouseriez. Non, non. Ne dites rien – et elle lui coupe la parole. Je sais pourquoi Votre Grâce ne pouvait pas se marier avec moi. Votre réputation est connue dans toutes les Indes. Alors, vous êtes de nouveau dans un habit d'homme ? N'aviez-vous pas été admis chez les sœurs clarisses ?

– Je l'ai été, mais à peine s'était-il écoulé cinq mois que mon saint évêque, le frère Agustín, mourut. L'archevêque de Lima m'a aussitôt convoqué auprès du vice-roi pour qu'il m'accorde la permission de choisir un autre couvent à Lima. J'ai passé deux ans chez les religieuses de San Bernardo, jusqu'à ce qu'on me permette de retourner en Espagne, quand on s'est aperçu que je n'avais pas prononcé mes vœux à San Sebastián.

— Et qu'avez-vous fait en Espagne ?

— Plus de gens sont venus me voir qu'aux Indes. Et j'y ai rencontré plus de voleurs et mécréants que dans ces pays-ci. Mais Sa Majesté m'attribua une pension pour mes services, et le pape m'accorda la permission de porter ces vêtements. J'ai ensuite voulu revenir aux Indes, où je me sentais mieux. Je n'utilise pas mon prénom, bien sûr, mais mon nom de famille, oui : Erauso. Et vous ? Quand avez-vous prononcé vos vœux ?

— J'ai d'abord dû me marier. Mon oncle m'a trouvé un veuf galant, vieux et riche. C'était un homme bon, et Dieu m'octroya la grâce de le convier rapidement à une meilleure vie…

— Madame !

— … pour qu'il trouve ainsi son salut et moi le mien. N'y a-t-il pas vie plus pieuse ?

— Et c'est pourquoi vous êtes devenue religieuse ?

— Je n'ai pas rencontré de meilleurs soupirants. Nous, les carmélites, sommes des mères fondatrices ; je disposais d'une bonne dot, et je voulais voir le monde. Et nous n'avons pas toutes, comme Votre Grâce, une gaillarde propension pour les armes.

— J'ai souvent pensé à vous.

— Ah oui ? Pourquoi ?

— J'ai regretté de vous avoir trompée et, de plus, je vous enviais.

— Moi ? Comment est-ce possible ?

— Vous illuminiez toute chose par votre seule présence. Votre image faisait pâlir le mérite de tout héros et de tout exploit.

— Ce n'est qu'illusion, ce que les autres supposent. Je ne ressentais pas la même chose. Et maintenant, dites-moi : laquelle des deux vies est la plus joyeuse ?

— Chacune a ses joies et ses chagrins. Celle des femmes qui sont belles est meilleure, et je ne l'étais pas.

— N'est-ce pas un jugement sans fondement ?

59

— N'oubliez pas que j'ai été une femme de chair. J'avoue que, quand j'ai voulu reprendre le temps perdu, il était déjà trop tard. Je n'avais pas d'autre goût que celui des armes, du jeu et du commerce, et les angoisses qui accompagnent ces ardeurs. Cela dit, madame, le plus intéressant n'est pas de rester ce que l'on est, mais de changer.

— Dieu ne nous a pas faits d'une seule manière ?

— Seulement pour un temps. Ce n'est qu'un rôle, dans un théâtre. Vous verrez que de l'autre côté, dans la vraie vie, il n'existera pas ce qu'ici nous appelons une femme ou un homme. Nous serons une seule et même chose, comme Dieu, et nous serons complets. »

La religieuse regarde le chef des muletiers avec d'autres yeux.

« Moi aussi, j'ai pensé à vous. Je vous chercherai si nous arrivons au paradis. »

Don Antonio de Erauso s'incline pour la saluer, davantage comme un courtisan que comme un soldat, et file de nouveau vers Veracruz. Il ne va pas loin : à Quitlaxtla, le malheur de la mort lui arrive tout à coup.

Son linceul est une longue chemise, et sa dague ornée d'argent est placée en travers de sa poitrine. Le berceau est le miroir inversé de la sépulture. Mort, il redevient doña Catalina de Erauso, comme nouvellement née. Des habitants des villages voisins, des religieux et des prêtres l'accompagnent à son enterrement.

La proviseure réussit à déposer un bouquet de jasmin sur la terre sèche.

Des yeux bleu clair de cheval

*Je ne donnerai jamais ma fille à un hérétique
sans privilège qui a les yeux comme ceux d'un
cheval quitilipe*[1].

— Guillermo DÁVILA,
« *Mineral de Famatina* ».

La Rioja, 1826

La petite María del Carmen est totalement ensorcelée, pense Justina. Ni le meilleur médecin ni la plus douée des guérisseuses n'ont pu la guérir.

Ce sont deux yeux bleus – délavés comme une pierre de saphir, mais brillants à distance, comme des cristaux de mica – qui la font suffoquer au milieu des cauchemars et trempent sa chemise de *broderie*[2] d'une sueur chaude et parfumée. Ce sont ces deux yeux attirants comme des billes magnétiques qui la soulèvent et la font marcher, à moitié endormie et gémissante, jusqu'à la grille obscure où seules les dames de la nuit sont ouvertes.

Ce sont ces yeux que María del Carmen continue de chercher en vain quand Justina la met au lit, la borde et lui donne de petites tapes dans le dos, comme si elle était encore la petite fille qui

---

1. Région montagneuse du nord-ouest de l'Argentine d'où provient cette race équine.
2. En français dans le texte.

retournait dans les bras de sa nourrice, à la sécurité du monde connu, après les mauvais rêves. Mais elle n'est plus une petite fille, et c'est ça, le problème.

C'est aussi un problème que les yeux soient d'un bleu inusité, d'un bleu insolent. Et surtout, qu'ils soient les yeux d'un hérétique.

À ces objections, María del Carmen trouve toutes les réponses.

« Qu'importe qu'il ait les yeux bleu clair ? N'est-ce pas aussi le cas d'Ángel Peñaloza, le bras droit du général Quiroga ? Et Brizuela ? Et ne l'appelle pas hérétique. Depuis qu'il est ici, il n'a pas raté une messe. Il est toujours à l'entrée, près du bénitier, pour m'offrir de l'eau bénite.

– Et pourquoi ne le ferait-il pas ? Le diable, s'il le pouvait, se brûlerait les doigts avec l'eau bénite pour séduire une jeune fille comme vous. Le pire viendra après, quand vous le verrez en caleçon et qu'il vous montrera sa queue.

– Quelle queue ? Ce sont des histoires de nègres ignorants. Bien sûr qu'il n'a pas de queue. Il est blanc, c'est vrai, mais il n'est pas obligé d'avoir une queue, non ?

– Vous le connaissez à ce point ? Et je ne sais pas ce que vous trouvez à un homme qui est de la même couleur que le beurre. »

Le visage de María del Carmen est devenu aussi rouge que peut l'être une peau d'un brun pâle : l'ocre éclatant du drapeau fédéral.

« Mais comment oses-tu, malapprise ? C'est à peine si je l'ai vu à l'église et au bal des Dávila, et à celui des Villafañe. Je ne veux plus parler de cela. Ah ! Si ma mère vivait ! »

Elle vous dirait plus ou moins la même chose que moi, ingrate, et vous ne pourriez pas l'appeler négresse ignorante, pense Justina, pendant qu'elle voit s'éloigner la petite Carmen dans un furieux tourbillon de mousseline. Elle ira se réfugier sous l'immense caroubier du verger, celui qui a toujours abrité avec une patience infinie ses colères de fille unique qui, parce qu'elle est orpheline de mère, considère qu'elle a droit à un surcroît d'attentions et de compassion.

Justina est certaine qu'elle ne part pas les mains vides. Dans sa bourse de maille et de dentelle, elle transporte toujours un ou deux livres, reliés de maroquin rouge, dont les lettres dorées érodent la morale fragile et exacerbent l'imagination fiévreuse des demoiselles mariables. Justina tient de source sûre que ces livres s'appellent « romans » et qu'ils racontent des histoires de rébellions et de péchés. C'est la faute des cousines de la petite, qui passent leurs hivers à Buenos Aires et en rapportent toutes sortes de nouveautés, et de l'indulgence excessive du patron, don Robustiano. S'il n'est pas allé décrocher la lune, c'est seulement parce que Carmencita ne la lui a pas encore demandée.

Tout est toléré, jusqu'à ce qu'arrive, comme toujours, l'irrémédiable.

L'irrémédiable a un nom que Justina n'a pas encore réussi à prononcer (bien que, peut-être pour l'assimiler au commun des mortels, les dames de la société l'appellent, magnanimes, « don Carlos »), et une visibilité scandaleuse. Il est impossible de ne pas remarquer, même de loin, la tête jaune comme aurait pu la peindre un artiste extravagant, et qui dépasse au moins d'un quart les têtes, noires ou châtain, des personnes normales. De près, il faut être très bien élevé pour se retenir de rire quand l'étranger ouvre la bouche et se met à parler un castillan rempli de fautes qui seraient amusantes chez un enfant qui apprend à parler, mais qui sont ridicules chez un homme de cette envergure, vêtu d'une redingote et coiffé de ce chapeau rond qu'il lève au passage de chaque dame (il n'y en a pas une qui ne se soit pas baladée devant lui trois ou quatre fois seulement pour le voir s'incliner de révérence en révérence, comme s'il était une marionnette).

S'il ne s'agissait que de cela, l'étranger – qui n'est même pas un *Monsieur* ou un *Mister,* mais qui appartient à une autre espèce encore plus rare – ne serait qu'un autre de ces « nationaux » vêtus comme les dessins de mode de Paris que les cousines de la petite lui rapportent chaque saison du port.

Mais si l'apparence du prétendant ne plaît pas à Justina, elle approuve encore moins ses affaires comme chef de la drôle de caravane qui est arrivée depuis peu à Chilecito, armée comme une troupe de bandits de fusils et de carabines, et munie d'instruments offensants pour fouiller et vider les entrailles les plus secrètes de la Terre, la mère, comme Ève, de tous les mortels. Si du moins c'était le général Quiroga qui le leur avait ordonné, lui, il aurait su pourquoi. Mais c'est Rivadavia, l'athée, qui les envoie, qui s'associe avec les étrangers pour mieux emplir ses poches et les coffres insatiables de Buenos Aires. Seuls quelques hérétiques, assermentés par le Démon même, peuvent affronter impunément la colère de la colline de Famatina, où les âmes en peine des Incas déambulent encore dans les grottes pour protéger les derniers trésors de leur Empire perdu.

Sous le mouchoir de batiste, dans l'étui où il garde le tabac à priser, l'étranger cache les mots magiques qui lui ouvrent sans effort les portes de la Salamanca et lui accordent les richesses de la montagne en échange d'un baiser sur le derrière de Belzébuth. L'ennemi est celui qui se chausse du plus fin chevreau (quand ce n'est pas de la peau de chérubin), l'innommable est celui dont les gants de soie sont brodés de signes énigmatiques, qui s'habille de tissus d'une élégance inconnue non seulement dans les salons de La Rioja, mais aussi, selon ce qu'on dit, dans ceux de Buenos Aires.

Justina perd le souffle quand elle pense à la petite armée d'hommes nus qui rampent dans les galeries souterraines durant des journées entières, se privant de voir les souverains visages naturels du Soleil et de la Lune seulement pour pouvoir attraper leur éclat et le figer dans des blocs d'or et d'argent, réduit à l'état de monnaie. Celui qui est capable d'échanger de telle manière les hautes illuminations du ciel contre le feu douteux du centre de la terre peut infléchir la volonté en fleur d'une petite fille innocente.

Mais il manque le consentement du père. Et c'est ce soir même que se livrera la bataille. Justina ordonne qu'on prépare le salon, qu'on apprête le maté et les boissons pour quand le docteur don Segundo Ortiz (l'émissaire choisi par l'étranger pour demander formellement la main de Carmen) s'assoira pour converser avec don Robustiano. Elle fait ensuite brûler de l'encens dans les quatre coins de la pièce, place discrètement des branches d'absinthe amère sous les coussins et les tapisseries. Elle récite, sans respirer, tout un chapelet. Tout ce qui a été fait lui semble peu pour effacer de la maison et de la mémoire de la petite l'éclat mauvais de deux yeux bleus.

Guaco et Malanzán, province de La Rioja, 1829

L'ingénieur Karl von Phorner froisse le papier. Des larmes de rage fusent de ses yeux comme des gouttelettes de fonte. Il déplie et lisse de nouveau sur la table la feuille froissée, et relit l'ordre de confiscation de son bétail – le bétail de la prospère hacienda de Guaco – au nom du gouvernement supérieur de la province. La cause fatidique de tous ses malheurs, depuis qu'il a mis les pieds sur ces terres de richesses inestimables et finalement inaccessibles, comme des illusions, semble se résumer maintenant dans un seul nom : Juan Facundo Quiroga.

Dans une vitrine, face à son bureau, s'alignent – inutiles pièces de musée décoratives – les échantillons minéraux qu'il a extraits du Famatina trois ans plus tôt, bien que cela lui semble aussi lointain et invraisemblable que s'il s'agissait d'une vie antérieure. Ils sont là, la pierre verte et l'argile d'ardoise, le quartz parsemé de pépites d'or, l'oxyde de fer, le sulfure d'argent et le *rosicler*[3], le chlorure et le cuivre. Là, dans les éprouvettes, dort d'un sommeil instable et scintillant le mercure.

Tout ça pour rien. Depuis Hambourg jusqu'à cette rivière australe qui, malgré son nom, n'a d'argent que le reflet de la lune sur ses eaux, le voyage n'a servi à rien. Inutile, aussi, le trajet interminable en guimbarde depuis Buenos Aires jusqu'au Cuyo, à travers un territoire hostile où l'air vibre, perforé par des cris de guerre et les hampes de lance, où les ombres des cavaliers nus au corps huilé gambadent dans la sérénité fragile de la pampa nocturne. Ni le supplice à dos de mule jusqu'au flanc du Famatina, alors qu'ils étaient observés comme une armée d'envahisseurs, obligés de payer toute provision à prix fort. C'est que les paysans cherchent à monnayer à leur avantage les éventuels traités avec « ces diables », qui – selon eux – ne savent même pas parler une langue humaine et s'expriment dans un galimatias barbare, appelé par certains experts du jargon des enfers, l'« anglais » et l'« allemand. »

Inutiles les assurances et les garanties que le supposé président de la supposée république, don Bernardino Rivadavia, lui offrait comme gestionnaire de la River Plate Mining Company. Le général Juan Facundo Quiroga et son prête-nom, le gouverneur Villafañe, ont refusé de reconnaître les pleins pouvoirs à Rivadavia et de remettre au supposé gouvernement national et à ses associés l'exploitation

---

3. Dérivé du français, *rose et clair*. Minéral de la couleur et de l'éclat du rubis

des mines de La Rioja. Ils ne manquaient pas d'arguments convaincants, possédant déjà, avec le prospère entrepreneur don Braulio Costa, leur propre société, la Famatina Mining Company, dont les bénéfices devaient rester dans la province, et surtout dans les comptes bancaires de certains de leurs nobles rejetons.

Peu importaient à Karl von Phorner les querelles entre unitaires et fédéralistes, ou entre provinciaux et habitants de Buenos Aires. Il savait seulement que Quiroga l'avait empêché d'exercer sa profession, et de redonner du lustre au blason de ses ancêtres grâce à une bonne poignée d'or frais. Il aurait pu bien sûr continuer jusqu'au Chili – aux mines de Copiapó, où l'on avait besoin de bons techniciens –, son équipement sur le dos. C'est ce qu'ont fait plusieurs de ses compagnons. Mais des yeux noirs sous une mantille blanche, un matin de grand-messe, l'en ont empêché. Et Karl von Phorner ne veut pas les accuser. Heureuse faute, pense-t-il, en tout cas, aussi heureuse que celle de notre père Adam, sans laquelle le Christ ne serait jamais venu nous sauver. Comme tout bon mineur, von Phorner préfère sombrer dans le puits sans fond du désespoir, pourvu qu'il soit ensuite hissé jusqu'aux veines riches de bonheur que ces yeux lui promettent, malgré tous les obstacles. Parce que les obstacles n'ont pas manqué, depuis le début, bien que les amoureux les surmontent élégamment, avec des regards lointains et de brûlantes rencontres, brèves et clandestines.

Pour l'amour de ces yeux, Karl von Phorner, étudiant instruit et progressiste, a laissé ses livres et ses expériences pour étudier le rythme d'engraissement des vaches, pour soigner leurs fièvres et les débarrasser des insectes. Pour l'amour d'eux, lui qui se considère comme un esprit cultivé et libertaire a supporté la plus inique discrimination raciale et religieuse et la moquerie des paysans analphabètes. Et pire encore, l'insulte effrontée de son réticent beau-père.

Elles le brûlent encore, ses joues sensibles, enclines à rougir sous les effets de l'amour, de la colère et de la bonne bière, quand il se rappelle la réponse que fit don Robustiano Vera au long discours par lequel son médiateur se proposa d'exalter ses mérites comme candidat au mariage :

« Combien de mules, combien de vaches possède votre étranger promis ? Je ne donnerai jamais ma fille à un hérétique qui n'a pas de dot et dont les yeux ressemblent à ceux d'un cheval quitilipe. »

Von Phorner ne peut pas provoquer en duel le père de la femme à laquelle il prétend. Il décide de tolérer – chrétiennement, même si on le qualifie d'hérétique – l'humiliation d'être comparé à un cheval en raison de la couleur de ses yeux. S'il n'y a pas d'autre solution, il s'improvisera fermier. Alors, il se consacre, avec une discipline méthodique, à la tâche de créer sa propre variété de cheval et de bétail vacciné, et achète, grâce à ses économies et quelques crédits, la propriété de Guaco, aux environs de La Rioja. Sa fiancée l'attend, pendant ce temps, avec une patience vertueuse, bien qu'à vingt et un ans, selon les critères locaux, elle passe déjà pour vieille fille. Elle menace d'entrer au couvent si on ne la laisse pas se marier avec son amoureux. Dans les moments de découragement, Phorner se met à penser que son père préfère la voir religieuse plutôt que d'avoir des petits-fils pauvres qui hériteraient peut-être d'yeux de couleur si peu humaine.

Les débuts n'ont pas été faciles. Il a eu à vaincre la méfiance et le dédain de ses propres ouvriers. Deux grandes vertus jouent en sa faveur : il est bon cavalier et il est brave. De temps à autre, il s'offre le luxe d'éblouir les gauchos avec certaines figures équestres apprises autrefois lors d'un entraînement rigoureux à l'école viennoise de chevaux lipizzans, et qui lui valent des éloges réticents : « L'étranger est bizarre, mais il sait trotter. » Il s'est aussi résigné à la définitive transformation vernaculaire de son nom de famille noble. Que ce soit à cause des affinités sonores, ou comme un rappel du feu qui fond les métaux, l'hidalgo allemand Karl von Phorner est descendu de l'almanach du Gotha pour être universellement connu dans La Rioja comme « l'étranger du fourneau », non seulement dans les huttes, mais aussi dans les potins des salons.

Mais ce dernier coup est excessif, intolérable. Quand les produits de son hacienda semblent le rapprocher de plus en plus du consentement désiré, la main et la volonté guerrière de Quiroga s'interposent encore une fois pour décourager tout espoir. Karl von Phorner décide de se comporter à la hauteur de sa lignée et de jouer le tout pour le tout. Il ira trouver le Tigre des Plaines de La Rioja dans sa tanière. Il sait qu'avant d'aller à Córdoba pour livrer combat aux forces unitaires de Paz le Manchot, Quiroga passe quelques jours dans sa maison de San Antonio de Malanzán, où Phorner se dirige maintenant, paré de ses plus beaux atours de seigneur rural. Il a accroché à sa ceinture un poignard argentin et un pistolet à crosse de nacre hérité de son grand-père, qui a tiré ses premiers coups dans les forêts bengalis. Peut-être tirera-t-il les derniers sur cet autre Tigre.

À vrai dire, il a très peu vu Quiroga : une entrée dans la ville de La Rioja, hirsute et triomphant, à la tête de sa cavalerie d'insurgés ; la proclamation au balcon de la Maison du gouvernement – l'image et le son amplifiés par l'écho, et le prestige de la distance. Aujourd'hui, ils seront face à face, dans la maison en pierre qu'il devine déjà entre les bosquets de micocouliers et de caroubiers et les *quebrachales*[4] des plaines. À cette heure tardive, le crépuscule est doré, mais l'air est frais et léger : un globe allumé d'où émane seulement l'éclat, non le feu. Il met pied à terre et attache son cheval à un poteau. Face à la grande maison toute proche, sculptées dans la même pierre, des armoiries aux bords usés. Après un moment de surprise, il croit se rappeler – quelqu'un le lui a dit – que les Quiroga proviennent d'un antique lignage wisigoth, du royaume de la Galice espagnole.

À la conjuration du salut rituel – Ave Maria immaculée – auquel on a dûment répondu, on lui ouvre la porte et le fait passer au salon, où deux dames brodent près de la fenêtre pour profiter des dernières lueurs. Phorner apprécie les meubles espagnols, sombres et robustes, mais finement sculptés et travaillés, l'estrade orientale où s'accumulent les coussins de passementerie élaborée. Stratégiquement placé sous la splendeur grave des candélabres, se trouve un clavecin. Des pièces de vaisselle en argent – péruvienne ou bolivienne – reflètent les formes de toutes choses dans la trace sinueuse de leurs arabesques. Elles renvoient son propre visage, qui va d'étonnement en étonnement. La grotte du barbare ressemble à un salon courtois, qui sent la lavande et le benjoin. Bien que ces arômes proviennent peut-être des vêtements de la belle femme qui a la déférence de se lever pour le saluer.

---

4. Végétation des plaines de l'Amérique du Sud composée majoritairement d'épineux.

Phorner s'arrête, ébaubi, devant l'ovale parfait du visage : une beauté polie et mûre qui pourrait être celle de sa María del Carmen dans quelques années. Doña Dolores Fernández, la femme du Tigre, le fait asseoir à côté d'elle et de l'autre dame – doña Juana Argañaraz, mère de Quiroga. Elles lui offrent du maté et des confiseries de pâte feuilletée et d'ambroisie. Elles cherchent un sujet de conversation, et Phorner remarque qu'elles connaissent déjà l'histoire de son arrivée à La Rioja, de son amour et de sa longue cour.

« Ne seriez-vous pas disposé à vous convertir, monsieur don Carlos ? La petite Carmen Vera vaut bien quelques messes, lui suggère la plus âgée.

– Je n'en doute pas, madame. Mais à quoi pourrais-je me convertir ? Ce ne sont pas tous les Allemands qui sont devenus réformistes. De mémoire d'homme, notre famille a toujours été catholique.

– De bons catholiques ?

– Aussi bons qu'il se peut et ainsi que la grâce du Seigneur l'a voulu », répond Phorner, tandis qu'il remarque, non sans un frisson, la légende « La religion ou la mort » que les doigts habiles de l'épouse du Tigre viennent de broder en lettres d'argent sur un étendard de soie noire. La fumée des bûchers inquisitoriaux commence à se mélanger aux herbes odorantes et aux mélanges de Lima qui enrichissent l'air de la pièce.

L'entrée d'un homme habillé en gaucho brise le charme et la peur.

« Madame a sonné ?

– Oui, Funes. Accompagnez monsieur don Carlos au verger. Il est venu voir mon mari. »

En aparté, la dame souffle quelque chose – une information sécrète ? – à l'oreille de l'émissaire, qui fait un geste d'assentiment.

Phorner suit Funes entre les sentiers du verger. Des arbres fruitiers, des tunnels de vignes, des margelles qui recueillent l'eau de pluies incertaines. Des roses et des jasmins – les mêmes qui feignent de fleurir dans les vases en verre ou en argentan qu'il a vus dans le salon. Le verger est sans nul doute le territoire de doña Dolores plutôt que celui du général Quiroga. Bientôt, ils tombent sur Quiroga, en tenue de paysan. Il est plus petit qu'il ne le paraît de loin, et surtout, à cheval, mais de près la fulguration des yeux – des éclairs argentés dans le fond noir d'une mine – compense le manque de stature. Il n'est pas seul. Il porte sur ses épaules une petite fille d'environ deux ans, un chapeau de paille sur la tête, dont les boucles noires reproduisent, identiques, celles qui peuplent la grande tête rébarbative de Facundo.

Karl von Phorner ne sait pas à quoi s'en tenir. Il n'est pas venu tuer le propriétaire de ce calme domaine champêtre, ni le mari de Dolores Fernández, ni le fils de Juana Argañaraz, ni le père de cette fillette qui tire la barbe et les cheveux du chef sans le moindre respect. À vrai dire, il ne gagnerait rien à le tuer. Il commettrait ainsi le plus vil des assassinats en tirant au cœur, à l'improviste, sur cet homme désarmé, dans sa propre maison. Il serait aussitôt égorgé par Funes, et dans le pire des cas, attaché, écartelé, pendu et horriblement écorché en lanières.

À quelques pas de lui, Funes l'annonce.

« Mon général, ce monsieur veut vous voir. »

Il ajoute ensuite, d'une voix parfaitement audible :

« Doña Dolores m'envoie vous dire que c'est l'étranger du fourneau, dont elle et madame votre mère vous ont déjà parlé. »

S'il y a une chose qui manque à Phorner, c'est de savoir – bien que ce soit sous un drôle de surnom – qu'on parle de lui dans les conversations familières. Comment abordera-t-il, à son avantage, le sujet délicat qui l'amène et duquel dépend non seulement sa fortune, mais aussi son bonheur ? Soudain, tous les fragments du casse-tête semblent s'encastrer dans une seule vision, déchiffrable et compacte. Le blason nobiliaire devant la propriété, les dames du château qui brodent des bannières et des étendards dans le salon fleuri, l'écuyer assidu, maladroit ou moqueur, le seigneur qui appelle au combat ses compagnies de gens d'armes et confisque le bétail et les récoltes pour ses provisions. Les guerres à propos de la religion et des droits locaux. Le butin qui sera distribué entre les fidèles vassaux. Oui. Karl von Phorner a déjà lu ce livre. Les siens l'ont lu et exécuté pendant des générations, bien que dans la Mère Europe ces choses ne soient plus à la mode. Il rirait de pur soulagement, s'il ne craignait pas de rompre la solennité du moment.

Quiroga lui sourit. Il ne se rappelle rien au sujet de l'étranger du fourneau, bien qu'en fasse état le bavardage de ses femmes, toujours enclines à favoriser des pétitionnaires, et qu'il ne désire pas contredire les rares fois qu'il peut profiter de sa maison.

« À vrai dire, dit-il, tandis qu'il embrasse la petite fille et qu'il la laisse à la nourrice venue la chercher, je vous reçois uniquement parce que mon épouse et ma mère me l'ont suggéré. Je viens à San Antonio pour me reposer, et je n'aime pas y parler d'affaires, si je peux l'éviter.

— Vous avez parfaitement raison, général. Mais je ne suis pas devant vous pour parler d'affaires. Moi, monsieur, j'ai l'honneur de vous défier en duel jusqu'à ce que la mort prenne l'un de nous deux en pitié. »

Quiroga regarde fixement Phorner. Pour un étranger, il lui paraît être un jeune homme de belle prestance, et qui ne montre aucun signe de folie, si ce n'est ces paroles incroyables.

« Savez-vous qui je suis ? Savez-vous qu'à l'instant même je pourrais donner l'ordre de vous égorger et écorcher, et que mon ordre serait exécuté ?

— Oui, monsieur. Mais le général Quiroga ne donnerait pas cet ordre.

— Ah, non ? Et pourquoi ?

— Le général Quiroga n'ordonnerait pas de tuer un homme venu le défier loyalement. Il se battrait avec lui.

— Et vous pensez que nous nous battrons dans cette maison, devant ma femme, ma mère et mes enfants ?

— Pas du tout, monsieur, je suis à votre disposition pour convenir de l'heure et du lieu que vous voudrez. Mais il n'y avait pas d'autre manière de vous rencontrer ; c'est pourquoi j'ai osé venir jusqu'ici.

— Si ce n'est pas trop vous demander, avant de nous mesurer, il me plairait de connaître le motif de votre défi.

— Général, vous êtes un oppresseur de la liberté et des droits de la personne. Je libérerai cette province de votre tyrannie. »

Quiroga regarde fixement l'étranger, qu'il étudie lui aussi avec des yeux tranquilles, transparents.

« Voyez-vous, mon ami, vous êtes un étranger, et forcément vous connaissez peu nos coutumes. Dans ces terres, il ne manque pas de petits futés, prompts à remplir la tête des jeunes gens impulsifs d'idées qu'eux-mêmes n'osent pas exécuter. Ne les laissez pas vous duper. Il y a toujours des désaccords, mais le peuple, qui s'inscrit volontairement dans mes armées, ne me rejette pas. Et si malgré tout vous n'approuvez pas la façon dont on gouverne dans ces provinces, vous pouvez décider de retourner dans votre pays, où vous vivrez sans doute mieux. Vous n'aurez pas fait tant de lieues par mer et par terre pour que je vous opprime, n'est-ce pas ? »

Quiroga s'arrête, pensif. Il commence à isoler, vaguement, des lambeaux de l'histoire de « l'étranger du fourneau ». Une affaire compliquée d'industrie minière, d'amours et d'hacienda.

« Maintenant, dites-moi la vérité. Vous devez sûrement avoir un motif plus personnel pour me provoquer en duel.

– Oui, monsieur, je ne m'en cache pas. Je suis venu avec la River Plate Company, comme chef minier, et vous m'avez aussitôt laissé sans travail. J'aurais pu partir, comme l'ont fait les autres, mais je suis tombé amoureux de mademoiselle María del Carmen Vera. Son père m'a repoussé parce que je n'avais pas d'hacienda, parce qu'il me jugeait hérétique et parce que la couleur de mes yeux lui semblait plutôt être celle d'un cheval quitilipe que d'une personne. Je ne suis pas un hérétique, mais un catholique, comme vous tous, et je peux lui montrer mon baptistaire, bien qu'il n'existe aucune façon de le convaincre du contraire. Il est impossible de changer la couleur de mes yeux, et même si je le pouvais je ne le ferais pas, car ils semblent être au goût de ma fiancée. Mais j'ai acheté une hacienda dans le Guaco et me suis appliqué à l'améliorer. Et maintenant que je suis presque arrivé à avoir une marque respectable, vous me la confisquez pour vos guerres. Cela ne vous semble-t-il pas un motif suffisant ? »

Le général Quiroga éclate de rire. Il rit en se tapant sur les cuisses. Il rit tant qu'il en effraie les oiseaux et attire la curiosité de Funes qui monte la garde à quelques pas de distance. Phorner est resté rigide, perplexe. Devra-t-il placer le rire inespéré de Quiroga dans la liste croissante de ses offenses ?

Mais déjà le général s'est calmé. Il tapote les épaules de l'Allemand et lui dit :

« Ne croyez pas que je me moque de vous. Au contraire. Votre fiancée peut être fière. On compte sur les doigts d'une main les hommes de La Rioja décidés à faire ce que vous avez fait. Je connais votre futur beau-père, et je peux vous assurer que même si vous étiez mahométan et aviez les yeux de couleur violette, il vous accepterait comme gendre pourvu que vous ayez un nombre respectable de vaches. Mais je ne peux pas lever la confiscation, pour votre propre bien. On demandera plus à ceux qui en ont plus. Des gens comme vous, spécialement, sont obligés de contribuer, et s'ils ne le font pas, ils s'exposeront à des représailles que moi-même je ne pourrais contrôler. Mais ne vous inquiétez pas. Une fois la guerre terminée, comptez sur moi pour récupérer votre hacienda. Je vous ouvrirai mon crédit personnel. »

Phorner et Quiroga reviennent ensemble à la maison. L'étranger du fourneau accepte l'invitation à dîner, et ensuite à dormir. Il s'enfonce dans un bruissement blanc et exquis : les draps de fil amidonnés fleurent la verveine. Avant l'aube, comme s'ils avaient le pouvoir de le toucher, des yeux gris vigilants le réveillent. C'est un hibou du boisé, qui le regarde depuis les grilles de la fenêtre. Phorner n'en a jamais vu d'aussi près, bien qu'il connaisse de mémoire le dessin de cette image, qui se répète dans tous les ouvrages du terroir : couvertures, tapis, tabatières, céramiques indigènes. Il se résigne à penser, presque avec joie, qu'il ne retournera jamais à ses forêts du Nord, et se laisse tomber de nouveau dans le sommeil, protégé par ces yeux savants.

Les gens heureux n'ont pas d'histoire, les bonnes nouvelles ne font pas la nouvelle, le bonheur difficile est aussi imperceptible et paradoxal que « l'art naturel ». C'est peut-être pour cela qu'à partir d'ici, la trace de Karl von Phorner s'estompe pour ensuite se perdre dans les annales de La Rioja. Non seulement parce qu'il n'a pas tué le célèbre Quiroga, le Tigre des Plaines, mais parce que lui-même a réussi à être modérément heureux.

Facundo et le maure

*Le maure est rapide comme le coursier de
Philotas, intelligent comme celui de César,
sacré comme celui de Caligula. Où Facundo
a-t-il pris le modèle de l'amour qu'Alexandre
professait à son Bucéphale? [...] il dédaigne
plus d'un honneur à la ville pour demeurer
à la campagne en compagnie de sa monture.
Un cheval est un trésor et il y a des trésors
qui ne valent pas un cheval. Si Richard III
trouvait le maure de Facundo, il donnerait
deux fois son royaume.*

David PEÑA,
Juan Facundo Quiroga.

*De la vraie sorcellerie,
Pensaient ses compatriotes
Encore une fois sur son maure,
Faisant trembler les plaines.*

León BENARÓS.

Le nuage de poussière progresse à une vitesse inusitée. Les rayons de lune se morcellent et se reflètent sur cette cuirasse mobile et poreuse de terre sèche, à peine humide de rosée. Ce nuage incandescent se déplace beaucoup plus rapidement que les voitures, il est plus véloce encore que l'ombre vaniteuse de tout bon cheval de bataille. Il n'y eut qu'un cheval, un seul, capable de courir avec le vent, de frapper le sein de la terre de cette façon : la frôlant à peine comme l'éclat d'une étincelle, suspendu dans l'air brusque de la fuite comme s'il était le souffle même de la planète.

Le général Quiroga retient son propre souffle pour que seul ce monde très ancien respire dans les pattes de l'animal qui s'approche. Et si c'était lui ? À mesure que s'avance la silhouette, il commence à distinguer un vague reflet, comme d'argent fondu, sur le sombre dos en sueur. Il reconnaît le dessin des muscles tendus, la crinière qui n'a pas été lissée depuis longtemps, le hennissement qui annonce les batailles et l'éclatement soudain de la tempête. Le cheval se tient maintenant à quelques mètres, parfaitement visible et presque palpable. Juan Facundo Quiroga peut étirer les bras et approcher de son visage le museau haletant, appuyer sa tête sur le long cou qui bat la mesure de son propre sang, d'un seul désir, d'une seule rumeur. Il laisse courir ses doigts dans le pelage rebelle que personne d'autre que lui n'a su peigner et apprivoiser.

Le maure est donc revenu, il a échappé à ses gardiens, il a répondu à son appel persistant. Les dernières années ont semblé n'avoir laissé aucune marque d'humiliation ou de négligence sur le corps qui émerge soudain, intact, de la nuit profonde, comme s'il n'avait pas vécu en captivité, mais à la tête des troupeaux nomades des pâturages, inaccessible au lasso et à la monture étrangère. Facundo veut se voir encore une fois dans ces yeux, comme lorsqu'il guettait en eux son destin, les nuits précédant le combat. Mais le maure secoue la tête et ses membres tremblent. Facundo se met lui aussi à trembler tout en essayant en vain de monter à cru sur le dos luisant qui menace de se réduire en poussière sous ses cuisses. Le fouet du rhumatisme mortifie son bassin et ses dernières vertèbres pendant qu'une main le secoue, lui prenant l'épaule gauche.

« Général ! Général, pour l'amour de Dieu, réveillez-vous ! »

Quiroga ouvre les yeux. Disparus le maure, les éclats d'argent sur le dos sombre du cheval et du chemin, le plaisir démesuré des retrouvailles. Il est dans un lit du relais d'Ojo de Agua, sur la route de Sinsacate. Le visage décomposé de José Santos Ortiz, son secrétaire et confident, est maintenant l'unique miroir où le destin peut se refléter.

« Que voulez-vous, *hombre* ? Pourquoi ne pas vous reposer ? Profitez de la fraîcheur de la nuit. Dans trois heures la chaleur nous empêchera de respirer.

– S'il n'y avait que la chaleur, général. C'est confirmé.

– Quoi ?

– Tous l'ont dit : le maître de poste, les ouvriers, les muletiers, le peuple. Tout le monde le sait. Santos Pérez vous a tendu une embuscade pour vous assassiner, sur l'ordre des Reinafé. Il nous attend avec une troupe, peut-être à Macha, peut-être dans la forêt de Portezuelo. En tout cas, nous ne sortirons pas de Barranca-Yaco. »

Facundo se redresse à demi. Il répond d'un ton sec.

« Calmez-vous. Il n'est pas encore né celui qui osera assassiner le général Quiroga. Un seul cri de moi et cette troupe se placera sous mon commandement et me servira d'escorte. »

José Santos Ortiz sait que c'est sans appel. Cet homme qui, en cet instant, est avant tout son général et non plus son ami, s'est décrété immortel et étend le bouclier magique de son pouvoir sur les membres de son cortège. Ortiz retourne à son lit de camp. Derrière les rideaux qui ondulent sur l'obscurité complice l'attend le chemin du retour à Santiago del Estero. Un jeune homme qu'il protégea jadis, le jeune Usandivaras, lui a apporté ce soir-là un cheval de rechange pour faciliter sa fuite. Mais Santos Ortiz ne partira pas sans Quiroga. Si la troupe de Santos Pérez ne le tue pas, il devra ensuite se traîner toute sa vie, socialement mort, convaincu de son déshonneur.

Facundo l'entend remuer, soupirer. Les pattes du lit semblent craquer sous le poids d'une grande angoisse. Le corps s'agite et ne permet pas à l'âme de demeurer dignement à l'abri de sa terreur. Lui, par contre, ne bouge pas, replié sur son bras droit, en position fœtale ; dans son état, tout mouvement lui cause aussitôt des douleurs, encore plus insupportables que la peur d'Ortiz. Il sait bien que sa bravade ne visait qu'à cacher l'inévitable. Qu'importe où ils iront, devant comme derrière, la troupe assassine les poursuivra, mais il vaut mieux croire que l'on meurt parce qu'on a eu le courage d'affronter le destin. Avec le maure, peut-être Facundo Quiroga serait-il invulnérable. Sans le maure, Facundo, le Tigre des Plaines, ce personnage magnifique et féroce, capable d'anéantir l'ennemi en fixant simplement sur lui ses pupilles noires où brille l'ombre de mercure qui trouble les volontés, n'est plus qu'un reflet.

Peu d'êtres possèdent l'étrange privilège de contempler la splendeur de leur âme entière, face à eux-mêmes. Juan Facundo Quiroga sait qu'il est l'un d'eux. Il a vu son âme pour la première fois un matin, sous un soleil qui tombait à pic sur une des collines des llanos. Elle est telle qu'il l'avait rêvée et presque palpée dans les nuits transparentes et glacées, comme si l'air vitrifié formait des cloisons, au pied de la cordillère. Elle prend une couleur gris bleuté qui peut virer au noir selon que les ombres l'évitent ou s'emparent d'elle. Même en plein soleil, elle semble mouillée par la lune et tout comme elle, secrète. Son âme a la vitesse de la pensée et le feu du désir. Forte comme la mort, elle traversera le flot des eaux ; les grands fleuves ne pourront la noyer.

Facundo descend du cheval zain qu'il ne montera plus jamais. Il le laisse sur la route avec tout son harnachement, comme une chose qui ne lui appartient déjà plus. Il se dirige vers son âme qui se cabre sur les hauteurs de la colline, solitaire et indomptable. Ses hommes le regardent, confus : leur commandant n'a même pas fait le geste de sortir le lasso ou les *boleadoras*[1]. Il marche tout droit vers le cheval qui semble l'attendre. Ils le voient, de loin, caresser le dos de l'animal, passer son bras autour de son cou. Le vent ne leur rend pas l'écho de la voix, mais ils comprennent qu'il lui parle et que le cheval au pelage noir et blanc répond par des mouvements du museau et par de brefs hennissements. Peu après, Quiroga descend de la colline. Le cheval, un maure par sa couleur, qui était encore un poulain il y a peu, le suit paisiblement.

Facundo ne peut pas se séparer de cette machine sensitive et fulgurante qui connaît ses désirs avant que lui-même ne les formule, qui l'assiste lorsqu'il doute et l'accompagne dans ses réflexions. Sur le dos du maure, il devient le caudillo qui réunit et organise les volontés de l'intérieur des terres contre la Ligue du Nord et le pouvoir unitaire du portègne Rivadavia. Les fers du maure foulent le sol de San Miguel de Tucumán quand Facundo entre dans la

---

1. Arme de jet des gauchos et des Indiens constituée de lanières au bout desquelles sont fixés des poids.

ville, après la victoire d'El Tala. Il croit que le général La Madrid est mort au combat, celui dont l'épée orne sa ceinture comme un trophée. Cette mort est toutefois sa plus grande frustration, et il l'écrira à Dolores, sa femme. La Madrid est le seul rival digne de lui. Ils savent tous deux entrer dans la bataille en poussant des cris plus tranchants que la lame du couteau, ils savent tous deux faire jaillir de la terre sang et eau d'un seul coup de lance. Facundo ne sera satisfait que lorsqu'il saura que son adversaire a réussi à survivre à ses onze blessures de fusil, de sabre et de baïonnette, et qu'il pourra une nouvelle fois le défier au combat *jusqu'à ce que l'un d'eux disparaisse.*

Avec le maure, Facundo envahit la ville de San Juan quand Buenos Aires lève contre lui de nouvelles forces conspiratrices.

San Juan ne lui oppose pas les armes, peut-être parce que le peuple des llanos l'attend ou parce que la réputation du Tigre suffit à faire pourrir la poudre dans les fusils et à accrocher de honteuses ailes aux pieds de la fuite. Le général Quiroga dédaigne les notables qui se sont réunis pour l'accueillir, par crainte ou pour obtenir ses faveurs. Il ignore les combles de la Maison du gouvernement, où on l'attend avec tous les honneurs, il préfère le champ de luzerne où le maure se remet de la fatigue des déplacements et où lui-même peut parler en toute tranquillité, dans un havre d'affection, avec la nourrice noire de son enfance qu'il embrasse, assis près d'elle, pendant que les dignitaires civils et ecclésiastiques restent debout, sans que personne ne leur adresse la parole, sans que le Cavalier daigne prendre congé d'eux.

Lors des nuits à San Juan, Facundo dort sous une tente, à quelques mètres du maure. L'aube le surprend dans un dialogue muet. Ses ennemis considèrent comme un affront barbare ces habitudes assurément anormales pour un homme de la ville. Mais lui se vante d'avoir été élevé dans les campagnes des llanos, sur la grande ferme paternelle de San Antonio, entre vignobles et troupeaux sauvages. Ses hommes croient que le maure est capable d'habiter un temps plus vaste et plus profond que la mémoire humaine et qu'il lui transmet des souvenirs de l'avenir. Quiroga ne les dément pas ; cependant, ce n'est pas la raison pour laquelle il s'arrête à côté de son cheval en rase campagne. Il sait que la liberté

79

se pervertit et que la colère s'adoucit sous les draps de hollande, dans la cage dorée des lits à baldaquin, dans les salles à manger illuminées par les cristaux et les candélabres. Il sait que son âme ne se réconcilie avec elle-même que dans la lointaine et parfaite lumière des étoiles et qu'elle n'arrive à la terre avec une absolue pureté qu'à l'air libre, comme si l'air était un puits translucide de calme eau de pluie.

C'est là, à San Juan, que Facundo reçoit les messages de Rivadavia que lui envoie le mandataire Dalmacio Vélez Sarsfield par l'intermédiaire d'un courrier. Quiroga méprisait tant le docteur portègne qu'il n'avait pas daigné se présenter devant ses yeux, tout comme il n'avait pas lu les papiers qu'on lui avait remis. Il les retourna avec le messager, sans ouvrir les enveloppes, sur lesquelles il écrivit son rejet. Il ne lira pas les messages d'individus qui lui ont déclaré la guerre, il préfère leur répondre par ses actes, dit-il, car *aucun danger ne l'effraie et il est très loin des chaînes avec lesquelles on prétend le lier au char pompeux du despotisme.* Une fois le courrier parti, déconcerté, Quiroga cherche un clin d'œil lumineux dans le regard du maure. Son cheval l'approuve parce que lui non plus n'a pas de maître. Ce n'est pas lui qui l'a trouvé et dompté ; c'est le maure qui a voulu l'attendre au milieu de la matinée, sous le soleil zénithal, pour s'approprier cette moitié humaine qui lui manquait, pour compléter l'accord du ciel et de la terre dans une seule force et une seule pensée.

Le général entend tousser Santos Ortiz, qui n'a pas le courage de lui parler. Son secrétaire ne peut se défaire sans tremblement et sans déchirement des affects qui le relient à la vie, comme l'animal à sa tanière. Lui aussi, Quiroga, a des enfants : Ramón, Facundo, Norberto, María de Jesús, María de las Mercedes. Et une jolie femme qui a dû parfois fuir avec eux la maison familiale, poursuivie par les troupes unitaires, et qui l'a toujours attendu, à Malanzán ou Buenos Aires, au retour des campagnes ou des tables de jeu sur lesquelles Facundo donne libre cours à son seul vice durable. Il soupire de regret, immobile. S'il arrive ce que craint Santos Ortiz, ses enfants mâles hériteront du devoir de le venger. Son épouse et ses filles, avec la ténacité plus lente et subtile des femmes, conserveront sa mémoire.

Une douleur subite sous les vertèbres lui arrache des larmes sous ses yeux fermés, mais pas de plainte qu'Ortiz pourrait entendre. Son épouse et ses filles auront-elles réellement des souvenirs de lui ? Il a passé beaucoup plus de temps à l'extérieur qu'à l'intérieur de sa maison, dans les furieuses antichambres du combat que sur les tapis et coussins de l'estrade du foyer seigneurial. Il a plus souvent dormi à la belle étoile, à côté du maure, prêt à répondre à l'ennemi entrevu, que dans les bras de Dolores, entre les draps de lin parfumés de lavande. Même jeune, il passait plus de temps à surveiller les haciendas et à entraîner les meilleurs purs-sangs pour les courses provinciales qu'à l'ombre des vignes de Malanzán où la peau laiteuse de Dolores rougissait sous les baisers comme des raisins mûrs.

« Tu vas mourir dans un campement, sur un lit de camp, partout sauf ici, dans cette maison », lui avait dit sa femme un matin de départ, mais sans reproches, avec une douleur retenue, comme si elle acceptait l'inévitable. Jamais elle ne lui a dit, par exemple, « une autre te fermera les yeux ». Elle n'a jamais craint que d'autres femmes s'installent dans chaque interstice de son absence et emprisonnent le cœur de Facundo dans l'armure de leurs corsets, et lui attachent subrepticement les mains avec les rubans de soie qui ornent leurs cheveux.

Doña Dolores Fernández n'a jamais craint les séductions des autres femmes, qu'il s'agisse de métisses ou de demoiselles. Un seul être, ni femme, ni homme, lui a inspiré de la jalousie. Un seul être : le maure.

Facundo respire lentement. Il planifie la difficile opération de se retourner avec le soin et la précision d'une stratégie militaire. Il réussit finalement à s'appuyer sur l'autre côté sans accroître ses douleurs. Le retournement lui rafraîchit le dos, qui ne respirait plus, étouffé par la sueur.

« Dans deux jours, tu m'oublieras, tu oublieras tout. Tu n'auras pas d'autre maison qu'une tente battue par les vents du llano. Tu courras comme un aveugle, sans mesurer les dangers. La fumée brouillera tes yeux, la poussière bouchera tes oreilles. Cet animal, qui est ton oracle, te mènera au désastre », lui dit Dolores, et il écarte la tresse défaite qui tombe sur son sein gauche et baise l'espace lisse de l'épaule que le chemisier en dentelle, sans manches, laisse à découvert.

Il ne l'oublie pas, mais il ne trouve pas non plus sous la voûte de la nuit le tambour sourd des deuils ni les roulements effrayants des exécutions. Il n'entend que le tumulte de sa *montonera*[2] – paysans du llano, vignerons, petits commerçants, humbles propriétaires – qui se rue dans toutes les directions, imprévisible pour les troupes de première ligne. Il retourne à Rincón de Valladares où il a vaincu de nouveau La Madrid et les mercenaires colombiens de López Matute, qui savent égorger vingt personnes du coup, mieux que les Argentins, et dépuceler les jeunes filles de Santiago et de Tucumán de manière brutale, à la pointe du fusil. L'ennemi s'enfuit à Salta et en Bolivie. Tombent Rivadavia, le président unitaire, et sa Constitution ratée. Facundo est à la tête du parti fédéral et règne sur Cuyo et le Nord-Ouest.

Mais dans le cœur éblouissant de la victoire bat le principe obscur de toutes les défaites, et le maure le sait. Il sait que Paz le Manchot, l'artilleur unitaire, victorieux à San Roque, ne laissera entrer Facundo dans la ville de Córdoba que pour lui tendre une embuscade. Il sait qu'une troupe de cinq mille combattants ne servira à rien. Le général Quiroga boit la profonde et ultime fraîcheur de la nuit à Ojo de Agua. Il regrette d'avoir trahi la clairvoyance de son âme quand il était encore temps de revenir sur sa décision. Il a été trompé par la neutre lumière des étoiles – toujours égale à elle-même et tout compte fait indifférente aux malheurs des hommes –, par l'adulation de ses alliés douteux et l'ivresse de la force qui semblait avoir pris au lasso et dompté le sauvage destin. Paz l'attendait à La Tablada, et Facundo a relevé le défi, mais non pas sur le maure qui refuse, en se cabrant, tout cavalier : telle est sa contrariété parce que Quiroga n'a pas voulu souscrire aux sévères mises en garde de ses yeux. Le furieux combat dura deux jours, et plus de mille fédéraux périrent.

---

2. Troupe d'insurgés qui suivaient les caudillos dans les guerres civiles du XIXe siècle en Argentine.

Facundo sauve sa vie, mais perd le maure.

Dolores retrouve son mari. Elle le croit sauvé. Elle le conduit à Mendoza. Ensuite, à Buenos Aires.

Le docteur Ortiz s'habille à la lumière trouble de l'aube. Dehors, les hommes du relais préparent à la hâte les chevaux pour les atteler à la guimbarde. Dans la cuisine de terre, une jeune métisse pieds nus s'étire pendant que chauffe l'eau du maté, puis elle prépare une décoction d'herbes médicinales pour les douleurs du général.

« Envoyez-moi Funes », ordonna Quiroga.

L'assistant entre, il le frictionne avec un onguent qui transmet jusqu'aux os la sensation anesthésique du camphre et de l'eucalyptus. Il saisit ses habits de voyage, l'aide à se vêtir et à se chausser.

Au moment de monter dans la guimbarde, le soleil teinte déjà le chemin et vivifie les couleurs fatiguées des choses. Les visages des paysans semblent nouvellement faits, propres, bien que les rumeurs aient empoisonné leur sommeil avec de légères doses de mort. Il y a quatre cavaliers, deux cochers — l'un d'eux est un enfant qui a demandé le privilège d'accompagner le général – et deux messagers : Agustín Marín et José María Luejes.

José Santos Ortiz semble lui aussi avoir oublié la commotion de la nuit. Il fume une cigarette, promène ses yeux sur la végétation assoiffée : *chañares*[3] ou arbrisseaux épineux qui jettent des taches vertes et rugueuses sur la sécheresse de février.

Juan Facundo Quiroga voit les visages presque effacés de ses morts. Ceux-là mêmes qu'il a donné l'ordre d'égorger ou de fusiller, et ceux que les autres ont tués. Les morts de l'Indépendance et ceux de la guerre civile. Il n'a qu'un seul regret : vingt-six prisonniers qu'il a fait furieusement exécuter en représailles à l'assassinat de son cher ami José Benito Villafañe.

Jusqu'à ce que l'un d'eux disparaisse. Combattre une fois pour ne pas combattre toute la vie. Les exhortations qu'il avait adressées à ses habituels et cycliques ennemis Paz et La Madrid, parfois vaincus, parfois vainqueurs, se sont perdues dans l'écho des batailles, sacs et cruautés mutuelles qui se répètent et se multiplient. Après quinze

---

3. Espèce d'olivier d'Amérique méridionale.

ans de luttes, les mêmes adversaires continuent de changer de rôle sur les mêmes territoires toujours dévastés.

« Vous êtes satisfait de la démarche de pacification, général ?

– Assez. Non seulement Salta, Tucumán et Santiago ont-ils signé l'accord de paix, mais ils s'accordent sur l'idée de constituer la nation. Bien entendu, à Buenos Aires, ils ne seront pas du même avis. »

Quiroga montra à Santos Ortiz quelques papiers qu'il gardait dans sa poche.

« Voici une lettre de Rosas. Il considère que nos peuples ne se trouvent pas ni se trouveront encore pour quelque temps en condition de se constituer en nation. Que les difficultés sont encore insurmontables, qu'il n'y a même pas d'entente au niveau des États, que leurs propres gouvernements ne sont pas harmonieusement établis.

– Que croyez-vous, général ?

– Les politiciens me dégoûtent et trop de sang a coulé. J'aimerais arriver à une entente. Je n'ai pas la volonté de reprendre les armes. J'ai dû affronter Paz à la Ciudadela avec une armée de forçats auxquels on n'accordait aucune chance. Et auparavant, à La Tablada et à Oncativo, Rosas et López m'ont laissé seul, et le feront de nouveau quand cela les arrangera. »

Quiroga se tait. Il regarde la route comme si l'animal rayonnant dont il avait rêvé la veille pouvait maintenant revenir.

« Si au moins López m'avait rendu le maure.

– Mais êtes-vous sûr que c'est lui qui l'a ? Il jure que ce n'est pas votre cheval. Rosas et Tomás de Anchorena n'ont-ils pas intercédé pour qu'on vous le rende ?

– Je connais ce gaucho voleur de vaches. Il dira bien ce qu'il veut. Mais mes propres hommes l'ont vu monter le maure après l'avoir enlevé à La Madrid, à San Juan. Ça ne m'étonne pas que tous croient qu'on va me tuer, parce que nous nous trouvons dans le territoire de ses marionnettes, les Reinafé. Mais ils se trompent. López est trop poltron pour leur permettre de se mesurer à moi. »

Quiroga ferme les yeux et arrange les coussins de la guimbarde. L'assaut rhumatismal vient à peine de cesser, malgré les frictions et les tisanes calmantes. Sans le maure, rien n'est plus pareil : les victoires s'évident immédiatement, comme peaux de fruits pressés et jetés ; son humeur et sa santé se sont émoussées comme le fil de l'épée qui ne veut plus faire couler le sang humain. Ce fut inutile d'écrire la lettre à Anchorena et de s'exposer à ses moqueries : *Je vois bien que pour vous c'est une chose insignifiante et que vous tenez pour ridicule le fait que j'ai fixé mon attention sur un cheval ; oui, l'ami, je ne doute pas que vous le pensiez, mais comme je suis sûr que plusieurs siècles s'écouleront avant que l'on en voie un semblable dans la République, je proteste de bonne foi que je ne saurais accepter en échange de ce cheval toutes les richesses de la République d'Argentine, car je suis contrarié au-delà du possible.*

Après avoir perdu le maure, il se laisse emprisonner dans les salons de Buenos Aires. Il s'abandonne aux attentions assidues et officieuses de la Restauratrice, doña Encarnación Ezcurra, il laisse les vêtements rustiques des campagnes pour s'habiller chez les tailleurs Lacomba et Dudignac, là où Rosas et le général Mansilla font couper leurs habits. On ne reconnaît le Tigre des Plaines qu'à ses cheveux frisés et hirsutes, encore noirs, et à une barbe qu'il refuse de raser tant qu'il n'aura pas vengé l'affront du maure. Il commence à s'égarer dans les labyrinthes de la ville, où les parfums couvrent et confondent l'odeur âcre du danger, où les vipères venimeuses se cachent sous les paysages brodés des tapis. Le maure ne peut plus le prévenir contre ces autres embuscades, qui ne se préparent pas en plein air. Les pendeloques des lustres français, qui se balancent au moindre souffle, remplacent le lointain atlas immobile des constellations. Les pampas sont maintenant un morceau de peluche verte sur les tables de jeu où les docteurs et les propriétaires fonciers dessinent à leur aise les sentiers de la politique.

Il achète finalement une maison dans la ville portuaire, pour ne pas s'y sentir étranger. Il y installe sa famille. Il offre à ses enfants une éducation juridique, musicale et littéraire ; il n'acceptera pas qu'on les traite de gauchos barbares. Sa femme l'accompagne. Ils passent ensemble par Alameda dans une voiture tirée par des chevaux inoffensifs qui ignorent le tracé flottant de la guerre. Dolores croit qu'il a oublié le maure. Elle se croit heureuse. Peu lui importe l'or abandonné sans effusion de sang sur le champ du hasard, dans les salons. Ce ne sont plus des corps sur le champ de bataille, et le corps de Facundo est revenu, définitivement, à l'endroit approprié, ceint par ses bras entre des draps bien serrés, pendant que le maure court suivant la règle de son espèce : un cheval parmi les autres, anonyme, sans les dons de voyance et de parole.

Mais Facundo se sent seul devant le siège des voix contradictoires qui n'estiment pas tant son opinion que son bras, ou le cri de guerre capable d'appeler aux armes, non pas les *professionnels de la mort,* mais plutôt les paysans analphabètes qui valident son pouvoir et s'enrôlent sous son commandement comme qui se convertit à la seule et vraie religion. Tous, les propriétaires de commerces, comme son ami Braulio Costa, ou les maîtres de la parole, s'approchent pour séduire le général à la retraite qui n'arrive pas à pénétrer les réseaux invisibles qui l'entourent et qui les coupe avec des gestes semblables à des coups de feu et avec des jurons qui trouent la trame de l'espace.

Tous. Et au-dessus de tous, Rosas, le plus fort ou le plus astucieux, qui couvre de papiers, avec des lieues noires d'une écriture prolixe, les étendues qu'il ne peut surveiller à cheval.

Juan Facundo Quiroga fixe le chemin qui devient de plus en plus étroit à cause des micocouliers et des caroubiers. La chaleur monte à l'intérieur de la guimbarde ; les deux hommes se sont débarrassés de leur veston. Ortiz scrute le ciel.

« Il y a des nuages au nord-ouest. Il va bientôt pleuvoir. »

Les roues continuent de descendre à mesure que la forêt s'avance et se resserre comme une *montonera* qui se soulève. Cependant, une douce fraîcheur relâche et dénoue pour quelques instants les nœuds de chaude langueur qui serrent le cou et la poitrine des hommes. Ils entrent dans le secteur ombragé de Barranca-Yaco où autrefois, dans la préhistoire, couraient les eaux sacrées d'une rivière. Lorsqu'ils sortiront de ces tunnels végétaux, pense Facundo, ils verront le soleil au milieu du ciel.

Un croisement de cris et de hennissements arrête brusquement la guimbarde. Quelqu'un, qui n'est pas le général, a osé lever la voix. Santos Ortiz se signe, d'un geste qui mêle adieu et pénitence. Sabres et tirs jaillissent d'un cercle de ponchos bleus. Quatre paysans s'effondrent, blessés.

Facundo Quiroga sait que les pistolets, qu'il a fait nettoyer la veille, moins par crainte que par routine, ne suffiront pas. Et que la bande envoyée par les Reinafé ne va pas s'arrêter ni changer de maîtres quand il se redressera pour la réprimander. C'est sans espoir, car personne ne peut continuer de vivre s'il a perdu son âme.

Il sort sa tête par la fenêtre.

« Que signifie ceci ? » demande-t-il inutilement.

Un coup de pistolet lui perfore le centre de la pupille, où persiste un soleil de midi, un incendie sans flamme sur la crinière du maure.

Le maître et la reine des Amazones

La légende des fabuleuses Amazones sud-américaines, qui ont vécu sur les rives de la rivière Marañón, ne nous semble pas une aberration historique si on la compare à la réalité de ces femmes argentines.

Marcos de ESTRADA,
Martina Chapanay. Realidad y mito.

Pueblo Viejo et Pie de Palo, 1850

Il est apparu à Pueblo Viejo vers midi. Au début, ce n'était qu'un tourbillon de mercure, accompagné du bruit percutant du métal qui s'entrechoque. La monture brillait de tant de parures en argent que le cavalier passait presque inaperçu et semblait même rabougri, comme une mouche dans une éblouissante toile d'araignée.

Il va sans dire que j'ai perdu ma classe. Dès lors, les garçons n'ont fait que regarder dehors. Mes élèves savaient à peine lire, mais dès l'âge de cinq ans ils auraient pu donner des cours sur les chevaux, les écuries et les ornements de monture. Pendant que j'écrivais l'alphabet au tableau et que j'unissais en voyelles et consonnes, j'entendais dans mon dos un murmure passionné à propos de poitrails, de mors, de têtières et d'éperons. Quand je me retournais, ils devenaient soudainement muets, mais je pouvais presque voir sortir des petites têtes noires un tintement de pièces reluisantes

89

Le cavalier n'a pas bougé d'un pouce tout le temps qu'a duré la leçon. Il ne s'est pas troublé non plus quand les garçons sont sortis en rafale pour voir de plus près tant d'orfèvrerie. Quand le dernier d'entre eux fut parti manger le pot-au-feu et que j'eus fini de ranger la classe, le cheval d'exposition était encore sur la grande place (un terrain vague avec quelques fleurs ici et là parmi le chardon), que je devais traverser pour arriver chez moi.

À mesure que je m'approchais, je remarquais quelque chose d'étrange, d'inattendu, chez ce cavalier habillé comme un gaucho un jour de fête. Comme je ne portais pas de chapeau, je l'ai salué d'une inclinaison de la tête. Mais celui-ci, qui portait un chapeau à larges bords, l'a retiré dans un geste-surprise pour laisser tomber sur ses épaules deux tresses noires. Il m'a alors souri. Je ne sais pas s'il avait réellement les dents très blanches ou si elles contrastaient fortement avec sa peau foncée, mais l'éclat fut aussi intense que l'incision rageuse que le soleil laissait sur le harnais en argent quand on l'apercevait de loin. Il m'a regardé de la tête aux pieds, comme s'il me jaugeait ou étudiait la façon dont je pourrais lui être utile. Avant qu'elle ne se dirige vers la montagne sans même dire un mot, j'ai distingué les yeux bleus, incompatibles avec la couleur de la peau, et la bouche grande et pleine qui se dessinait seule, sans l'aide du carmin du Chili.

Le manège s'est répété une semaine entière. Elle arrivait de plus en plus tôt, et attendait que je quitte la hutte où je donnais mes cours. Si les élèves s'étaient habitués, cette visite muette m'incommodait de plus en plus, mais au lieu de l'éviter par un détour, je traversais la place et la regardais droit dans les yeux, car je ne voulais pas lui laisser croire que j'en avais peur. Le dimanche, à l'église, j'avais remarqué que les gens s'écartaient à mon passage pour marmonner dans mon dos, jusqu'à ce que le curé m'aborde.

« Ainsi, la Martina Chapanay vous cherche, maître ?

– Mais qui est cette dame ?

– Celle qui vous attend tous les jours à la sortie de l'école.

– Et pourquoi me chercherait-elle, si elle ne me connaît même pas ?

– Elle veut peut-être mieux vous connaître, sourit le curé. Mais je ne veux pas passer pour circonspect. Vous saurez prendre soin de vous-même.

– Quoi ? Quel tort peut-elle me faire ?

– Ça se voit que vous êtes de Buenos Aires. Ici, à San Juan, même les pierres la connaissent. Elle a été dans la *montonera* de Facundo, et elle se battait mieux que la plupart des hommes. Quand ils ont tué Quiroga et que les *montoneras* ont été dissoutes, elle s'est faite voleur de grand chemin, et maintenant elle prête ses services aux fermiers comme instructeur et éclaireur. Personne ne se compare à elle pour guider une caravane, ou pour récupérer à bon prix le bétail perdu… qu'elle vole parfois elle-même. Sûr que les pauvres l'aiment, et personne ne la dénoncerait ni ne l'ennuierait. Vu qu'elle a toujours partagé ses gains avec eux. »

Deux ou trois jours avaient passé sans que ladite Martina se présente. Pendant ce temps, j'avais demandé la permission d'aller passer une semaine à San Juan, où je devais voir un avocat qui avait engagé une procédure à propos de l'héritage d'un vieil oncle. J'ai mis dans les bissacs deux ou trois vêtements de rechange, un costume décent, des souliers et quelques livres, et je suis monté sur mon canasson, résigné à un trot lent et mortifiant. Le maigre salaire que me payait le gouvernement, toujours avec quelques mois de retard, ne me permettait pas un coursier d'exposition comme celui que montait Martina.

À quelques lieues, alors qu'aucun nuage n'apparaissait dans un ciel plus serein que de coutume, une bourrasque me projeta par terre et me traîna, pris au lasso comme le bétail sauvage, et enveloppé dans un nuage de poussière et de perplexité. Quand j'ai réussi à ouvrir les yeux, j'avais un couteau sur la gorge tandis qu'une voix un peu rauque, mais indubitablement féminine, me disait à l'oreille :

« Si vous bougez ou résistez, je vous étripe. Allez, debout. »

Je me suis levé comme j'ai pu. Martina Chapanay, c'était elle, me fixa les bras au tronc avec la même grosse corde et, ficelé comme un saucisson, elle me hissa sur ma monture qui était encore là, non par fidélité, mais parce qu'elle était paralysée de peur.

Nous avons emprunté un étroit défilé. Elle tenait mon cheval par la bride. Par chance, elle ne m'avait pas bâillonné – il n'aurait manqué plus que cela. Ce mauvais sentier ne montrait aucune trace de pas humains.

La parole et la musique apprivoisent même les fauves, pensai-je.

« Madame.

– Ne m'appelez pas madame, je ne suis pas une villageoise. Mon nom est Martina.

– Martina, alors. Je crois qu'il y a une erreur. Je ne sais pas si je vous ai offensée en quelque chose, mais si c'est ce que vous croyez, c'était tout à fait involontaire.

– Personne ne vous accuse de cela.

– Voyez, je n'ai pas non plus d'argent. Je sais que vous avez l'habitude de le prendre pour faire… quelques dons de charité.

– Disons que c'est pour mon propre bénéfice et celui de quelques amis nécessiteux. Je me suis déjà rendu compte que vous êtes sans le sou. Par votre allure et votre métier. Depuis quand les maîtres d'école sont-ils riches ?

– Alors, si je ne vous ai pas offensée et si vous ne voulez pas mon argent, pourquoi me faire prisonnier ?

– Vous n'avez pas beaucoup de jugeote, hein ? Pour vous, tout passe par l'argent ou les offenses, n'est-ce pas ? »

Je n'ai pas répondu, peut-être parce que la peur m'atrophiait l'imagination. Nous avons marché une heure, jusqu'à ce que nous arrivions à une espèce d'amphithéâtre à flanc de montagne, entouré de rochers. Martina m'a fait descendre de ma Rossinante, et pour plus de sécurité, elle m'a attaché les pieds.

Elle s'est aussitôt mise à libérer le vieux coursier de son harnais, sans oublier les bissacs où je gardais mes rares effets personnels qu'elle a déballés et empilés avec soin. Elle a flanqué une paire de claques sur la croupe de ma rosse pour qu'elle déguerpisse au loin. L'animal n'a pas fait répéter l'invitation. Je l'ai vu pour la dernière fois, sans beaucoup de sentiment de ma part, ni de la sienne, dois-je avouer.

Vint la nuit, et j'étais toujours attaché pendant que ma ravisseuse fumait cigarette après cigarette et levait de temps à autre une bourache d'eau-de-vie. Elle semblait avoir oublié que j'existais parce qu'elle regardait de l'autre côté, et ne m'offrit même pas une gorgée du maté qu'elle avait préparé. Deux grands chiens, qui avaient l'air de s'être battus avec des tigres, étaient docilement couchés à ses pieds, tandis qu'elle leur parlait comme s'ils la comprenaient. Le bel alezan paré de bijoux qu'elle menait au village paissait à son goût, sans bride et sans couverture.

Je me suis finalement lassé d'être traité pire que les animaux. « Puisque vous ne voulez pas me donner d'explication sur ma captivité, laissez-moi au moins satisfaire mes besoins naturels et tendez-moi une couverture pour dormir.

– Par la souffrance, le chrétien s'assagit et purge ses peines.

– Vous croyez-vous curé pour m'imposer des pénitences ?

– Que Dieu m'en dispense. Mais vous vous fatiguez avec peu.

– Puis-je savoir quel mal je vous ai fait pour que vous me punissiez avec un tel plaisir ?

– Ce n'est pas par plaisir, mais pour que les jours à venir vous semblent meilleurs. »

Elle se leva, sans hâte, mais sans trancher mes liens. Elle m'a aisément déroulé, afin de récupérer son lasso entier, sans perdre un fil.

Je suis allé uriner sous les arbres, suivi par les chiens. Elle aussi me surveillait, même si elle semblait très occupée à rôtir un peu de viande. Je ne doutais pas qu'elle me ligoterait avec les *boleadoras* qu'elle portait à la ceinture au moindre geste qui lui semblerait une menace de fuite.

Cette nuit-là, j'ai dormi dans la grotte où Martina remisait ses effets, sous la garde des chiens. Elle s'est jetée sur sa selle, à la belle étoile, et je l'ai aussitôt entendue respirer profondément. Quant à moi, il ne se trouvait aucun saint du ciel qui pourrait m'enlever l'anxiété et les incertitudes. Que voulait Martina Chapanay ? Au village, on m'avait prévenu qu'elle vivait seule, qu'elle n'obéissait qu'à elle-même, et quand elle avait envie d'un homme, elle avait l'habitude de choisir celui qui lui semblait être le meilleur parmi les victimes de ses agressions. Mais moi, elle m'avait déjà vu et observé au village, et elle aurait pu utiliser d'autres formes de séduction pour arriver à ses fins, sans décourager la sensibilité masculine, si fragile en matière d'amour, qui a l'habitude de se tasser devant l'arrogance pure. Je ne nie pas que cela excite une minorité de mes congénères lorsqu'une belle femme tyrannique les roue de coups, mais je n'ai jamais appartenu à cette confrérie d'excentriques.

Et si Martina qui, selon ce qu'on m'a dit, était fille d'une chrétienne, mais aussi d'un cacique huarpe[1], avait l'intention de célébrer un rituel ésotérique de ses aïeux paternels, et m'avait prise pour la victime propitiatoire ?

Le soleil était déjà haut quand je me suis réveillé, engourdi, trempé de sueur et malodorant. Bien que j'eusse déjà perdu l'habitude du confort et du luxe, dormir dans un lit, si simple soit-il, n'est pas la même chose que sur une paillasse aplatie par l'usage. À plus forte raison si l'angoisse vous empêche de dormir. Quand je suis sorti de la grotte avec le préalable consentement canin, ma ravisseuse, rafraîchie, démêlait à l'aide d'une brosse son épaisse chevelure luisante, dont la noirceur occultait les rares mèches grises. Quel âge pouvait avoir la Chapanay ? Bien que certains lui aient donné cinquante ans, c'était une femme joliment emballée, aux formes bien fermes, travaillées et disciplinées par l'exercice continuel, qui n'avait pas permis à ses chairs de déborder comme il arrive à tant de quinquagénaires gâtées par les sucreries et les coussins de duvet de cygne.

Je lui ai dit que je voulais me laver, et elle m'a conduit jusqu'à une source qui formait, entre quelques larges pierres, une espèce de cuvette, et elle a continué de me regarder. Apparemment, elle voulait me surveiller même dans ces circonstances. Je ne me décidais pas à me déshabiller et à entrer dans l'eau, jusqu'à ce qu'elle commence à se moquer.

« Qu'est-ce que vous attendez ? Ne vous en faites pas. Je sais ce que c'est un homme nu, dans l'amour comme dans la guerre. Je ne vais pas avoir peur. »

Elle s'est assise là, sur un tronc d'arbre, tout en finissant de se démêler les cheveux et de les tresser. Qu'elle me regarde si ça lui chante ! J'ai plongé avec joie. Après tout, sans avoir rien d'un athlète, j'étais par ailleurs un solide gaillard de trente ans, et mère Nature n'avait pas été chiche avec moi, tant pour la musculature que pour d'autres choses beaucoup plus utiles pour les plaisirs de la vie.

Après le bain, j'ai changé de vêtements. Elle m'attendait dans l'amphithéâtre, à côté d'une espèce de petite table de campagne sur

---

1. Ethnie indigène du Cuyo.

laquelle étaient mes livres. Il y avait aussi un crayon, un encrier avec une plume et un paquet de feuilles blanches.

« Asseyez-vous, ordonna-t-elle, en m'indiquant une tête de vache. Maintenant, mettez-vous au travail.

– Quel travail ?

– N'êtes-vous pas maître d'école ? Ou vous ne vous rappelez pas que je vous ai observé durant plus d'une semaine ? Ça me plaît, votre façon d'enseigner. Vous êtes patient et n'abusez pas de votre autorité. Comme un de nos *vilcu*. »

En d'autres circonstances, j'aurais été froissé qu'on me compare à un sauvage, aussi savant soit-il. Mais j'étais confus.

« Et à qui voulez-vous que j'enseigne ?

– À moi. Je veux apprendre à lire et à écrire.

– Et c'est pour ça que vous m'avez séquestré ? Est-ce possible ? Vous n'auriez pas pu me le demander, venir à l'école ?

– Pour que les gamins me rient au visage ? Pour que tout le monde raconte avoir vu la Chapanay faire les bâtons, douce comme une brebis, après avoir harponné tant de machos féroces ? Non, monsieur.

– Mais pourquoi en être arrivée à cette extrémité ? J'aurais pu vous donner des cours privés.

– Ah oui ? Et vous auriez accepté avec joie qu'une stupide Indienne, voleuse en plus, vous le demande ? »

Je me suis tu. Ma conscience ne me permettait pas de lui répondre par un oui catégorique.

À partir de ce matin-là, nous avons travaillé avec la rigueur d'une armée à l'entraînement. Elle avait même défini son propre emploi du temps, que d'ailleurs elle respecta sans faute. Elle apprenait bien et vite. Elle n'oubliait jamais un signe, et elle était très habile pour capter au vol son rapport avec tous les autres.

« Si on m'avait dit avant que c'était si facile…

– Ce n'est pas si facile, c'est que vous êtes intelligente.

– Lire me paraît beaucoup plus simple que traquer. Imaginez : si quelques gouttes d'eau sur l'herbe ou la façon dont sont cassées quelques branches me suffisent pour savoir combien d'hommes sont passés par un sentier, avec quelle charge, quelles montures, et il y a combien de temps, comment ne vais-je pas comprendre ce que quatre lettres jointes veulent dire ? »

Je ne faisais que penser, d'autre part, aux élèves qui étaient toujours sans maître et à l'avocat qui m'attendait en vain et dans les mains duquel se trouvait le procès qui pouvait m'extraire de la pauvreté. Une fois, animé par la boisson que nous avons partagée après le souper, j'ai osé exprimer mes inquiétudes.

« Je ne vous comprends plus. Si vous vous inquiétez pour vos élèves, vous n'avez pas à vous inquiéter pour l'héritage, et vice versa. Vous voulez cet argent pour vivre dans la capitale, pour dépenser comme un monsieur et pour sortir de la misère du maître d'école ? Alors, arrêtez de feindre que vous vous inquiétez autant pour quelques gamins espiègles. »

Je me suis tu, comme tant d'autres fois devant elle. Mes rêves ont commencé à me faire honte. J'étais, finalement, un enfant de bonne famille déchue qui attendait de l'oncle de San Juan la récupération d'un patrimoine légendaire et qui désirait se marier avec une demoiselle blanche et légèrement minaudière qui touchait le piano et parlait un peu le français, qui savait faire bouger ses anglaises et marcher avec une crinoline.

Mais je n'ai pas pu résister à l'envie de la blesser là où elle aurait le plus mal, pour me débarrasser de son mépris.

« Vous me critiquez. Et pourquoi ne parlez-vous pas de votre vénéré général Quiroga ? S'il s'est battu avec Rivadavia, c'était parce qu'il ne voulait pas que le gouvernement central et les Anglais saisissent ses revenus des mines de Famatina. Il a dilapidé sa fortune dans les maisons de jeu de Buenos Aires et il s'est laissé tenter par la « bonne société » qui vous dégoûte tant, avant qu'on ne l'assassine. Quelqu'un vous a-t-il rendu un peu du sang que vous avez versé pour lui ? »

Martina m'a alors regardé. Et je me rappelle encore ses yeux.

« Je n'ai pas versé de sang pour Facundo Quiroga. Je l'ai versé pour mon pays. Pour que nous puissions respirer sans demander la permission aux Portègnes, pour qu'on nous respecte et qu'on nous laisse être ce que nous voulions être. Et j'ai donné beaucoup plus que mon sang. J'ai donné un fils qui n'a pas pu naître, et le seul homme que j'ai aimé. Nous avons lutté ensemble plus de dix ans.

Mais ils me l'ont tué à La Ciudadela, face aux baïonnettes. Il est mort comme il a vécu, de façon honorable. »

Elle fit une pause et leva la gourde.

« En ce qui concerne Quiroga, il était préférable que les mines restent aux mains de l'un des nôtres, et non pas aux Portègnes ou aux étrangers. Et pourquoi n'aurait-il pas dépensé son argent au jeu, s'il en avait envie ? N'oubliez pas qu'il est né riche et qu'il s'est tout de même battu, pas seulement pour lui, mais pour nous tous. Nous étions libres et nous l'avons accompagné librement. Tout comme nous avions joint la *montonera,* nous l'aurions laissé s'il n'avait pas toujours été à la tête, le premier en toutes choses. Les Portègnes, les Cordobés et ceux de Santa Fe durent s'unir pour le vaincre. »

L'apprentissage de Martina se termina par la lecture du livre de Sarmiento : *Facundo ou Civilisation et barbarie* que je portais dans les bissacs. Elle a apporté quelques réserves, comme je m'y attendais, au portrait du chef.

« Votre monsieur Sarmiento ressemble parfois à une vieille femme qui colporte des ragots, et qui se trompe cruellement d'un bout à l'autre. Il met rarement dans le mille, même quand il dit que Facundo passait son temps à courir après les jolies femmes. C'était plutôt elles qui lui faisaient de l'œil, à cause de sa célébrité et de sa fortune. Il n'est pas vrai non plus qu'il faisait la guerre comme un rustre : nous savions ce que nous faisions et ce qui nous convenait. Mais j'aime bien comment il décrit le Tigre au combat. C'est comme si je le voyais, là, devant mes yeux. »

Elle s'enthousiasma davantage, bien sûr, pour le chapitre sur le limier, incarné par Calibar. Et aussi ceux du guide et du gaucho méchant.

« Si monsieur Sarmiento m'avait connue, signalait Martina, il aurait pu regrouper les trois chapitres en un. J'ai guidé tant de troupes, comme j'ai cherché des hommes et des animaux, et je les ai aussi volés. C'est évident que s'il avait parlé de moi, peut-être que ni les Portègnes ni les étrangers ne l'auraient cru. Personne ne suppose que les femmes font ces choses-là.

— Moi, oui. Et cela, avant de vous connaître. N'avez-vous jamais entendu parler des Amazones ?

— Qui c'était, celles-là ?

– Selon les chroniques des moines, un peuple de guerrières que les Espagnols ont trouvé à leur arrivée. Elles étaient très braves et se battaient avec lances, arcs et flèches.

– Elles ne vivaient pas avec des hommes ?

– Non, elles ne les recherchaient que lorsqu'elles voulaient avoir des enfants. Et des enfants, elles ne gardaient que les filles pour les éduquer. Elles gouvernaient d'autres peuples indigènes et exigeaient d'eux un impôt.

– Ah oui ? Ces dames ne me plaisent pas beaucoup. Personne n'est supérieur à personne : le saviez-vous ? Et quel genre de jeunes filles étaient-elles ?

– Très moyennes, disent ceux qui les ont vues. S'il y avait un défaut chez elles, il était délibéré. On raconte qu'elles se tranchaient un sein pour mieux pouvoir manier l'arc et la flèche.

– Il me semble que l'histoire de vos Amazones est plus fabuleuse que celles de monsieur Sarmiento. Ces Espagnols craignaient les femmes qu'ils ne pouvaient pas dominer. Ça ne m'étonne pas que ce soient des moines qui aient écrit cela. Et si vous le dites pour moi, je n'ai pas eu besoin de vivre comme une Amazone pour briller dans des métiers d'hommes. »

Elle s'est mise debout, emmitouflée dans le poncho qu'elle utilisait pour dormir sur le sol.

« De plus, monsieur le maître », elle m'a souri, et je n'ai pas non plus oublié son sourire, « sachez que j'ai toujours eu les deux. Et ils sont à la bonne place. Dommage qu'ils ne m'aient jamais servi pour nourrir un enfant. »

Jáchal, 1880

La pierre tombale est semblable à toutes les autres, et plus simple encore : une dalle blanche, bordée de fleurs sauvages. Cependant, c'est celle qui reçoit le plus de visiteurs. Des femmes viennent avec leurs petits-fils, enveloppées d'une mantille noire, et obligent les enfants à embrasser le couvercle en pierre. Parfois elles apportent un chapelet et le récitent au complet. Parfois elles parlent, mêlant le castillan et le huarpe, qui ne subsiste que dans les bouches édentées des plus vieilles. Elles ne demandent rien. Elles se contentent de son écoute. Avant de partir, elles laissent sur la tombe, comme si c'était une table, un peu de sirop, ou une bouteille de *chicha*[2], ou un gâteau de caroube. À croire que, la nuit venue, Martina Chapanay boit la *chicha* et dévore les sucreries. Elle en a bien besoin pour se remettre des chevauchées dans les llanos du paradis, plus étendus que ceux de cette terre et, sans doute, infinis.

Si je reste, elle pourrait apparaître à tout moment. Depuis l'heure de l'angélus, les sabots de l'alezan plaqué d'argent propagent leur éclat aux couches éthérées du ciel bas. Celles-ci s'effilocheront et les nuages s'ouvriront. Ceux qui ne la connaissent pas croiront à des éclairs et ne la verront pas descendre jusqu'à cette sépulture qui ressemble maintenant à une table de banquet. Je lui apporte une gourde d'eau-de-vie, comme lors des nuits de Pie de Palo, pour que son âme ne prenne pas froid et resplendisse sans se perdre dans l'obscurité où les signes sont effacés et où tout semble inhospitalier et inhabité.

Je commence à boire, mais j'en répands d'abord un peu sur la terre pour que les dieux soient contents. Dois-je m'attendre à ce que Martina Chapanay me demande des comptes ? Lui importera-t-il réellement de savoir où et comment je vis ? Peut-être s'est-elle souvenue de moi en lisant les livres que les hommes ont écrits, et peut-être ne s'est-elle pas souvenue, parce que souvent ces livres mentent et trompent. Parce qu'ils décomposent et défigurent, comme un miroir truqué, la réalité que les autres construisent avec leurs corps dans le monde extérieur où ces corps saignent, suent et crient et pénètrent les uns dans les autres, avec les gestes de l'amour et de la mort.

Je sais tout, ou presque tout, de ce que Martina a fait. Elle a repris le sentier de la guerre avec son compagnon de luttes armées du temps de Facundo, Peñaloza le Chacho[3]. Elle a joint les *montoneras,* elle s'est battue aux côtés de la femme de Peñaloza, doña Victoria Romero, aussi dure et loyale que Martina. Elle a bu et joué dans les auberges, perdu et regagné les harnais de l'alezan, simulé et provoqué en duel rivaux et insolents. Elle a liquidé Mamerto

---

2. Boisson alcoolisée à base de maïs fermenté.
3. De *muchacho*, « garçon »,

Cuevas, aubergiste de Nonogasta qui l'avait prise pour une fille de joie, pour qu'il purifie ses mauvaises pensées avec un vêtement d'ange. Moururent au fil du temps son précieux alezan et ses deux chiens sauvages. Et voilà qu'ils ont aussi assassiné le Chacho sans qu'elle pût le défendre.

On l'a tué à Olta, dans les llanos de La Rioja, alors qu'il était désarmé et seul avec sa femme et son fils. Le major Irrazábal lui ordonna de se rendre, avant de l'atteindre d'un coup de lance. Il commanda ensuite à ses hommes de fusiller le mort. Sarmiento n'a pas autorisé cette exécution, mais il dirigeait la guerre contre les *montoneras* des llanos, et il n'a pas cru opportun de désavouer son subalterne.

Qu'a fait Martina alors avec *Facundo,* le livre que je lui ai offert quand nous nous sommes quittés ? J'imagine les feuilles froissées et tachées de boue, frappées à coups de lance comme Peñaloza, meurtries et embrochées comme la tête du Chacho qu'Irrazábal et les siens ont promenée par les chemins pour ensuite l'empaler sur un piquet et l'exposer sur la place publique. Mais d'autres fois, je veux croire que Martina a conservé ce livre jusqu'à la fin, pour la part de vérité qu'il contenait pour elle aussi, ou parce que sur cette terre, elle avait appris avec moi à suivre d'autres traces, à découvrir un autre genre de troupes en retraite, ou des richesses cachées.

Peut-être n'a-t-elle pas eu besoin de se venger sur un livre, parce qu'elle avait déjà décidé de se venger sur l'assassin même. Mais au moment de l'affrontement, Martina n'avait pas eu d'autre solution que de pactiser. Elle s'était mise elle-même, avec les deux cents *montoneros* – gauchos et Indiens – qu'elle commandait alors, au service de la paix consécutive à la déroute. Le général Arredondo l'a graciée et l'a incorporée à l'armée avec le grade de sergent-major.

Parmi les gens d'Arredondo, elle rencontra Irrazábal, lors d'une soirée pour célébrer une réconciliation qui serait toujours incomplète, et elle envoya ses témoins le provoquer en duel. Mais le jour du combat, bien que le major Irrazábal fût celui qui choisit les armes, il se mit à trembler comme s'il avait eu une attaque de fièvre, et le sabre qu'il ne put lever honorablement tomba aux pieds de Martina. Arredondo dut l'exiler à l'extérieur de la province, pour qu'on ne l'insulte pas par le rappel de son déshonneur.

Martina est revenue dans son pays, à Valle Fertíl où elle était née. On raconte qu'elle continuait de ratisser les haciendas abandonnées, et qu'elle aidait les voyageurs à traverser les gués dangereux. Qu'elle avait placé des cruches d'eau fraîche à l'ombre des ramures pour calmer la soif des marcheurs. Que, comme ses aïeux huarpes, elle guérissait à l'aide de plantes : verveine et séneçon, gnaphale et faux-poivrier, passerage et rameaux de fabiana imbriquée, prêle des champs, racine de polypode coriace, écorce de *chañar,* jujubier et capillaire. Mais elle devait soigner, je crois, mue par la conviction que tout peut être vaincu, jusqu'à l'ennemi invisible qui s'est installé en chacun.

Que pourrais-je lui raconter en échange ? À côté de ses actions, tout ce qui m'est arrivé semble banal, très peu de choses. J'ai finalement touché l'héritage de mon oncle et je me suis marié avec une fille de famille traditionnelle à la peau de porcelaine, qui m'a donné six enfants, et qui savait jouer du piano. Je ne suis pas retourné à l'école. Ni dans les montagnes de Pie de Palo, où j'ai fait la classe à une élève incomparable. C'est peut-être pour cela, et non parce que j'étais devenu riche, que je n'ai pas voulu continuer de jouer au maître.

Mais aujourd'hui je suis venu trouver Martina. Je ne penserai plus à ce qu'aurait pu être ma vie – à ce qu'aurait pu valoir ma vie – si j'avais eu le courage de vivre avec elle. Je la verrai arriver sur l'alezan, comme le premier matin à Pueblo Viejo, précédée par une clameur luisante d'argent. Je la verrai mettre pied à terre, non vêtue comme un gaucho, mais avec le chemisier et la tunique qu'elle portait sous le poncho lors de la dernière nuit que nous avons passée ensemble. Comme alors, je l'aiderai à enlever tout, et je détacherai, un à un, les petits boutons de son chemisier.

Et apparaîtront alors ses seins sous la lune cendrée, humides et précis comme ses lèvres, avec l'éclat mat de l'argentan, si chauds, comme si mes mains n'avaient été faites que pour les toucher. Les deux seins toujours jeunes, entiers et parfaits de Martina Chapanay, plus belle que la reine des Amazones.

Le baron et la princesse

So we'll go no more a-roving
So late into the night
Though the heart be still as loving
And the moon be still as bright

LORD BYRON.

Howden ne faisait aucun progrès avec Rosas
ni, il faut bien le dire, avec la fille de celui-ci.

H. S. FERNS,
Gran Bretaña y Argentina en el siglo XIX.

Une lance pampa de canne massive, arrachée des berges du río Negro, dans une Patagonie connue de peu d'hommes blancs. Une lance en bois dur foncé – un trophée, selon le général Rosas, soutiré à un cacique rebelle des montagnes du Chaco. Deux étranges boucliers, composés de sept couches de cuir superposées, que portent les vieux chefs tehuelches[1] pour se rendre invulnérables en tant que symboles dans le cercle magique du combat.

John Hobart Caradoc, Lord Howden, baron d'Irlande et d'Angleterre, ne sait pas pourquoi il a recouvert la couchette de sa cabine d'armes exotiques, longues et lourdes, qu'elles excèdent de tous côtés, évoquant les corps bronzés de ses porteurs et le paysage

---

1. Indiens nomades de la Patagonie.

lisse et sauvage du bout du monde. Il passe ses longs doigts sur le fil des pointes, inoffensives comme des pièces de musée, dépouillées de toute trace de sang humain. Il caresse les douces plumes bordant ces arêtes qui ont perdu la fonction d'effrayer l'adversaire, qui sont maintenant douces et dociles, purement ornementales.

Lord Howden sourit. Il se rappelle la lettre minutieuse et instructive, quasi érudite, que le gouverneur de Buenos Aires a eu la fantaisie d'ajouter à ce magnifique et énigmatique cadeau – c'étaient des armes de guerre, après tout. Un cadeau offert à l'ambassadeur d'un pays qui, au même moment, bloquait avec la plus importante flotte du monde l'embouchure démesurée du Río de la Plata. Cependant, ni sa propre prestation ni l'accueil cordial n'avaient été ce que l'on pouvait attendre de l'émissaire d'une nation ennemie. Lui-même – se rappelle-t-il – arriva à Buenos Aires accompagné, comme les armes indigènes, d'une lettre qui n'était pas adressée au gouverneur, mais plutôt à sa fille. Son prédécesseur, le soigné et minuscule John Henry Mandeville, lui avait parlé d'elle avec une vénération exagérée, en levant au ciel deux yeux ronds comme des billes bleues : « Cette extraordinaire jeunesse, mon cher ami, vaut plus que le ministre des Relations extérieures de son père et a une grande influence sur le général Rosas. Remettez-vous-en à ses belles mains et je vous recommanderai avec ferveur. »

Mais ce ne furent pas ses mains qui lui semblèrent belles. La peau de la paume – qu'il frôlait légèrement du bout des doigts pendant qu'il baisait le dos – était presque rugueuse ; de gros poignets et des doigts larges, sans bagues, annonçaient une ossature vigoureuse sous la chair lisse. Peu de temps après, il comprit la vigueur de ces mains qui se cramponnaient, parfois sans gants, aux brides de chevaux faits pour la course et la guerre plutôt que pour la simple promenade d'une dame sur Alameda. Pour quoi serait-elle faite, elle, doña Manuelita ? John Caradoc, de plus en plus sensible à la courbe de son cou et au petit creux où brillait un camée, aurait aimé croire qu'elle était faite seulement pour l'amour. Pour *son* amour, à tout le moins, qui venait d'une terre lointaine, comme un hommage et peut-être comme une reddition, enveloppé dans l'éclat rêche de nobles faits aussi anciens que les pierres de Stonehenge.

John Caradoc cherche à se convaincre qu'il a accompli avec élégance sa mission diplomatique. Il relègue au tiroir de son mépris la note d'indigne courtoisie que Walewski, l'ambassadeur français, lui a envoyée en apprenant sa décision sans appel. Lui, descendant en ligne droite de Caradoc, héros d'Irlande, n'est pas homme à se laisser impressionner par les opinions d'un bâtard, même si le père de ce bâtard est Napoléon Ier, dont le lignage ne se distingue précisément pas par son ancienneté.

Quand commença-t-il réellement à s'enticher de cette femme qui cache ses mains fortes et ses larges épaules sous une couche de mouvements parfumés et sous la trompeuse séduction d'une petite bouche ? Peu lui importe que ses premières avances tardent, imperceptiblement, dans l'antichambre de Manuelita. Lors des soirées à Palermo, il rencontre le comte Alejandro Colonna Walewski et son beau-frère, le prince Bentivoglio, le comte de Mareuil et les arrogants officiers des missions anglaise et française. Cependant, ces silhouettes répétitives qui traversent, monotones, les salons d'Europe ne l'intéressent pas. Peu de choses, en réalité, lui restent encore à découvrir. Il fut aide de camp du duc de Wellington et se considère aussi, par conséquent, vainqueur de Napoléon. Comme agent secret de l'Angleterre en Espagne, du temps de la première insurrection carliste, il a appris les claires voyelles ouvertes de la langue castillane, la passion cruelle des taureaux et les baisers des mignonnes derrière la dentelle moirée des éventails. Il a vécu en Russie, où il a chassé le renard des steppes et l'ombre hurlante des loups. Il a séduit une nièce du prince Potemkine et échangé avec elle alliances et promesses éternelles qui durèrent peu de temps. Il a survécu à son ami George Gordon, Lord Byron, dans sa lutte pour la libération de la Grèce. Il n'a jamais osé publier les vers qu'il composa dans sa jeunesse, mais il étale, comme une décoration, son courage dans la bataille de Navarin, qui délogea définitivement les Turcs du pays de Sophocle.

Rien de ce qui vient de ses compatriotes, de ses collègues et adversaires européens ne saurait le surprendre. En revanche, il est disposé à se laisser fasciner par ce Nouveau Monde sans échos, où aucun bruit ne résonne deux fois parce que tout se perd dans l'hallucination horizontale de la plaine. Il commence à se familiariser avec les maisons basses aux grilles andalouses, les filles indiennes ou métisses qui le réveillent du frôlement ondulé d'une tresse noire en lui apportant un maté d'argent. Il parle avec tout le monde. Avec les vieux gauchos dont les visages collectionnent les rides comme des marques de combat, ou avec les chevaliers de la cour de Manuelita qui exhibent le gilet rouge fédéral et la devise partisane comme un sauf-conduit pour entrer dans ce paradis terrestre. Vico, Voltaire ou Rousseau fournissent le thème des discussions prolixes avec le sieur d'Angelis : un Italien laid, très cultivé et acerbe qui, derrière la fente de ses petits yeux, regarde le monde d'un air narquois empreint de mélancolie. Il converse en français avec Mélanie Dayet – madame d'Angelis –, dont les cheveux grisonnants gardent une mèche de fils brillants et dont la douce peau flétrie conserve un éclat de porcelaine. Il fait la connaissance de la belle sœur du Restaurateur, doña Augustina Rosas de Mansilla : parfaite et impérissable, comme moulée dans le marbre. Mais aucune intelligence ne le captive et aucune beauté ne l'émeut autant que la grâce indéfinissable de la maîtresse de maison qui l'approche du regard, le retient avec les mains, et dont l'arc doucement vénéneux de son sourire le trouble.

Grâce à la médiation de doña Manuelita, il obtient finalement un entretien avec Rosas, qui accepte de le recevoir à une heure inhabituelle : minuit. Howden se présente vêtu comme l'exige l'étiquette fédérale et, au cas où ce ne serait pas suffisant, il ajoute un léger poncho de vigogne par-dessus sa tenue de ville. Le général l'attend dans une pièce dépouillée, sans tapis, sans rideaux, très propre. Presque un cloître, qui sert à la fois de bureau et de chambre à coucher. Deux candélabres en argent poli illuminent le bois d'acajou des rares meubles et les yeux clairs et brillants comme une lame de poignard de l'homme qui l'attend. Le général a la déférence de se lever et de tendre la main ; un sourire atténue la froide vigilance des pupilles. C'est un homme robuste d'une taille supérieure à la moyenne, aux cheveux blonds, courts, frisés, et à la peau blanche et rosée. Comme le lui avait dit Mandeville, il ressemble plus à un gentleman anglais que la plupart des cavaliers espagnols qu'il a connus : pâles, cheveux noirs, décharnés.

Lord Howden compare son poncho américain à la veste bleue, très européenne, du gouverneur de Buenos Aires. L'ironie l'amuse.

L'habit a changé, mais les rôles sont toujours les mêmes. Le gouverneur l'invite à s'asseoir et commence son monologue fleuri. John Caradoc, amateur enthousiaste d'opéra et de comédie, mesure ce que valent ces manières éloquentes, ces brusques altérations dans l'inflexion de la voix et des sentiments. Pendant une demi-heure, le gouverneur encense les Britanniques, déteste les Français, injurie les unitaires, abhorre les Brésiliens et justifie sa propre politique avec une flexibilité fougueuse qui aurait provoqué l'admiration lors des débats parlementaires ou sur les planches du théâtre shakespearien. Lord Howden devine que, tout comme chez les bons acteurs, derrière chaque tournure de voix et d'émotion se cache un travail délibéré et raffiné. Juan Manuel de Rosas demeure inaccessible, caché derrière son personnage, et ne pense pas intervenir d'aucune façon dans les négociations.

Cette nuit-là, après l'entrevue, Caradoc retourne vers l'entrée où l'attend un attelage. Une fenêtre illuminée l'arrête à mi-chemin. Il découvre avec surprise que cette fenêtre correspond aux appartements de doña Manuelita, l'Infante. Une des jeunes filles est en train de dénatter et peigner sa lourde chevelure éclatante. De longues mèches noires tombent, une à une, sur la soie du peignoir blanc, et le choc inaudible de chaque frôlement ouvre la porte aux souvenirs amoureux de John Caradoc. Mais ces souvenirs ne sont rien devant la nouvelle réalité parfumée qui envahit maintenant chaque pièce vide. Pour un moment, Lord Howden cesse d'être le vassal de la reine Victoria et plie le genou devant cette autre princesse.

Que faire pour lui plaire ? Il sait que la gloire de Navarin ou la légende de Lord Byron sont dans ce pays des idéalisations, et que l'éclat de ses batailles et victoires au-delà des mers diminue – estompé dans la distance, dissimulé sous la prétention de l'uniforme anglais – devant les corps tatoués à coups de couteau des officiers créoles ayant survécu à la guerre des *montoneras*. Il faudra donc ressembler à tout ce qu'elle apprécie.

Doña Manuelita Rosas vaut bien la métamorphose d'un lord en gaucho de luxe. Il se met à porter à la ceinture une courte épée au fourreau ciselé de fleurs d'orfèvrerie, couvre sa chevelure rougeâtre, qui commence à grisonner, d'un chapeau mou à bords étroits, il arbore de voyants éperons nazaréens, un fouet au manche argenté, et monte un coursier que le gouverneur lui a fait parvenir comme preuve de son estime.

C'est ainsi paré qu'il assiste aux fastes du 24 mai, la journée du trentième anniversaire de Manuelita. Chez toute autre femme, c'est l'âge où on devient vieille fille. Mais pour une princesse, ce n'est que la prolongation du désir des adorateurs qui rivalisent pour elle. Le peuple n'est pas tenu à l'écart des festivités de Palermo. Il y a des danses, des courses, des barbecues, et à l'heure où la nuit efface la teinte prévisible des choses, des feux d'artifice et des salves de fusées. L'Infante supporte avec distinction un baise-main interminable, avec une déférence égale pour les dames et les gentilshommes ainsi que pour les gauchos, les métisses et les serviteurs africains qui la vénèrent comme une reine. Elle sourit à tout le monde et ne refuse aucune invitation à danser. Mais Howden croit remarquer une certaine préférence pour un jeune homme grand et brun, qui incline la tête au-delà des convenances pour susurrer peut-être quelques promesses sentimentales à l'oreille de sa dame. Lord Howden lui a parlé deux ou trois fois. Il se nomme Maximo Terrero, est l'un des secrétaires de Rosas et le fils de son meilleur ami. Instruit et courtois, il maintient toutefois une réserve que Lord Howden – jaloux lui aussi – attribue moins à des raisons politiques qu'à une rivalité amoureuse.

Le père de la femme qu'il aime lui apparaît toutefois encore plus impénétrable.

« Je crois, cher ami, dit le gouverneur, que cette dispute temporaire entre deux nations n'est pas un motif suffisant pour que d'honnêtes membres d'équipage anglais aient l'air faméliques puisqu'on trouve dans ces pampas de la viande de qualité et des légumes en abondance. Pendant que nous discuterons les clauses d'un bon traité, je ferai parvenir chaque jour des victuailles aux vaisseaux de votre flotte. »

Howden regarde fixement Rosas. Il vise directement les yeux du général qui soutient, imperturbable, le regard inquisiteur, mais il ne voit dans ceux-ci que son propre reflet. Il ne saura jamais si Rosas plaisante ou pas. Il essaie de répondre avec aplomb à l'absurde proposition.

« J'apprécie votre offre généreuse, monsieur le gouverneur, mais vous comprendrez que tant que dure le conflit, il m'est impossible de l'accepter honorablement.

– Serait-ce que vous considérez ma conduite peu honorable ?

– Au contraire, monsieur, je la trouve des plus magnanimes. Mais ma position serait méprisée par mon gouvernement et digne de soupçons si, en plein blocus, vous nous faisiez la grâce de nourrir nos marins.

– Je crains que ce soit d'autres attitudes qui paraissent suspectes à votre gouvernement, cher ami. Je crois que vous ne vous souciez pas des bonnes choses. »

Le sang monte violemment au visage de Lord Howden. Rosas se moque-t-il de son faible évident pour doña Manuelita ? Quoi qu'il en soit, il doit reprendre son calme. Il le laisse discourir.

« Vous comprenez sans doute, milord, que ce blocus fait surtout tort aux Anglais… Vous ne pouvez pas vous plaindre du comportement de mon gouvernement envers eux. Les fermiers et les honnêtes commerçants établis ici ne sont-ils pas devenus prospères… ? »

Howden acquiesce, grave, mais les paroles suivantes du Restaurateur se perdent dans le vide. Il suit le mouvement silencieux des lèvres minces pendant qu'il pense au creux tendre et délicat de la nuque de Manuelita, là où deux ou trois boucles foncées se libèrent du chignon haut, agitées par le rythme des cavalcades dont elle tient toujours la tête. Il pense à la douceur de la peau sous le décolleté, hors d'atteinte du soleil de la pampa et de sa main énamourée. Il entend le léger froufrou des jupons sur le rebord de la botte de cavalier où se perd le mollet.

« Vous conviendrez que grâce à l'ordre et à la saine administration que j'ai préconisés, la vie et les propriétés des résidents anglais se trouvent dans cette province tout à fait en sécurité… »

Howden voit le visage espagnol de Manuela se détacher contre le ciel d'Irlande et ses collines humides. La chevelure noire, libre, ferait un joli contraste avec le pâturage le plus tendre et le plus vert de la terre. Ou avec les draps de dentelle ancienne qui recouvrent le lit dans lequel a dormi Aliénor d'Aquitaine, que Howden considère comme le plus précieux de ses biens. Manuela, tout comme Aliénor, a ses troubadours et bouffons. Howden écoute, moqueur mais patient, la poésie des courtisans où les insultes les plus sanguinaires côtoient la monotone rhétorique des flatteries faites à doña Manuela pour ses vertus et sa beauté pendant qu'elle préside, avec une adorable injustice, les tournois qui maintiennent les prétendants sous le charme.

Jamais tournoi ne sera plus éblouissant ni hommage plus soumis que celui du 31 mai : l'automne de Buenos Aires s'étend comme un souffle sec et doré, exaltant de son auréole les têtes découvertes des femmes, ornées de fleurs et de rubans rouges. Manuela a organisé une fête en son honneur au camp de Santos Lugares. Lord Howden s'est passé de la présence de ses compatriotes et de ses accompagnateurs habituels. Il ne veut pas de témoins gênants de son bonheur privé.

Santos Lugares, malgré sa vocation militaire, n'est qu'une bourgade de campagne, tranquille, modeste, mais peut-être l'a-t-on aménagée pour tant d'illustres invités. Les cabanes de brique crue s'alignent le long des rues droites et présentent de petits jardins où les fleurs alternent avec les légumes. Mais le silence du village est rompu par le bruit des sabots et le choc des armes, par les ordres martiaux et les cris de guerre.

Lord Howden assiste aux côtés de l'Infante Manuela et de ses dames d'honneur à l'entraînement des troupes régulières, et ensuite au spectacle étrange des prouesses d'un escadron aborigène. Il admire ouvertement ces hommes minces et musclés, capables de rester debout sur le dos de leur monture en plein galop, qui manipulent d'énormes lances de six mètres de long comme s'il s'agissait de simples tiges de bambou, et projettent le lasso et les boules à la vitesse du désir. Après le spectacle, il va saluer les chefs avec les quelques mots de mapuche qu'il s'est efforcé d'apprendre. Il ne veut pas faire moins que son éventuel beau-père, le général Rosas, qui a fignolé, grâce à son éloquence, des alliances indigènes après que la gueule des armes s'est tue. Enfin, les gauchos dompteurs de chevaux sauvages le soulèvent de son siège par leur ardeur. Bien que John Caradoc approche le demi-siècle, il demeure essentiellement un homme de combat et d'aventures, non d'écriture. Il aurait aimé se voir parmi ces cavaliers coriaces et montrer à la jeune femme sa longue silhouette, son corps toujours musculeux, et sa maîtrise équestre.

Un grand banquet les attend après le dressage, mais Lord Howden préfère accompagner Manuelita qui retourne en ville. Par malheur, ils ne seront pas seuls. Cependant, la suite de dames et de chevaliers (parmi eux, l'insistant Terrero) se tient à une distance respectable pour permettre à John Caradoc de dévoiler le secret évident d'un cœur passionné. Que mettra-t-il aux pieds de doña Manuelita en plus de son amour sincère ? Ses nobles ancêtres, ses exploits militaires, ses châteaux, ses richesses, ses terres ? Pareils biens importent peu à qui n'a pas besoin de château et chevauche à travers les plus vastes campagnes de la planète. L'Angleterre et l'Irlande rapetissent devant ses yeux comme des miniatures colorées, à mesure que s'élargit le cercle trop vaste de la plaine. Il a honte : il n'offrira ni parchemins ni possessions, comptant plus que tout sur ses mérites, sa galante prestance de beau garçon, de vaillant soldat et d'homme du monde qui n'a pas perdu sa gaillarde disposition pour les batailles de Vénus et de Mars. Il omet de mentionner, par respect pour la pudeur de sa promise, le lit d'Aliénor d'Aquitaine dans lequel il aimerait la déposer après l'avoir portée dans ses bras.

Doña Manuelita regarde droit devant, sérieuse et silencieuse. Howden craint de l'avoir ennuyée. Elle se décide finalement à parler.

« Votre proposition m'honore, milord. Mais n'oubliez pas que nous nous connaissons à peine. N'allez-vous pas trop vite ?

– Ma chère demoiselle, un mois à vos côtés a été pour moi comme cinq ans. En outre, n'a-t-il pas suffi d'une danse à Roméo et Juliette ? »

Doña Manuelita lui sourit, d'un sourire un brin moqueur mais tout à fait charmant.

« Nous n'avons plus cet âge tendre, mon ami. Il existe d'autres considérations, d'inéluctables responsabilités.

– La dispute entre nos deux nations se réglera bientôt, sans doute. Et il n'est pas dans l'intention de mon gouvernement d'empêcher le bonheur personnel de ses fonctionnaires.

– Sans doute, mais mon père a besoin que je sois toujours à ses côtés. Si je me marie, je devrai m'occuper avant toute chose de mon mari et de mes enfants. Et vous suivre où vous choisirez de vivre, et ce ne sera pas dans ce pays.

– J'aime ce pays comme si j'y étais né. Pour le reste, je serai patient. Je vous attendrai, je vous aiderai dans vos tâches. Je mettrai mon expérience à votre service. Je renoncerai à ma charge diplomatique. Je suis fatigué de voyager.

– Et qu'en pensera votre reine ?

– J'ai servi consciencieusement ma patrie durant de longues années. J'ai droit à une retraite honorable. Maintenant, je me limiterai à n'adorer que la reine de mon cœur.

– Vous ne savez pas ce que vous dites. Lorsque votre passion se refroidira, vous ne me pardonnerez jamais ni ne vous pardonnerez d'avoir laissé votre patrie et votre position pour un pays éloigné et une femme étrangère.

– Je vis avec moi-même depuis de nombreuses années, doña Manuelita. Je crois me connaître assez bien pour vous assurer que cela n'arrivera pas.

– Mais que diront mes compatriotes ? Ils penseront que, comme toute épouse, je place la loyauté envers mon mari au-dessus de celle que je dois à mon propre pays.

– Personne ne pensera cela de vous. En ce qui me concerne, je vous autorise à me désobéir en politique chaque fois que vous le jugerez nécessaire, nous pouvons toujours faire la paix en d'autres domaines. »

Howden craint soudain d'être allé trop loin. Mais doña Manuelita rit à gorge déployée. John Caradoc la regarde, ébahi. Par chance, les créoles ignorent la ridicule pruderie qu'affectionnent les dames anglaises.

« Je suppose que cela doit être plaisant d'être en paix avec vous en ce domaine. Mais ne me demandez pas de vous répondre maintenant. Ma vie est très compliquée. Je ne suis pas maîtresse de moi comme je le voudrais.

– Les obstacles extérieurs m'importent peu. C'est vous qui comptez pour moi. Que me répondriez-vous si vous disposiez totalement de vous-même ? »

Doña Manuelita ne répond pas. Elle sourit, mais pas à John Caradoc. Elle tire sur les rênes de son cheval et commence à tourner, comme si on l'appelait derrière elle, bien que Howden n'ait entendu aucune voix.

«Nous avons pris trop d'avance. Que vont dire mes dames?» prétexta-t-elle.

Les demoiselles de la suite semblent cependant s'amuser. Il n'y a qu'un visage sérieux dans le groupe : celui de Maximo Terrero, qui fixe sur lui deux yeux noirs démesurément agrandis par une rage intérieure, contenue et sur le qui-vive.

Le gouverneur continue de le recevoir avec assiduité, mais ne cède sur aucun des points que Howden devait résoudre. Rosas refuse de garantir l'indépendance de l'Uruguay au bénéfice des intérêts de la France et de l'Angleterre. Il persiste aussi à refuser l'ingérence des nations européennes dans la libre navigation sur les fleuves d'Amérique.

Sa fille garde le silence.

Howden, qui ne fait aucun progrès en amour comme en politique, demeure cependant prisonnier du charme conjugué de doña Manuelita et de la plaine. Il observe attentivement le silencieux Terrero, aussi bon cavalier que lui-même, mais mieux rompu au maniement des armes autochtones, et assurément mieux placé dans les intentions inavouées de Manuelita. Il croit même que son rival pourrait, sans le vouloir, lui montrer comment se rapprocher d'elle quand arrive la lettre qui met fin à ses espoirs amoureux. La fille du gouverneur ne fait plus allusion aux raisons politiques dont elle a gentiment masqué son premier refus. Jamais elle ne pourrait voir lord Howden, dit-elle, autrement que comme un frère chéri. John Caradoc, jusqu'alors fils unique gâté de sa vieille mère, réfléchit à ce lien fraternel soudain et non désiré. Il se rappelle que l'humour et l'ironie sont les seuls antidotes concédés par les dieux aux mortels pour supporter le mal de vivre, et il écrit à Manuelita : *Je vous remercie infiniment pour le lignage que vous me destinez. C'est avec joie et fierté que je placerai le précieux document chez mes parents. Je l'accrocherai devant les portraits de mes ancêtres, qui descendront de leurs cadres poussiéreux pour recevoir une nièce si illustre. Mademoiselle, que l'honneur, la santé et la prospérité accompagnent pour toujours vos pas et ceux de votre illustre père ! Tel est le désir sincère de votre frère, ami, admirateur et fidèle serviteur qui baise vos pieds.*

Le lendemain matin arrivent ces armes indigènes qui gisent, inutiles, sur le lit de la cabine. Avec elles, la lettre du gouverneur qui ne dit rien concernant la politique ni Manuelita.

John Caradoc accepte sa défaite.

Il comprend ou croit comprendre, à l'instar de Rosas, que le blocus affecte davantage les intérêts britanniques que la plupart des Argentins. Si les marchandises européennes ne leur parvenaient pas, ils seraient disposés à s'asseoir sur des têtes de vache, non par patriotisme, mais simplement parce qu'ils n'ont jamais eu rien d'autre. Les classes supérieures, pour leur part, trouveront toujours le moyen de se procurer ce qu'elles veulent. Il admet aussi que la fille du Restaurateur n'a pas besoin de fiancés importés. Le marché local est bien pourvu de jeunes gens fringants, avec vingt ans de moins à leur crédit, une connaissance précise du champ de bataille, et une passion plus prometteuse et par conséquent plus encline à une longue patience.

Lord Howden, ministre de Grande-Bretagne, ordonne ainsi la levée du blocus. Il retire de Montevideo les troupes et l'arsenal anglais : l'artillerie du commodore Purvis, l'attirail de guerre utilisé pour la défense de la place. Enfin, il se retire lui-même, à bord de la frégate *Raleigh,* le 18 juillet 1847. Enfermé dans sa cabine, il déballe les armes et les lettres qui l'ont vaincu sans coup férir.

Il prend la plume pour la dernière fois dans le Río de la Plata : *J'écris en toute hâte, tout en écoutant le vapeur s'éloigner. Je vous prie d'offrir mes meilleures attentions à Son Excellence et d'agréer avec indulgence les réitérées, vives et sincères expressions de respect, d'affection, et du souvenir immortel de votre fidèle serviteur, ami, admirateur et frère.*

Lui – comme l'Angleterre – vieillit irrémédiablement, bien que le cœur soit toujours aimant et que la lune continue de briller au firmament.

Les amours de Juan Cuello ou
les avantages d'être veuve

> *... de telles veuves, chez les Indiens comme chez les chrétiens, sont les créatures les plus heureuses du monde. Avec raison, il y a des femme qui courent le risque de se marier pour voir si elles vont devenir veuves.*
>
> Lucio V. Mansilla,
> *Una excursión a los indios ranqueles.*

El Azul, 1851
Fleur d'Argent veut devenir *machi*[1]

Les événements suivants se sont déroulés quand vivait notre père Calfucurá, Pierre Bleue. Quand Juan Manuel, qui avait dans les yeux une autre pierre bleue, transparente et lisse comme un galet, mais dure comme le silex, était le grand *Ülmen* de tous les chrétiens.

Nous, les gens de Mariano Moicán, avions dressé les huttes au bord de la petite rivière que les gens d'El Azul nommaient la Nievas. C'était un bel endroit. L'eau coulait, fraîche et à proximité pour le bain du matin. Les biens des *huincas* de la ville voisine s'écoulaient eux aussi, mais pas aussi propres, librement par la voie du commerce, et parfois par la force. Les alliances que nous avions signées ne nous

---

1. Guérisseuse, synonyme de *chaman* en langue mapuche.

115

permettaient pas de faire irruption dans les exploitations agricoles d'El Azul, aussi Mariano Moicán fermait les yeux et préparait le terrain pour que d'autres – souvent en accord avec les propriétaires fonciers blancs – commettent les vols. Une partie du butin de ces incursions nous revenait pour l'aide apportée aux voleurs. L'autre partie, nous la prenions comme une simple restitution de ce que les commerçants nous avaient volé et continuaient de nous voler quand ils nous donnaient quatre colifichets en échange de peaux et de tissus, de lanières de cuir, d'outils et de plumes d'autruche, et pour les barils d'eau-de-vie qu'ils auraient bien pu nous vendre comme alcool à combustion.

Ma vie était alors terne et sans valeur, dans le pays du désert où les fiancées valaient un troupeau de mules, un attelage de chevaux et des parures en argent. J'approchais de la vingtaine, même si j'en paraissais quatorze. Maigre, silencieuse et de petite taille, mon plus grand attrait était une tresse noire, résistante et brillante comme le crin d'un bai-brun, qui me descendait jusqu'aux hanches et que ma mère nouait avec un ruban brodé de clochettes en argent. Celles-ci tintaient quand je me déplaçais, comme pour compenser les rares paroles qui sortaient de ma bouche dans un pays de fins causeurs.

À la maison, cependant, on ne me pressait pas de me marier. J'étais la seule femme, la plus petite après quatre hommes bruyants et robustes qui avaient déjà trouvé des épouses. Les mariages de mes frères avaient coûté cher. Ils visaient haut et ils ont choisi de jolies femmes de bonne famille qui, en plus d'être laborieuses et bonnes tisserandes, étaient très habiles pour brosser et débarrasser les chevelures des poux qui ont l'habitude de faire leur nid chez les gens dont la tristesse leur ouvre un espace. Mais mes parents ont aisément pu faire face aux dépenses nuptiales, et ils n'étaient pas pressés de me marier. Tous deux exerçaient d'excellents métiers. Mon *chao* – papa – travaillait les métaux : il était forgeron et orfèvre, et ma mère était une *machi* de haut niveau, à tel point qu'elle ne guérissait pas seulement les malades de notre communauté, mais aussi les chrétiens d'El Azul qui venaient la consulter.

Ma *papai* – maman – avait placé de grands espoirs en moi. Elle aspirait à ce que j'hérite de sa charge de *machi,* très rémunératrice, mais dangereuse – pour la *machi* – si elle n'arrivait pas à bien faire les diagnostics et les guérisons. Il était plus facile d'être médecin chez les *huincas,* où personne ne vous traitait de sorcière ou de sorcier si un malade d'une certaine importance mourait. À dix ans, j'étais devenue experte dans la collecte et la classification des herbes médicinales, ou pour me procurer à bon prix celles qui ne poussaient pas dans nos parages : la *sombra de toro*[2] qui arrête la dysenterie et guérit l'indigestion, la menthe des champs qui libère les voies respiratoires, le *pilapila*[3] qui décongestionne les reins et la gorge, l'*ombligo de nutria*[4] et le ganoderme aplani, qui allègent l'estomac. Je connaissais aussi par cœur les chants qui accompagnent les cérémonies curatives, et j'assistais ma mère en jouant de la *pifilka,* cette flûte qui, par ses plaintes, renvoie dans l'autre monde les esprits indésirables.

Mais à vingt ans, il me manquait toujours quelque chose de fondamental : le don. Je n'avais pas encore eu de visions, ni de rêves prophétiques, ni n'avais fait l'ombre d'une prédiction sur les sujets les plus simples, comme les courses de chevaux. Il me manquait cette assurance stupéfiante avec laquelle ma mère se plantait au chevet d'un malade, et – comme si quelqu'un le lui soufflait à l'oreille – elle savait aussitôt de quelle maladie il souffrait, s'il allait mourir ou si une volonté supérieure voulait qu'il continue de ce côté-ci, ici-bas, où les pieds nous pèsent et où les dieux n'arrivent pas à nous écouter. Cependant, maman me faisait confiance. Elle était sûre qu'à un certain moment, à la suite d'un succès qui pouvait être banal, ou grâce à une personne insignifiante, se produirait mon « réveil » tardif à un autre savoir. Elle a eu raison.

Tout a commencé le matin de l'arrivée de Juan Cuello. J'aidais papa à un travail qui me plaisait beaucoup : la ciselure de petites fleurs en argent, auxquelles je dois mon nom terrestre, *Licanrayen,* qui signifie : Fleur d'Argent. L'entrée de Cuello provoqua toute une agitation. Les poules caquetaient, les femmes chuchotaient et riaient, les hommes sortaient des huttes, une main sur les *boleadoras* et l'autre sur le couteau, au cas où l'étranger serait à craindre. Mais

---

2. Plante de la famille des santalacées.
3. Arbuste de la famille des malvacées.
4. Nom donné à une plante médicinale.

ils étaient aussi admiratifs. D'abord, devant les chevaux que menait l'intrus : un pommelé aux reflets de jais et un rouge au nez blanc, fins et se moulant au souffle du vent comme les coursiers qu'ils devaient être. Deuxièmement, devant l'aspect du cavalier : il ne s'agissait pas seulement de son costume plus que convenable (une large ceinture de cuir ornée d'argent, un chapeau *cantor,* des bottes de cheval avec éperons aux rosettes travaillées), mais aussi de son regard joyeux et dédaigneux, intraitable, comme celui qui arrive à une fête avec un visage de fanfaron, et non dans le domaine d'un chef comme Moicán.

Il n'éveilla aucune admiration chez moi, mais plutôt le frisson de qui a vu passer un mort devant lui.

« *Chachai,* ils vont tuer cet homme d'ici peu », dis-je à papa.

Mais il n'a perçu rien d'extraordinaire dans cette affirmation. « Sûrement, ma fille, m'a-t-il répondu, c'est ainsi que finissent les gens de cette espèce. »

Papa était un homme prudent et de bon conseil. Dans ses jeunes années, il avait été l'un des fers de lance des incursions, bien qu'il ne s'en soit pas vanté ni n'ait cherché à briller par des folies qui auraient pu mettre les siens en danger. Il considérait la guerre comme un travail d'équipe qui devait être exécuté avec précision et humilité, avec discipline. D'où le fait qu'il détestait les durs et les présomptueux, qui devaient être très lâches, selon lui, puisqu'ils avaient besoin de prouver leur valeur à chaque pas.

Mais mon observation n'émanait pas du bagage de bon sens qu'on m'avait inculqué à la maison. Non. J'avais *vu* – détail par détail – l'avancée de la mort : premièrement, Juan Cuello, complètement ivre, était attaché à un lit avec un lasso, ensuite il y a eu une décharge de fusil qui l'a criblé comme un caleçon brodé, et enfin, j'ai accompagné sa tête secouée dans un sac, depuis la caserne où on l'avait coupée, jusqu'à la clôture où elle serait clouée, pour servir de leçon aux unitaires et aux déserteurs.

Je n'ai rien dit à papa. Peut-être que ça ne m'arriverait plus, et ce n'était rien pour l'alarmer ou pour le réjouir en vain, en croyant que sa fille unique était finalement en voie d'acquérir les pleins pouvoirs d'une *machi.*

Vie et amours de Juan Cuello

Comme tant d'autres chrétiens – bonnes gens ou malfaisants –, Juan Cuello s'était réfugié parmi nous pour fuir la justice. Ce n'était pas un motif pour lui refuser l'hospitalité, parce que nous ne pensions pas que la justice des *huincas* était justice, et parce que dans les huttes, la loi prescrivait de ne refuser protection à personne, pourvu que le demandeur soit disposé à compenser son hébergement par le respect et le travail. Le seul travail de Cuello à l'époque était de voler et tuer les ennemis qui s'interposaient ; il savait faire les deux choses avec efficacité. Et nous avions toujours besoin de ces habiletés même si nous courions aussi le risque que les nouveaux amis et les arrivants finissent par devenir plus dangereux que les adversaires habituels.

Il s'est trouvé quelqu'un pour raconter l'histoire de Cuello, des années plus tard : un certain Eduardo Gutiérrez, milicien de bonne famille, amateur d'aventures de bandits et de fugitifs. Il a écrit un livre encore prisé par plusieurs jeunes d'aujourd'hui qui continuent de le lire avec plus de respect que si c'était la Bible. Mais nous ne voyons pas tous les choses de la même manière, et ce qui peut sembler hauts faits et vertus aux uns n'est que calamités et défauts pour les autres. À ma connaissance, les malheurs de Cuello provenaient surtout de sa nature prétentieuse et velléitaire, et de sa propension à confondre l'amour avec la rigolade et la partie de chasse.

Ses mésaventures avaient débuté quelques années auparavant lorsque, fatigué des conquêtes trop faciles et des amours à répétition, il décida de faire une cour assidue et continue à des fins, selon lui, matrimoniales, à Mercedes, la jolie nièce d'une certaine doña Tránsito. La tante ne manifestait aucun penchant pour Cuello. Les motifs ne lui manquaient pas : quelle confiance pouvait inspirer un galant volage et sans le sou qui passait ses nuits de sérénade en sérénade, de *pulpería*[5] en *pulpería,* et de soupir en soupir ? Il est vrai que l'autre parti proposé à sa nièce amoureuse n'était pas trop agréable. Il s'agissait du gras et trop mûr don Ruperto, assistant

---

5. Établissement rural faisant office de magasin général et de débit de boisson.

du veilleur de nuit, avec qui la jeune fille dut se marier malgré ses protestations, tandis que Cuello, capturé par les hommes du mari flambant neuf, fut enrôlé de force dans les casernes de Palermo. Là, il eut à supporter les cruautés d'un chef qui (comme c'était coutume chez les chrétiens) critiquait sa troupe au lieu d'en prendre soin et qui s'appelait José Hernández, mais il n'avait rien à voir avec celui qui allait par la suite raconter les misères du gaucho Martín Fierro.

Las des sévices, Cuello déserta. Son premier geste d'importance a été de se venger de don Ruperto, dont les chairs opulentes devaient bientôt se transformer en jambon. Ensuite, il consacra ses efforts à exterminer les partisans du général Rosas et ses agents de police et surtout, à leur ravir effrontément leurs fiancées, pour le plaisir de ridiculiser ses poursuivants. Son coup le plus marqué fut l'enlèvement de Margarita Oliden, la fille d'un sergent de la Mazorca[6], jolie et innocente jusqu'à la sottise, gavée et gâtée à l'extrême, au point que sa plus grande audace consistait à se montrer à la fenêtre pour voir ce qui se passait dans la rue. C'est précisément ce qu'elle faisait quand elle entendit la voix mélodieuse de Juan Cuello qui chantait une complainte à une belle jeune fille du voisinage après avoir enlevé la fiancée d'un maire. Elle tomba amoureuse en le voyant. La jeune fille était au goût de Cuello, comme étaient à son goût toutes les filles charmantes, mais il résolut de s'enfuir avec elle lorsqu'il apprit que le chef des *mazorqueros,* Ciriaco Cuitiño, la courtisait. Bien sûr, il ne s'est pas enfui en secret et sans faire de bruit comme le conseillaient la prudence et la défense de son amour – si véritable amour il y avait. Sans se préoccuper des risques auxquels il exposait sa bien-aimée, il était passé, avec elle en croupe, devant la caserne de la Mazorca, et comme si ce n'était pas suffisant, il l'avait embrassée bruyamment sous le nez de Cuitiño.

La malheureuse Margarita n'a pu profiter de son ravisseur d'élection, qui l'avait plus ou moins mise à l'abri dans une cabane abandonnée, tandis que lui (qui avait à cette époque son propre gang) jouait à cache-cache – mort de rire, ivre de courage et de gin – avec Cuitiño et ses gens. Le logement suivant de la fiancée

---

6. Nom donné à l'organisation qui appuya le gouverneur de Buenos Aires, Juan Manuel de Rosas.

a été l'auberge de la *gringa* Mariquita, une autre dame tolérante et disposée à se sacrifier pour Cuello à la famille duquel elle devait des faveurs : elle trouva là l'occasion de les rembourser largement. C'était chez elle que s'était réfugiée la mère de Juan : la femme auprès de laquelle tous les héros ont l'habitude de revenir, après leurs frasques. Cette femme – à moins qu'elle soit morte à temps pour s'épargner tant de contrariétés – n'a pas d'autre destin que d'attendre le fils fanfaron ou rebelle, si on ne l'a pas déjà égorgé dans les casernes ou dans les postes-frontières.

La mère de Cuello, qui avait très bien appris à pleurer après tant de malheur et ne savait plus rien faire d'autre, avait accueilli Margarita avec joie. À ce qu'il paraît, elle ne ressentait aucune espèce de jalousie. À tout le moins, elle gagnait une compagne pour les pleurs et pour sa solitude chronique et irrémédiable.

Juan Cuello continuait de provoquer, en affrontant et écartant comme des pantins les agents de Rosas, tandis que sa mère, sa femme et la propriétaire de l'auberge continuaient de peiner. Il était si rapide et si habile que la Mazorca ne réussissait pas à le coincer, mais en revanche, il leur était plus facile de trouver Margarita à l'auberge de la *gringa*. Après avoir volé tout l'argent qui se trouvait dans le commerce, ils ont frappé la propriétaire à coups de bâton, et l'ont laissée pour morte au milieu d'une hécatombe de bouteilles brisées. Quant à la pauvre Margarita, ils ont coupé ras ses longues tresses avant de lui asséner deux raclées féroces ; après la deuxième, elle mourut au bout de son sang dans un accouchement prématuré. Cuello éprouva tout ce qu'il pouvait, qui était peu. Quelque temps après, il dansait et fêtait tout en ordonnant de faire éclater des pétards à l'entrée des auberges, pour que la Mazorca sache où le trouver, et il ensorcelait les belles innocentes qui tombaient à ses pieds en apprenant qu'il s'agissait du fameux Juan Cuello. Il décida finalement de partir pour El Azul, parce qu'il avait perdu plusieurs de ses hommes qui, comme lui, ne ménageaient pas les imprudences, mais qui étaient moins héroïques ou avaient moins de chance. Cuello était du moins convaincu qu'il ne pouvait pas mourir, non seulement parce qu'il avait plus de mérites d'être en vie que les maladroits employés du Restaurateur, mais parce que sa mère lui avait dit – une fois de plus – que lui, son fils unique, était la seule raison pour laquelle elle persistait dans cette vallée qui avait effectivement été pour elle une vallée de larmes.

Juan Cuello était triste quand il est parti de Buenos Aires, mais auparavant il recommença à pratiquer sa distraction favorite : éventrer la police de Rosas et éblouir les belles. En cela, la dernière occasion que lui a fournie le Destin a été magnifique et a impeccablement uni les deux choses : éblouir une beauté après l'avoir sauvée des *mazorqueros*. Cette femme a laissé sa trace dans sa courte mémoire (il se souvenait encore d'elle quand il est arrivé à El Azul). La dame ne lui avait pas seulement offert sa gratitude et son affection, mais un anneau d'or pur serti d'une pierre car, à la différence de celles qu'il avait eues auparavant, elle était une dame raffinée, du genre interdit à tout gaucho, si héroïque soit-il.

Mais celle-là aussi, comme toutes les précédentes, demeura oubliée, reléguée, vaincue, quand Cuello vit pour la première fois dans les huttes la sœur de Mariano Moicán.

La conquête de Manuela

La belle Manuela était la fierté de Mariano, ainsi qu'une importante source de revenus. Cela ne veut pas dire que la sœur de notre *lonco*[7] se prêtait à l'échange de ses charmes pour des biens ou de l'argent – comme cela se faisait et se fait toujours en terre chrétienne. Parmi nous, il n'y avait pas de demoiselles pures ni de femmes usées et souillées par le commerce charnel pour que les autres préservent leur pureté, car nous, les célibataires sans engagement, pouvions disposer de notre corps à notre guise, et personne ne nous regardait de travers pour autant. Les chagrins et la soumission commençaient avec le mariage, et pouvaient se terminer par un veuvage satisfaisant qui redonnait toutes les libertés, comme je le rapporterai en temps opportun.

Manuela, en somme, loin d'accorder vénalement des faveurs faciles, était une reine, ou plutôt une déesse inaccessible qui recevait constamment des hommages de ses adorateurs, ranqueles[8] comme

---

7. Chef d'une communauté mapuche.
8. Les Ranqueles font partie du groupe Tehuelche fusionné avec les Araucanos qui habita aux XVIIIe et XIXe siècles les plaines du nord-est de la Pampa.

chrétiens. Les hommages se concrétisaient en dons considérables, de sorte que l'intérieur de la hutte des Moicán ressemblait à la salle de réception d'une riche demeure. La belle avait son propre lit de bronze paré de draps de satin et de batiste. Les frères Moicán donnaient audience sur un canapé recouvert d'une tapisserie de brocart et s'asseyaient sur des chaises aux pattes fines. Les bijoux de Manuela étaient conservés dans une petite boîte à musique, sur une console couverte de soie.

Cuello voyait déjà Manuela comme sa chose dès sa première rencontre avec Moicán, durant laquelle il fit étalage de ses mérites, des services qu'il pourrait rendre et surtout du pommelé qu'il pensait offrir à Mariano comme preuve de sa bonne volonté. Manuela regarda aussi comme sa chose l'anneau serti d'une pierre que Cuello portait à la main gauche, et qui semblait authentique. S'il offrait à Mariano un cheval de course, elle ne voyait pas pourquoi il ne pourrait pas lui offrir un bijou. En ce qui concerne Juan, conformément au proverbe qui veut qu'un amour en cache un autre, il avait déjà l'intention de réserver la bague comme pièce maîtresse de la dot pour son mariage avec Manuela, lequel était chose faite, à ses yeux.

Cuello, disait-on, était un homme à qui la chance souriait, qui tapait dans le mille. Il n'avait pas tardé à l'épouser, obtenant en un clin d'œil le pouvoir et la beauté, les deux biens les plus convoités par les mortels. Il avait dû payer sa conjointe passablement cher : outre l'anneau, les cinquante juments et les étriers en argent qu'exigea Mariano, il ajouta de son propre chef tous les vêtements qu'il put prendre lors d'une incursion dans un commerce de l'avenue Veinticinco de Mayo, de crainte qu'au dernier moment son futur beau-frère ne se repente et ne lui refuse la fiancée.

Ce fut une belle noce, avec musique, danse et abondance de boissons, à tel point qu'après la fête, Juan Cuello n'était bon qu'à cuver son vin. De toute façon, dans les jours suivants, il compensa sa passagère défaillance amoureuse en demeurant enfermé dans la hutte avec son épouse pendant un mois.

Dès lors, Cuello, propriétaire de la meilleure femme et du meilleur cheval (le rouge au nez blanc qui gagnait toutes les courses), est devenu un grand personnage des huttes, presque aussi apprécié que le grand Moicán. Si, parmi les chrétiens qui l'avaient tourmenté, il se considérait déjà presque invulnérable, parmi les Ranqueles qui l'avaient accueilli, il se sentit, de plein droit, immortel. Mais c'était sans compter le vilain oiseau de l'envie, qui fait son nid dans les cœurs humains.

Et c'était compter sans sa femme.

Songes et prédictions

Jusqu'alors, je n'avais pas eu de relations très assidues avec Manuela, qui ne faisait pas beaucoup de cas de ma petite personne. Question beauté, je ne pouvais pas rivaliser avec elle. Et l'influence que donne la connaissance n'était pas dans mes mains, mais dans celles de ma mère.

Cependant, dès l'arrivée de Juan Cuello dans notre village, l'espèce de cuir rigide qui voilait les énigmes de l'avenir s'était déchirée. Je voyais et savais des choses insoupçonnées, des plus insignifiantes (où avait été perdue la poupée de l'une de mes petites nièces) aux sujets de plus grande importance (si allait mourir ou non la belle-mère d'une consultante, ou de quel sexe serait le bébé qu'attendait une autre). Ma renommée grandissait de jour en jour. Un halo de vénération respectueuse me signalait déjà comme la future *machi*. Les attentes de ma mère avaient toutes été comblées. Elle pouvait maintenant penser à une honorable retraite – de fait, elle m'avait déjà laissé une partie du travail – et avait la certitude que sa fille occuperait un poste important dans l'ordre de ce monde, malgré les risques éventuels.

Ma notoriété croissante n'était pas passée inaperçue aux yeux de Manuela qui, un après-midi, m'invita à prendre le maté dans sa hutte. Après m'avoir flattée de toutes les manières, et avoir insisté pour que j'accepte une pièce de soie comme preuve de son affection, elle glissa une fois de plus vers les confidences et fit pleuvoir sur moi des regrets qui gravitaient, intolérables, autour d'une vie auparavant vécue avec autant de légèreté que de condescendance. En somme, elle me dit qu'elle en avait assez de son mari.

« Mais c'est ce qui arrive à la majorité des femmes, lui ai-je répondu, pour la consoler.

124

— Je ne suis pas n'importe quelle femme. Avant j'allais où je voulais et je parlais à tout le monde. Maintenant, je ne peux pas m'éloigner de ma hutte sans donner d'explications, je ne peux dire deux mots à quelqu'un sans que mon mari foudroie du regard celui qui, selon lui, cherche à lui ravir son butin.

— T'a-t-il frappée ?

— Il ne manquerait plus que ça ! Mari ou pas, aucun *huinca* ne va porter la main sur la sœur de Mariano Moicán. Je le laisserais et retournerais avec mon frère. »

Probablement, ai-je pensé, que le *huinca* ne voudrait pas lui non plus de cette désagréable solution. Il resterait sans femme, et les Moicán ne lui rendraient pas un seul crin de cheval de la dot.

« Ce qui m'indigne le plus, c'est son indifférence quand nous nous trouvons seuls. Avant, il ne faisait rien d'autre que me caresser et me chanter des couplets. Maintenant, il n'est presque plus jamais avec moi et quand je l'ai ici, il dort comme une pierre d'avoir trop bu. Il passe ses après-midis et ses soirées à boire avec des types qui se croient malins et à se vanter de ses exploits. Il ne fait que jouer aux courses et chasser l'autruche.

— Mais tout l'argent qu'il gagne dans les paris, il le dépense pour t'acheter des bijoux et des vêtements.

— Il les met sur moi comme il pourrait mettre un harnais luxueux à son cheval. Ensuite, il nous fait parader dans les auberges d'El Azul, pour faire enrager ceux qui m'ont courtisée et ceux qui convoitaient le coursier.

— Sœurette, nous aussi nous acceptons de nous marier par vanité avec ceux que nous croyons forts et vaillants. Et pour avoir des enfants.

— Il est vrai qu'au début sa cour me flattait. Il était différent et semblait même plus gentil et plus courageux que les nôtres. Il était le mieux disposé et le plus rusé. Il offrait la meilleure dot. Mais, est-ce suffisant pour vivre avec lui ? Et encore moins pour avoir des enfants, si nous continuons ainsi.

— Et que puis-je faire pour t'aider, sœurette ?

— N'y a-t-il pas de remède, un philtre, qui le ferait changer ?

— Le cœur et les penchants ne changent pas à l'aide de philtres. Tu réussirais peut-être avec la persuasion et le dialogue. Mais pour les hommes, l'opinion de leurs amis compte plus que la nôtre. »

Manuela m'a regardée, mécontente. Peut-être parce qu'elle n'avait pas assez confiance en sa capacité persuasive, ou parce que persuader est un travail ennuyeux et humiliant pour qui est habitué à donner des ordres.

Près d'un mois plus tard, quelques jours avant une importante course à El Azul, où allait courir le rouge au nez blanc, Manuela est revenue à la charge. Cuello semblait avoir trouvé chaussure à son pied. Un fonctionnaire de Buenos Aires lui avait offert cent mille pesos, que Rosas était disposé à payer pour la tête de Juan Cuello, si elle cachait les armes de son conjoint et ouvrait la porte à la justice quand il cuverait son ivresse, après la compétition.

« C'est ton mari, lui ai-je dit.

— Je ne l'aime plus. Et si je le rends aux chrétiens, je serai riche.

— On ne vit pas toujours bien même si on est riche. De plus, tu avais déjà tout.

— Ça n'a jamais été à moi. C'est mon frère qui a bénéficié le plus de ce qu'on a donné pour moi. En revanche, si je deviens veuve, pas même lui ne peut disposer de mon argent. Et encore moins me suggérer avec qui je devrais par la suite me marier.

— C'est bon. Peu m'importe le *huinca*. Qu'il s'arrange avec les siens. C'est ta décision. Pourquoi me l'as-tu dit ?

— Je veux savoir si tout va aller comme je le souhaite. »

Pour ce qu'elle faisait à Cuello, je n'avais pas l'ombre d'un doute qu'il serait exécuté. La force et la violence de son destin étaient si évidentes que s'était accompli en moi ce que n'avaient pu faire plusieurs années de patient apprentissage. Par contre, je n'avais aucun indice en ce qui concernait Manuela.

Cette nuit-là, je me suis proposé d'invoquer les rêves qui nous transmettent la volonté divine et qui nous révèlent l'avenir. Le sommeil est venu très vite, et riche en images. J'ai vu une femme accroupie, vêtue de noir, au visage complètement couvert par la suie que les veuves s'appliquent en période de deuil. La veuve gardait dans une bourse une épaisse liasse de nouveaux billets, et avait un homme à ses côtés. C'était un jeune homme, un *huinca,* à en juger par la couleur de ses yeux et de sa peau, et par le béret qui ombrageait son front. Un visage franc, ouvert, sympathique. La tête d'un homme bon.

Au matin suivant, Manuela est venue me consulter. Je lui ai raconté mon rêve. Je n'ai pas eu à l'interpréter, parce qu'elle s'est tout de suite mise à s'agiter et à battre des mains comme un enfant.

« Bien, bien ! Dieu, *Nguenechén,* est de notre côté. »

Ce serait plutôt le *Huecuvú,* le Malin, qui est de *ton* côté, pensai-je. Qu'ai-je à voir avec cela ?

« Je n'avais toutefois pas l'intention de me remarier. Bien que ce ne soit pas dit. Je peux prendre cet homme comme amant. Comment était-il ? Comment le trouves-tu ?

– Il m'a beaucoup plu », lui ai-je répondu. Mais je doutais que mes goûts masculins fussent compatibles avec ceux de Manuela.

Avant de partir, elle a réglé mes prédictions avec l'un de ses colliers et quelques boucles d'oreilles en argent, que nous appelons dans le pays *chaway chapel.* Ce n'était pas grand-chose. Mon papa en fabriquait de plus jolies.

« Ce n'est qu'un acompte, s'était-elle hâtée de me dire, un petit échantillon de gratitude. Tu auras quelque chose de mieux quand je toucherai la récompense. »

Le conquistador conquis

La course d'El Azul a eu lieu le 24 décembre, comme pour fêter la naissance du dieu des chrétiens sur la paille d'une mangeoire, entre une vache et un âne, une circonstance qui n'a toutefois rendu aucun *huinca* plus aimable et plus modeste.

Cuello arriva à la course tout joyeux, flottant sur un nuage. Les hommes du mandataire policier, vêtus comme des paysans, l'avaient fait boire depuis la veille pour l'étourdir et donner ainsi un coup de main à sa faible femme qui devait lui enlever ses armes et le livrer empaqueté.

En plus de son épouse, Juan avait un inséparable compagnon parmi les flatteurs que les durs ont l'habitude de rassembler : un Ranquel, un peu cinglé, que nous appelions *Caleu,* ce qui veut dire « mouette », peut-être à cause de ses sautes d'humeur et de ses agressions intempestives mêlées de gloussements. *Caleu* lui proposait lui aussi des toasts et toutes sortes de libations, avant et après la course, bien qu'il se refusât de l'accompagner au même rythme.

Comme il était prévu, le rouge avait gagné par quelques longueurs. Et Cuello alla s'aliter à l'auberge, pour rêver à quelques projets lumineux : retourner à Buenos Aires et se pavaner avec Manuela, aussitôt tombé Juan Manuel de Rosas, et cela, dans sa paroisse natale de Bola de Oro.

Les beaux rêves n'ont pas duré longtemps. Il fut aussitôt désarmé et attaché au lit avec un lasso. Et Manuela toucha l'argent promis.

Mais *Caleu,* le copain de Cuello, avait d'autres plans. Les milices à peine sorties, il s'est rué sur Manuela, non pas avec l'intention de libérer Cuello, mais avec celle de s'emparer de sa femme et de l'argent. Mais si elle pensait devenir veuve, ce n'était pas précisément pour se marier avec *Caleu,* de manière qu'elle résista jusqu'à ce que son adversaire décidât de mettre un terme à cette lutte, qui devenait trop bruyante, avec un poignard bien aiguisé qui perfora le poumon droit de Manuela. Avant de s'enfuir avec la récompense – finalement complice –, il détacha Cuello et laissa à ses côtés son propre couteau, pour qu'il échappe à la police. Chose inutile. Contre l'alcool dans lequel baignait sa cervelle, il n'y avait aucune défense.

Comme il m'avait été révélé, Juan Cuello est mort à Buenos Aires, face au peloton d'exécution. On raconte que, jusqu'au dernier moment, il a chanté des dizains pour conjurer ses malheurs. Ses dernières paroles furent des insultes pour Rosas et la Mazorca, et un souvenir pour sa mère. Il n'a rien dit de Margarita, la femme qui est morte pour lui et à sa place, et rien non plus sur Manuela et sa trahison.

Autre justice

La mort de Manuela et de notre hôte a fait parler nos gens. Mariano Moicán était profondément irrité, non seulement à cause des évidentes raisons familiales et économiques qui l'unissaient aux défunts, mais parce que la justice des chrétiens s'était emparée du cas. Manuela a été enterrée à El Azul, et il y eut même un poète qui prononça un discours sur sa tombe et la compara à d'autres « beautés perfides » – c'est ce qu'il a dit – qui étaient sûrement *huincas,* comme Cléopâtre et Hélène de Troie. Le juge de paix qui avait présidé à son enterrement promit de retrouver celui qui l'avait assassinée, mais l'enquête piétina. Les recherches avaient été mal menées et Cuello, après tout, était en prison. Peu leur importait nos morts et encore moins une morte qui avait été capable de vendre un homme.

Bien qu'il y ait eu des rumeurs liant *Caleu* au crime, ce ne fut que cela, des rumeurs. On raconta aussi que les soldats avaient liquidé Manuela pour s'emparer de la récompense. Pour sa part, *Caleu,* qui était fou mais pas stupide, continuait de mener son train de vie habituel et se gardait bien de toute ostentation qui aurait pu le dénoncer.

Mais le Père Roi et la Vieille Mère qui surveillent tous nos pas depuis la Terre d'En-Haut ne pensaient pas lui accorder une vieillesse paisible. Nous, les sauvages dépourvus de civilisation, nous sommes aussi dépourvus, entre autres choses, de « l'enfer » *huinca,* de sorte que nous payons comptant les mauvaises actions dans le royaume de ce monde. Et *Caleu* a commencé à payer les siennes avec des fièvres et des convulsions qui l'ont réduit en lavette informe. Il perdit ses cheveux, ses cils et ses sourcils, et il vomissait tous les aliments. Comme ma mère était en voyage à l'époque, j'ai été obligée de m'en occuper.

Quand je suis entrée dans la hutte de *Caleu,* je n'ai vu qu'un squelette qui respirait à peine. Je lui donnais, au mieux, deux semaines à vivre, parce que c'était un homme fort. J'étais tranquille, il ne laissait pas de famille qui pouvait protester ou m'accuser de sa mort. Même si je ne comptais par recevoir ne serait-ce qu'une poignée de feuilles de maté pour mes efforts ni obtenir aucune amélioration de l'état du patient, j'ai préparé tous les éléments du traitement, pour qu'il meure avec au moins un semblant d'espoir. Mais même moribond, *Caleu* n'abandonnait pas. Il me fit signe de m'approcher et me murmura à l'oreille :

« Je suis mal en point, sœurette, n'est-ce pas ?

– Assez mal. Je crois que le *Huecuvú* s'est installé dans tes os.

– Aussi vrai que je suis là, sœurette, je suis un homme riche. Je vais bien te payer. Ne pense pas que ça ne vaille pas la peine de t'appliquer à me sauver.

– C'est mon devoir de faire tout en mon possible pour te sauver, même si tu ne me paies pas. Ça ne dépend pas de moi, mais de l'Être unique, Père et Mère, qui dispose de notre destin. »

Mais *Caleu* insistait et était sûr du pouvoir absolu de la richesse. Il m'a tout avoué : comment Manuela avait livré Cuello, et comment lui l'avait tuée et avait ramassé l'argent de la récompense. Si je le sauvais, il promettait de se marier avec moi et de partager le butin.

J'étais sur le point de lui donner une infusion calmante, pour que le *coyamlahuen* qui combat la fièvre éloigne le délire quand, soudainement, je me suis rappelé mon rêve. Un rêve qui, je venais de le comprendre, n'était pas destiné à Manuela, mais à moi. C'était moi, la femme au visage taché de noir, qui deviendrait veuve et garderait la liasse de billets, et qui se marierait ensuite avec un homme bienveillant, même s'il était *huinca*.

Je n'ai plus douté et j'ai donné mon consentement. Je ne pouvais pas guérir *Caleu,* mais je pouvais lui assurer un passage agréable vers l'autre monde, où il continuerait de vivre selon les faits et gestes de sa vie terrestre. Quand, grâce aux herbes appropriées, son état s'améliora, nous nous sommes mariés, et j'ai encaissé la somme qu'ils avaient payée pour la tête de Cuello. Personne n'aurait à souffrir de cela. Les deux premiers intéressés étaient déjà morts, et *Caleu* mourrait aussi de toute façon, marié ou célibataire, avec ou sans *patacones*[9].

Ça n'a pas été facile de convaincre mon pauvre papa que ma décision était la bonne. Un homme comme *Caleu* était le dernier candidat qu'il aurait voulu pour moi. Mais quand je suis devenue veuve, quelques jours après le mariage, ma famille a alors compris les raisons de ce mariage insensé.

Après cela, il ne me restait qu'à attendre l'homme de mes rêves. Il ne tarderait plus. Quand tomba Juan Manuel, le grand *Ülmen,* ses alliances tombèrent aussi, et les incursions de Calfucurá et de Catriel ont effacé de nouveau la ligne frontalière que les chrétiens avaient construite sur la Terre du Dedans. Les pattes de nos chevaux transformèrent une nouvelle fois en pampa les ranches d'El Azul, de

---

9. Monnaie ancienne en argent, pesant une once.

Bahía Blanca et de Sierra Chica. Une de ces incursions m'a amené mon homme. Ils ne l'avaient pas tué parce qu'il était le fils d'un Basque fortuné, et l'on pensait demander pour lui une bonne rançon. Mais comme la rançon n'arrivait pas, je l'ai moi-même acheté et me suis mariée avec lui. Cela entama la moitié de l'argent de la récompense. Avec l'autre moitié, j'ai acquis quelques troupeaux de chevaux. Mon mari et les chevaux ont largement valu ce que j'ai payé pour ceux-ci. Il n'y eut jamais de meilleurs chevaux de course dans la province, et ces chevaux de course n'ont jamais eu de dompteur et d'éleveur si bon. Sans parler de son habileté spécifique comme mari. Il était aussi silencieux que moi, et nous nous sommes toujours compris à la perfection sans papotage ni discussion. De plus, il avait les mains douces, était serein, tendre, et d'une patience infinie.

Maman n'a pu assister au mariage. Je lui avais succédé en tant que *machi,* et on m'avait officiellement consacrée lors d'une grande cérémonie, peu de temps après sa mort. Je ne sais pas ce qu'elle aurait pensé de mon mariage. Mon papa s'est résigné quand je l'ai assuré que c'était l'homme que me réservait *Nguenechén,* et surtout quand il s'est rendu compte qu'il s'entendait bien avec les chevaux et avec moi.

Les années ont passé, les gouvernements et le sort des gens du pays ont changé. Cela a été cruel pour la majorité. Ceux qui avaient été de grands seigneurs moururent ou, pire encore, finirent comme domestiques ou serviteurs de ceux qu'ils avaient combattus avec fierté. On sépara les mères de leurs enfants, on condamna les tribus à la dispersion et à la perte de tout ce qu'elles appréciaient et de ce en quoi elles croyaient.

Maintenant, je dois vivre avec les *huincas,* sur les terres que Luis, mon mari, a finalement héritées de sa famille, mais non pas, grâce aux dieux, dans de tristes conditions. Bien que nous ayons déjà passé l'âge auquel sont morts nos parents, il élève encore des chevaux, et je m'occupe encore des accouchements (la seule façon d'être *machi* sans m'occuper des malades). J'ai appris la lecture et l'écriture, qui rendent les *huincas* si vaniteux, et cependant ça ne semble pas leur apprendre les desseins divins. Mais j'ai parcouru leurs livres pour que mes enfants n'aient pas honte par ma faute.

Nous avons déjà de notre première lignée beaucoup de petits-fils, et l'un d'eux est à Buenos Aires pour étudier la médecine des *huincas,* bien que je n'aie pas cessé de lui apprendre la mienne propre, qui possède peut-être moins de science, mais qui conserve plus de mémoire des malheurs de cette terre où mes patients vivent.

Parfois, pour rire, je demande à mon mari, peut-être parce que je n'ai pas été vraiment courtisée :

« Que paierais-tu, combien paierais-tu pour moi si nous avions vingt ans et que tu voulais prendre épouse ?

– Tous ces champs, avec tous ses chevaux ; la maison, avec tous les meubles et la literie, et même tous tes bijoux. Et ce ne serait pas suffisant… », dit-il, avec le même sourire franc et honnête de mon rêve, en me prenant la main.

Je souris aussi et je me rappelle l'époque d'avant l'arrivée de Juan Cuello aux huttes, quand j'étais une fille maigre, silencieuse et de petite taille, pour laquelle personne ne pensait rien donner. Mais je portais une longue et reluisante tresse noire, et mes pas faisaient bouger et tinter les clochettes d'argent.

El Bragado, ferme La Recompensa, 1910

Aimer un homme laid

Dès mes premiers pas dans la vie, j'ai presque toujours eu à mes côtés une femme, attirée par je ne sais trop quel mystère [...]. Il doit y avoir dans mon regard quelque chose de profondément douloureux qui excite la maternelle attention féminine [...]. Pourquoi une beauté aime-t-elle un homme laid ?

Domingo F. SARMIENTO,
Diario de un viaje de Nueva York a Buenos Aires, Obras completas.

L'homme laid (1865-1867)

La tête et les épaules de la belle émergent des dentelles. De ses tresses ramenées en chignon pendent des rubans de satin et une parure de perles y brille discrètement. Mais la beauté, elle, n'est pas discrète même si la robe de soie immaculée n'expose pas un seul centimètre au-delà du convenable de l'autre soie qu'est sa peau nue. Au contraire, tout en elle déborde, comme un excédent fulgurant, sur le chœur mesuré des autres spectatrices. Les notes du rire sont plus aiguës, le mouvement des mains plus expressif, la chevelure s'oppose, noire, inadéquate, rebelle, à la claire palette des blondes et des rouquines qui décore les loges.

L'homme qui la regarde n'est pas discret lui non plus. Sa forte voix se fait entendre avec une éloquence irrévérencieuse dans les

133

assemblées parlementaires et les salons ministériels. Son écriture, qui est comme une autre voix, a traversé les cordillères et les océans, elle est venue aux oreilles des siens et à celles des étrangers, a ému, irrité et fasciné même ses adversaires. Ce guerrier de cabinet, capable de manier les lettres ou la voix comme un bélier, n'est pas davantage un homme humble. Cependant, il existe une divinité devant laquelle il n'hésite pas à s'incliner révérencieusement.

À quel stratagème devrait-il recourir pour être présenté à cette incarnation mortelle de la Beauté ? Tout à coup, la voix de son accompagnateur le fait sursauter.

« Venez, je vous prie. Allons saluer mon frère et ma belle-sœur, maintenant que débute l'entracte. »

Par simple courtoisie, il suit le professeur James Wickersham. À sa grande surprise, la dame qui lui tend la main pour le salut ou le baiser n'est nulle autre que la vision enchanteresse révélée par les jumelles.

« Ida, j'ai le plaisir de te présenter monsieur Domingo Sarmiento, actuel ministre plénipotentiaire de la République argentine. »

Elle lui sourit, et la terre étrangère devient pour lui un lieu confortable, familier et habitable. Jusqu'à la langue anglaise, par laquelle il lui était difficile d'établir le contact avec d'autres hommes, lui paraît une musique intime que ses propres lèvres pourraient moduler sans problèmes.

La beauté, qu'il décrira ensuite comme *svelte, pâle, aux cheveux presque noirs,* va lui ouvrir les portes d'un territoire plus approprié pour l'adorer sans éveiller les soupçons : *le sanctuaire familial.* Le premier dîner entre les murs tapissés de fleurs, à la lueur des bougies ornementales – qui sentent elles aussi les fleurs et non la graisse, quand elles fondent –, est un contrepoint de douleur et de désirs ardents.

Monsieur Sarmiento a gouverné la province de San Juan, et il vise plus haut. Il a déjà été un maître d'enfants et voilà qu'il cherche à être un maître d'hommes. Mais il se sent à peine un écolier en face de la séduction inaccessible de la belle.

Il regarde le docteur Wickersham. C'est un homme jeune, riche, président de l'Association des médecins de Chicago et, de surcroît, un homme fringant. Une irréprochable beauté virile anglo-germanique de six pieds, aux yeux bleus, aux cheveux blonds abondants, à la peau blanche qui sent de loin la colonie anglaise, et non pas le tabac. Wickersham fait honneur à son ascendance quaker. Il ne fume pas, ne boit pas et est vraisemblablement un mari fidèle, bien qu'il soit difficile de déterminer si dans ce cas il s'agit aussi d'une vertu. Après tout, avec une femme comme Ida, même la fidélité pourrait être une forme de dépendance.

Monsieur Sarmiento prend le temps de s'arrêter devant la glace pour enfiler son frac et ajuster sa cravate. Il voit un homme chauve, aux sourcils épais, à la mâchoire carrée, muni de grandes oreilles, un homme presque vieux. Il étouffe dans ses cinquante-cinq ans comme celui qui, encore vivant, commence à se débattre entre les parois du sarcophage de plomb où on l'a enfermé par erreur : avec quelles armes pourrait-il neutraliser la perfection d'athlète grec que la Providence a consentie à Swayne Wickersham ? Avec un visage de boxeur endurci et un prestige lointain d'homme politique et d'homme de lettres, qui parvient comme un faible écho en sourdine depuis l'autre côté de la planète ?

Monsieur Sarmiento dispose toutefois d'une ressource dont il ignore encore les pleins pouvoirs : ses propres carences. Madame Wickersham trouve amusants et émouvants ses efforts pour parler un anglais reconnaissable, expurgé de son dévastateur accent latin. La dévotion – sincère et non apprivoisée – que lui consacrent les yeux intelligents lui plaît encore plus. Elle lui offre alors d'être son professeur d'anglais, pendant les dix jours de déjeuners, de dîners et de souper que les Wickersham partageront avec leur invité exotique.

Mais ces leçons ont trop de témoins – un mari, un beau-frère, quelques domestiques – pour l'intimité qu'ils auraient souhaitée. L'été suivant les trouvera ensemble, dans les bois de la Pennsylvanie. Le docteur Wickersham, qui travaille même en vacances, s'absente toute la journée. Une rivière paradisiaque, la Brandywine, bordant l'hôtel The Grove, accomplit pour le sieur Sarmiento les infernales fonctions du fleuve de l'Oubli. Tandis qu'Ida Wickersham dénoue les rubans de sa capeline et de sa chevelure, et se déchausse pour tremper ses pieds dans les eaux ravies, Sarmiento maintient sur son front les doigts qu'il a trempés dans ce courant propre et froid. L'absolution de l'eau semble gommer les noms, les visages, les dates, les amours et, surtout, les morts. La mort récente de son unique fils, Domingo Fidel, durant la guerre du Paraguay. La mort antérieure de son ennemi, le général *montonero* Ángel Peñaloza, surnommé « le Chacho », survenue conformément aux règles les plus classiques du Chaos ou de la Barbarie, qui lui revient maintenant, accusatrice, comme un boomerang projeté par les mains tachées de ses propres hommes. Les détails importent peu, se console-t-il. L'Histoire, qui est une femme – et, comme toutes les femmes, une mère ou une amante plutôt qu'une amie –, pardonnera fautes et excès. Il existe un monde meilleur d'usines et de cheminées, de vapeurs et de télégraphes, prodiges de l'invention, exploits du commerce, sommets de l'intellect. Un monde comme celui que ses pieds foulent présentement, le monde des Wickersham. Les Argentins l'obtiendront, malgré eux, même à l'encontre des volontés rebelles, dangereuses comme ces chevaux que les dompteurs réservent pour le spectacle.

Les amours lui semblent en revanche un peu plus difficiles à oublier. Il ne s'agit pas précisément de Benita Martínez, son épouse, qui est son seul lien (maintenant que Dominguito n'est plus) avec le souvenir d'un rite lointain et déjà vide. Il y a une autre femme : Aurelia Vélez, qui a fini par déchirer la trame usée et terne de son mariage. Aurelia semble avoir peu de choses en commun avec Ida. Elle est petite et menue, d'une beauté faite de détails et de délicatesses, qui ne se révèle pas en un clin d'œil, mais peu à peu. Elle n'affiche pas non plus l'espèce d'ingénuité, emportée et un brin frivole, presque juvénile, de madame Wickersham – si femme par ailleurs –, loin de ce que pourraient permettre son état civil et ses vingt-cinq ans. Au contraire, depuis le portrait qu'il a apporté, les yeux mordants et clairvoyants d'Aurelia Vélez le regardent avec un air sarcastique comme s'ils lisaient le fond de ses pensées infidèles et la bouche lui sourit à peine.

Il l'enlève de la table de nuit et le replace dans sa valise. Aurelia mérite cet exil de la vie publique et du centre de son intérêt. Après tout, elle s'obstine à lui démontrer qu'elle peut très bien vivre sans Sarmiento. Ou ne s'est-il pas lassé, lui, dans ses lettres, de l'inviter à l'accompagner ? Il lui a offert des voyages en train et des paysages lacustres, des théâtres et des bibliothèques, des hôtels luxueux mais bon marché, privilège insolite des jeunes femmes qui parcourent seules les routes les plus risquées de la planète. Aurelia fait toutefois la sourde oreille à son insistance et décline ses invitations. Craint-elle les commérages de la délégation argentine ? Ou ne veut-elle pas laisser son père, Dalmacio, qui vieillit rapidement sans quitter ses livres et sa maison de campagne ? Quoi qu'il en soit, elle se tait et se dérobe, même si Sarmiento redouble ses demandes et les étend bien au-delà de la géographie : *Vous n'êtes ni veuve, ni mariée, ni célibataire, soyez quelque chose : vivez de l'esprit, comme tant de femmes illustres, adhérez à une idée.* Il ne s'agit certes pas d'une idée quelconque, mais de celles qui s'incarnent inexorablement dans un Moi qui n'offre pas beaucoup de réciprocités. *Vivez donc pour moi, associez-vous à moi, servez-moi.*

Tandis que le sourire doucement ironique d'Aurelia dort contre le fond capitonné de la valise, les promenades avec Ida au bord de la Brandywine deviennent plus assidues. Un jour, ils lisent sérieusement Emerson, le lendemain les voit rire et pleurer avec les histoires tragi-comiques de Charles Dickens, et un bon matin ils oublient même les livres. Les cordons qui ceignent la robe et le corset d'Ida tombent près du chapeau de paille et du nœud de dentelle qui couronne ses boucles maintenant plongées dans l'herbe, emmêlées dans le parfum des roses sauvages.

Dans ces moments-là, ils ne parlent pas, ni en anglais ni en castillan – il n'y a que des silences, des susurrements et des gémissements clairs et intraduisibles. L'apprentissage de la langue se poursuit dans le salon de l'hôtel, les après-midi de pluie. Sarmiento ajoute alors à ses charges publiques une nomination inespérée : membre du Pickwick Papers Club. Le club de lecture, réservé à « des gens d'un certain âge » où parfois intervient, comme un luxe d'émotion et de couleur, une jeune dame. La dame est Ida, qui lit à haute voix, ou déclame les textes qu'elle connaît par cœur, avec le même brio, pense-t-il, que Dickens lui-même. Sarmiento ne comprend pas toujours la signification des mots, mais rien ne lui semble aussi plein de sens que les dessins charnels des lèvres ou le jeu des cils, ou les petits mouvements des mains, qui gesticulent peu, bien que toujours un peu plus que ce qu'il convient à une dame blanche, anglo-saxonne et protestante.

En réalité, Ida Wickersham, qui se vante de ses cheveux de jais et du nom français de son père, s'estime peu fière de ses deux dernières filiations prestigieuses. Qui plus est, l'anglo-saxon et le protestant, y compris son mari – qu'elle désigne toujours comme « le docteur » dans ses lettres à Sarmiento –, l'ennuient beaucoup plus qu'elle n'ose l'avouer et se le confesser.

Quand elle ne lit pas les *Pickwick Papers,* c'est Sarmiento qui doit ouvrir pour Ida le livre encore inédit d'une autre Histoire lointaine. Madame Wickersham se fait raconter, à plusieurs reprises, la romance de Francisco Solano López, président du Paraguay, et de la splendide madame Lynch, sa maîtresse irlandaise importée de Paris. Elle se voit elle-même étendue sur une *chaise longue*[1] ou dans un hamac paraguayen, servie par des Indiennes allant pieds nus, avec des tresses qui descendent jusqu'aux hanches sur les blouses brodées. Elle mêle les paysages, confond la terre noire de la pampa et sa mer ondulante de hautes herbes avec les sols d'argile colorée et les forêts tropicales du pays guarani. Elle rêve qu'elle se promène en carrosse par les chemins interminables de la plaine (ne la nomme-t-on pas, depuis son adolescence, la Reine de la Prairie ?), sous un ciel de palmiers et de cocotiers, aux côtés de cet homme charmé qui se sera alors élevé jusqu'au sommet de ses plus hautes ambitions.

Son plus grand regret – mais elle ne le dira jamais à Sarmiento –, c'est d'être arrivée trop tard pour connaître Facundo, le caudillo aux yeux noirs et à la chevelure hirsute à qui son amant a consacré un livre. Sarmiento lui a lu les chapitres qu'une admiratrice est en train de traduire : la célèbre madame Mann (par chance, pense Ida, déjà dans la soixantaine). Parfois, lors des nuits paisibles sur les rives de la Brandywine, madame Wickersham croit ouvrir les yeux dans le taillis d'une forêt inconnue. Dans une clairière de cette forêt, un homme au torse velu vient de dompter un tigre par son regard intimidant et la force insoupçonnée de ses mains d'où les veines ressortent comme des cordes de *boleadoras*. Ida ne voit pas les gros chats, ou les jaguars, qui dévastent les montagnes de San Juan et de La Rioja. Elle voit un tigre du Bengale dont le tueur ressemble

---

1. En français dans le texte.

plus à un cheikh arabe ou à un pirate malais armé d'un kriss qu'à un propriétaire foncier de la pampa avec un poignard à la ceinture.

Mais l'authentique, au-delà de la mise en scène tordue ou exagérée, c'est l'innommable et profonde vibration qui la secoue dans son sommeil – madame Wickersham, qui a été vertueusement éduquée, ignore comment se nomme ce ravissement, en castillan ou en anglais. Elle étire la main pour caresser le duvet qui s'échappe de la chemise entrouverte, aussi frisé que la tête crépue. Cependant, les doigts tombent sur la poitrine glabre du docteur Swayne Wickersham, abandonné au sommeil du juste sous la chemise de nuit.

Ida s'éveille brusquement, va vers la commode et se rafraîchit le visage avec l'eau de la jarre. À peu de distance se repose ou veille, comme elle, un homme qui doit lui aussi savoir se battre contre les tigres.

Le jour suivant, Sarmiento laisse un Éden aussi coupable que celui d'Adam et d'Ève. Il ne reviendra pas dans cette campagne qui n'a rien de sauvage. Il ne traversera pas de nouveau les ponts qui ressemblent à des jouets, ni ne s'appuiera contre les murs de lierre ancien, ni ne demandera des rafraîchissements pour lui et son amoureuse dans les auberges qui fleurissent, surprenantes, au bord des sentiers perdus.

Le travail et ses livres (la vraie vie ?) l'attendent à New York.

Les lettres (1867-1868)

« The Normal », le 22 septembre 1867

Aucune lettre de vous depuis samedi ! Je suis déçue. J'en attendais une autre avant de partir pour l'ouest ; et voilà que je pars demain. Vous ne pourrez pas me dire, mot à mot, que vous m'aimez encore ; mais je sais que vous m'aimez. Depuis que je suis ici, j'ai pensé plusieurs fois à la journée que vous et moi avons passée ensemble… Aujourd'hui, le soleil brille comme une feuille d'automne. Je suis sortie et suis restée au soleil toute la matinée jusqu'à ce que je me sente comme une mouche dans l'ambre, en m'incendiant dans des éclats dorés, en dedans et en dehors. Je crois

que si vous aviez été ici, j'aurais émis pour vous quelques rayons de soleil. Mon Sarmiento ! Écrivez bientôt à Chicago et que ce soient de longues lettres. Je les corrigerai. C'est un adieu depuis l'est. Un baiser.
  Bien à vous,
  Ida.

Monsieur Sarmiento ouvre l'enveloppe qui, comme madame Wickersham, fleure la résine de chêne et la violette. Il lit la lettre, la laisse sur un coin du bureau où il travaille sans cesse. L'image d'Ida clignote sur sa rétine, irrégulière comme un éclair, et se dissipe. Les flatteries de l'amour perdent graduellement leurs couleurs, comme s'usent les daguerréotypes sous l'effet du temps et de la lumière.

Le ministre plénipotentiaire n'arrête pas d'écrire, mais pas seulement à des beautés passionnées. Il écrit à Faustina, sa fille ; à madame Mann et à Aurelia Vélez, devenue son agent politique le plus efficace à Buenos Aires, depuis qu'il a consenti à s'en tenir exclusivement à ses conseils avisés (*Si vous ne suivez pas mon conseil, ne suivez celui de personne*).

Il écrit, parfois avec larmes, furie, et même avec remords, *La vie de Dominguito*. Il publie la revue *Ambas Américas*. Il prépare – une nouvelle fois – sa propre biographie pour l'insérer dans la traduction du *Facundo* qu'a entreprise madame Mann.

Il espère être président de la République argentine.

Il pense à sa mère, doña Paula. Il pense à un figuier de la province de San Juan, à un métier à tisser, à une navette, à une citerne.

Chicago, le 3 novembre 1867

Dear friend,

  J'espère que vous avez reçu ma dernière lettre et votre article sur « Puritanism and Whisky » que je vous retourne avec mes corrections. Maintenant, je sens cet épuisement qui suit toujours un excès de plaisir : la semaine dernière je suis allée à l'opéra entendre la merveilleuse La Grange. C'est pour moi le délice le plus exquis qui soit : la bonne musique.

Pour ma part, je mène dans un certain sens une vie nomade. L'hôtel n'est pas encore terminé et, tant qu'il ne le sera pas, nous ne pouvons pas nous établir dans un endroit et y passer l'hiver. Je crois qu'il y a quelque chose de gitan dans ma façon d'être : bien qu'on m'oblige à me soumettre aux lois de la société, je crois que je me plairais davantage dans une vie intense et sauvage, libre de sujétions. D'une certaine manière, je me rebelle contre la loi et l'ordre. Mais n'allez pas l'ébruiter : c'est mon péché !

Madame Wickersham est sans aucun doute la plus délicieuse des pécheresses. La personnification pure de la jouissance de vivre que les puritains dédaignent à mauvais escient : c'est pourquoi ils se noient dans le whisky – allègue Sarmiento –, pour pouvoir tolérer une existence sèche, monocorde, appauvrie. Madame Wickersham raisonne parfois comme un caudillo argentin. Quelle est cette idée de se rebeller contre les règles de la société ? De rêver d'une vie *libre de sujétions,* où s'exercent uniquement les diktats de sa propre loi ? Si Ida n'était pas une femme accomplie, *un oiseau, une fleur, une gemme,* qui *emprunte ses habits de gala aux plus divers royaumes naturels et se les approprie pour son corps,* elle pourrait ressembler à Facundo Quiroga, le Tigre des Plaines. Par chance, son esprit rebelle ne s'est exercé que contre l'autorité anodine du docteur Wickersham, ou la triste monotonie de la république puritaine, et en faveur de Domingo Faustino Sarmiento, un défenseur inconditionnel des plaisirs : *vin sur nos tables, musique dans l'air, sourire aux lèvres, parfums dans le nez, couleurs, formes et courbes devant les yeux.* Tout ce que les puritains interdisent, tournant le dos aux meilleures intentions d'un Dieu si souvent incompréhensible.

Chicago, le 27 décembre 1867

My dear friend,

Je crains presque que vous vous considériez déjà oublié, mais il n'en est rien... J'ai passé mon temps dans les fêtes, les festivals, les tableaux vivants et tout ce qui vient avec Noël. Que j'aurais aimé que vous soyez ici la nuit suivante... Dans l'un des grands salons, nous avons célébré une fête nommée New England Kitchen. Des dames et des messieurs vêtus de costumes centenaires. J'avais l'air d'être sortie d'un tableau d'époque. Cependant, tous m'ont dit que je n'avais jamais aussi bien paru. Le docteur prétend qu'il en serait de même pour vous (c'est ce qu'il croit) si vous veniez à Chicago ou à New York. Viendrez-vous ? Quelles sont vos chances pour la présidence ? Toujours bonnes, je l'espère. Écrivez-moi et dites-le-moi. Ne soyez pas si timoré.

Pour monsieur Sarmiento, vivre à Chicago ou à New York ne serait pas la même chose. En réalité – et son gouvernement le lui a sérieusement reproché –, il devrait s'installer à Washington, se consacrer à la bureaucratie, et non aux joyeuses pérégrinations dans les musées et les bibliothèques.

Monsieur Sarmiento surveille de près la progression de sa candidature, qui prend un nouveau souffle grâce en bonne partie aux soins constants – presque de *nurse* – que lui prodigue la fidèle Aurelia Vélez. Au début de l'année 1868, il est candidat officiel à la présidence de l'Argentine. Ida insiste : *J'espère que vous viendrez, car si vous retournez en Amérique du Sud cet hiver, nous ne vous verrons peut-être plus jamais. Rappelez-vous que vous avez promis de me rendre visite.*

Ses obligations ont dérobé à ses yeux la vue d'une exquise orgie : une Ida, déguisée en dame du XVIIIe siècle dans un tableau vivant de Noël. Il casse sa prison d'espoir et de papiers et part pour Chicago. Il loge au même hôtel que les Wickersham et ne regrette pas sa décision. Là, il aura tout ce qu'un homme peut désirer : une cour d'intellectuels progressistes qui, de surcroît, sont des dames distinguées et des femmes fortunées, au milieu de laquelle brille – comme le rubis sur le turban d'un calife – la plus belle maîtresse.

Mais l'oasis hivernale de Chicago se termine fatalement au bout d'un mois. Avant son départ pour Río de la Plata, Ida lui racontera, dans les lettres assidues qu'elle lui enverra à New York, ses soirées à l'opéra, les bals masqués et le couvrira des flatteries ostensibles qui sont aussi un déguisement : *Je crois qu'aucun autre peuple au monde n'hésiterait à choisir un président parce qu'il a trop de talent*[2]. *Les Argentins ne vous méritent pas.*

Sarmiento la remercie avec un éventail de dentelles noires et dorées, un collier et des boucles d'oreilles de corail, qu'il lui remettra lors de sa dernière visite à Chicago. En ce qui le concerne, les États-Unis l'ont récompensé en lui octroyant un doctorat honorifique de l'Université du Michigan.

À bord du *Merrimac,* sans encore connaître les résultats de l'élection présidentielle, il rédige le récit de son voyage de New York à Buenos Aires, qu'il dédie à Aurelia Vélez. Elle sera aussi la première à qui il écrira, à son arrivée dans l'État de Pernambouc, quand il apprendra qu'il a été proclamé président des Argentins.

Les portraits qu'Ida a fait prendre pour lui sont maintenant ceux qui dorment au fond de la valise.

La Beauté (New York, 1882)

Les filles dévalent l'escalier dans une cohue blanche. Les rires se mêlent aux voix et se précipitent les uns sur les autres, légers comme les corps, pressés d'atteindre la rue et le soleil du printemps. Miss Lacey les suit depuis la fenêtre. Elle soupire. Elle aussi a déjà vécu cela.

Elle révise les travaux étalés sur la table : des aquarelles et des dessins pour la plupart et quelconques comme les nappes brodées des tables de thé. Une seule de ses élèves possède un talent artistique. Les autres se limitent à accomplir des classes obligatoires de filles mariables : un peu de dessin, un peu de piano, un peu de français.

Le matin brille. L'une des jeunes filles lève les bras, tourne sur elle-même et s'arrête, saisie dans une substance translucide, jusqu'à se laisser complètement imprégner de splendeurs. Une mouche dans l'ambre, ou une femme amoureuse, pense Miss Lacey.

Elle ne sait pas si elle doit l'envier ou la plaindre. N'est-ce pas à cause d'un pareil amour que ses ennuis ont commencé ? La professeure tire les rideaux et s'assoit, mélancolique, devant une feuille blanche. Elle mordille son porte-plume, sans se décider à

---

2. En français dans le texte.

commencer. Elle doit écrire une lettre, mais en cet instant, elle préférerait plutôt entreprendre le décompte de ses échecs.

Comme qui examine, froidement, les résultats irrémédiables d'une mauvaise affaire, Miss Lacey, qui est devenue calculatrice avec les années, trace d'une main professionnelle, au milieu de la feuille vide, une ligne qui divise le débit et le crédit.

Elle a perdu :

1- un amant latin (laid, corpulent, plus que mûr, mais aussi intelligent, dévoué, charmeur, impétueux et violent comme les guerriers de son monde barbare) ;

2- l'illusion (tacite, inavouable) de devenir l'Elisa Lynch du président de l'Argentine, avec toutefois un meilleur destin que celui de l'autre malheureux couple ;

3- un voyage en Europe rêvé pendant des années, remis à cause de la guerre et des craintes de son mari ;

4- les confortables chambres meublées du St. James Hotel, et presque tous ses biens, dans le gigantesque incendie de Chicago de soixante et onze. Parmi ces biens, une robe de soie rouge, confectionnée à Paris et commandée spécialement pour elle par l'amant lointain ;

5- un mari (aussi beau qu'insipide et insensible), qui a déserté le nouveau foyer conjugal du Matteson Hotel sans mot dire, et qui n'a pas protesté devant les charges qu'elle lui a présentées lors du procès pour divorce qui s'ensuivit ;

6- l'argent qui lui est revenu à la suite de la séparation ;

7- les fêtes, les bals masqués, les soirées à l'opéra, le paysage de la Brandywine, la fête des traîneaux parés de givre sous la neige nocturne ;

8- la jeunesse (mais pas la beauté), et le désir intermittent de concevoir un fils ;

9- l'espoir de retrouver l'amant latin.

La colonne du crédit n'est pas notée. Pour ne pas la laisser dégarnie, elle y écrit finalement son nom de jeune fille.

Miss Ida Lacey aplanit et lisse, jusqu'à ce qu'ils deviennent minces comme le papier, les restes turbulents de son orgueil.

Elle écrit.

77 West Street, New York, le 23 avril 1882

My dear friend,

 Je crains que vous m'ayez depuis longtemps oubliée. Depuis cinq ans, je vous écris au moins une fois l'an. Et je n'ai encore rien reçu de vous. Aucun signe de vie. Très souvent, je pense à vous ou je parle de vous et je regarde vos photos – elle tourne la tête vers un angle de la pièce où un Sarmiento vêtu d'un frac, qui vient d'assumer la première magistrature, concourt avec un autre qui pose dans un uniforme de lieutenant-colonel à l'Exposition de Paris – *et je me demande où vous êtes et ce que vous faites, je me rappelle les journées que vous avez passées dans ce pays, et vos visites à Chicago. Que de changements depuis lors ! J'aimerais tant connaître l'histoire de votre vie depuis la fin de votre période présidentielle…*

 Ida pèse chaque mot. Les reproches trop sévères font peur aux amants distraits. Les scènes incandescentes du passé pourraient s'ouvrir et se déployer dans des mains froides et lointaines. Serait-il possible que son Sarmiento vive toujours seul ? Qu'aucune femme ne partage sa couche ou ne révise les papiers de son bureau ?

 Si vous avez reçu l'une ou l'autre de mes lettres, vous savez que j'ai divorcé du docteur… et que j'ai vécu à New York les quatre dernières années et demie. Cela a été pour moi des années d'étude ardue et de contretemps, car j'ai voulu apprendre un métier pour gagner ma vie, mais je n'ai pas eu de chance jusqu'à maintenant. J'ai étudié les arts et je trace des portraits au crayon, au pastel et à l'aquarelle, mais faire son chemin est une lourde besogne pour une femme qui n'a pas été éduquée pour cela.

 Ida a toujours feint d'envier ses amies américaines : la suffragette Mrs. Doggett, nantie et brillante mais laide, ou les éducatrices Mrs. Mann et sa sœur Mrs. Peabody, sans doute très méritoires mais vieilles. Ou les jeunes filles, pauvres et enthousiastes – bien qu'aucune ne soit éblouissante –, que Sarmiento a recrutées pour enseigner dans les écoles argentines. Elle savait très bien alors que son sourire suffisait pour reléguer au tréfonds de la mémoire de son amant ces dispositions, efforts et talents. Peut-être fallait-il maintenant lui inspirer un autre genre de respect. Peut-être qu'en sa qualité de femme indépendante elle se verra offrir par Sarmiento un poste à Buenos Aires. Néanmoins, Ida ne négligera pas ses anciens recours.

Si vous m'écrivez, je vous enverrai mon portrait pour vous montrer que je n'ai pas changé. Cependant, je trouve que les cheveux blancs apparaissent rapidement... dans cette chevelure qui à cette époque était si sombre, si vous vous rappelez bien.

Miss Lacey se regarde dans le miroir, le cœur serré devant son propre déclin. Elle ne se rappelle peut-être pas que son destinataire a plus de soixante-dix ans. Elle ne sait pas non plus que des groupes d'adolescents l'ont hué dans les rues de Buenos Aires, et qu'il leur a répondu, en enlevant son chapeau : « Vous insultez une tête blanche ! »

Elle se réfugie résolument dans l'apitoiement d'une petite fille déshéritée : *Je conserve toutes vos lettres et je les relis souvent. Je pourrais vous écrire pendant des heures si je sentais un intérêt de votre part, mais comme je ne suis pas sûre de cela, j'abrégerai ma lettre. Je suis toujours fatiguée, à cause de mon travail. S'il vous plaît, écrivez-moi et parlez-moi de vous.*

Elle souffle sur les lignes humides pour faire sécher l'encre. Elle détourne les yeux pour éviter au moins l'ultime humiliation : les barbouiller de larmes. Elle pense tout à coup qu'elle souffre du châtiment mérité des beautés : s'aimer dans le miroir de l'admiration authentique et de la fausse faiblesse d'un homme laid.

Le docteur Wickersham (Chicago, 1891)

Le docteur Swayne Wickersham a décidé de fermer plus tôt son cabinet. Ce n'est pas tous les jours que meurt une ex-épouse (après tout, la seule épouse qu'il ait eue). Il aurait aimé la voir une dernière fois, parce que les imprécisions et les fantômes lui déplaisent. Mais après avoir refusé tout rapprochement pendant si longtemps, il ne lui semblait pas correct de se manifester le jour des funérailles.

Il ouvre l'un des tiroirs de sa commode. Il écarte les mouchoirs qui enveloppent un portrait. Ida à trente-trois ans, à l'époque où il avait abandonné leur appartement du Matteson Hotel pour son cabinet. Il n'apportait qu'une seule valise contenant quelques chemises, deux ou trois sous-vêtements de rechange et cette photo que sa femme a probablement fait prendre pour un autre que lui. Il ne pourra plus se la rappeler qu'ainsi.

Wickersham n'est pas non plus très sûr de vouloir se rappeler Ida. Il a fait tout son possible pour l'oublier, et pour oublier que lui-même est un homme irrémédiablement blessé. Ne lui a-t-il pas tout donné : argent, liberté, respect, admiration ? Un argent superflu, une admiration trop discrète, un respect et une liberté qui exigeaient de se heurter à l'intense limite imposée par d'autres désirs et nécessités : les siens propres.

Swayne n'a jamais su parler avec éloquence, comme son frère le professeur, ou comme monsieur Sarmiento qui éblouissait tout le monde par sa verve, malgré son mauvais anglais. Peut-être qu'il n'a jamais su – il se le reproche – comment la toucher. Caresser, prendre, exiger, dévorer pour être dévoré, désirer, se soumettre aux délicieuses demandes qu'ignorent les freins de la pudeur. Il se souvient d'un geste de révérence extatique devant le corps d'Ida, endormie à ses côtés, ou entrant dans un salon, habillée d'une robe trop rouge, offerte par l'autre, qui lui laissait les épaules nues et s'ajustait sur sa poitrine en reliefs phosphorescents. Peut-être Swayne Wickersham avait-il oublié alors – il l'avait toujours oublié – qu'une femme n'est pas une statue. Et que la texture des mains d'un amant, non pas la texture distante des yeux ni celle des vêtements, est la plus appropriée pour ceindre les formes vivantes qui resplendissent.

Pour l'amour d'Ida, le docteur Wickersham, un homme d'étude et de paysages tranquilles, de sonates pour piano et de retraites silencieuses, a toléré pendant nombre d'années l'opéra et les bals masqués, les visites de courtoisie, les lectures de Dickens à voix haute, les déclamations théâtrales, les grelots abusifs des traîneaux, les fleurs et les cadeaux – un prix raisonnable, en fin de compte, pour être marié avec la Reine de la Prairie, la plus belle femme de Chicago.

Quand a-t-il compris que cette tolérance était insuffisante ou complètement inutile ? Peut-être la nuit de l'incendie, bien qu'il ne voulût pas le voir et l'admettre. Ida courait avec lui sur les voies désertes du chemin de fer, exposée à l'ouragan qui soufflait vers le lac, mais refusait de prendre sa main. Ses bras croisés sur sa poitrine protégeaient un coffret à bijoux en bois sculpté. Il ne s'agissait pas de ses bijoux, qui furent récupérés dans le coffre-fort de l'hôtel quelques heures plus tard. Mais le docteur Wickersham, fidèle à ses principes, n'a pas demandé alors, et encore moins vérifié ce qu'il y avait dans le coffret. Peut-être que s'il ne l'avait jamais fait, Ida et lui auraient continué de partager, comme qui respecte une fatalité, une existence construite de creux et d'omissions.

Il médite sur le pouvoir étrange du hasard. Si la majorité de ses patients n'avaient pas inexplicablement manqué leur rendez-vous de cet après-midi de 1874, il ne serait pas revenu au Matteson Hotel. Si Ida n'avait pas été à sa classe de français, il n'aurait pas rôdé, las, dans le bureau de sa femme. Si le coffret ne s'était pas précisément trouvé sur la table de travail, il ne lui serait jamais venu à l'idée de le chercher, pas plus qu'il n'aurait succombé à la tentation de soulever le couvercle, par hasard encore, sans clef ni verrou.

Le docteur Wickersham lut toutes les lettres de la boîte, quelques-unes adressées au domicile conjugal, et plusieurs autres, par précaution, au domicile de sa belle-mère. Il lut les habituels mots d'amour, mais aussi des souvenirs intimes qui lui firent honte, non seulement parce qu'ils évoquaient les mains d'un autre homme sur son épouse, mais parce que ce vieux charmeur de serpents, ce brillant homme du Sud à la voix de stentor, avait fait d'eux des créatures autonomes comme des poèmes, plus belles que l'amour réel, limité et éphémère.

Swayne Wickersham ne pleura pas, ne cria pas et ne brisa rien. Il était encore moins disposé à une vengeance physique, brutale et peu chrétienne. Sans trop savoir ce qu'il faisait, il jeta au hasard quelques vêtements dans une valise. Il ne revint jamais de son cabinet et Ida Lacey ne lui demanda jamais de revenir. Il ne donna jamais d'explications qui ne lui furent pas non plus demandées.

Il éteint la faible lampe de la chambre et regarde dehors. Il cherche dans le froid extérieur, dans l'obscurité à peine interrompue par les éclairs, le visage d'un semblable. Un autre expulsé du paradis, de la saveur des corps, des yeux aimés qui n'ont pas voulu le refléter.

Une autre histoire du guerrier et de la captive

*Cela donnait envie de maudire la conquête
glorieuse, regrettant que tout ce désert ne se
trouve pas encore entre les mains de Reuque
ou de Sayhueque.*

COMANDANTE PRADO,
La guerra al malón.

*... je vous assure que quand je la vis, avec
ses nattes et, autour du cou, le chapelet que
les nonnes lui avaient donné à Córdoba, et
lorsque je l'entendis me dire : « Garde ton
argent, Melchor, j'aime mieux l'Indien que
toi », je crus rêver.*

Eduarda MANSILLA,
Pablo, o la vida en las Pampas.

La captive (1864-1879)

Dans sa première vie, elle se nommait Dorotea Cabral. Elle
avait été capturée à quatorze ans, sur la ferme familiale, près du
ruisseau qui portait son nom de famille, comme si c'était une
personne. Les Ranqueles, qui surgirent cette nuit-là et qui scindèrent
avec les pattes de leurs chevaux le courant noir, lui donnaient
sûrement un autre nom.

149

Elle vit son père et ses deux frères qui souillaient le sol, étendus sur le dos, cloués à la terre par les lances. De leurs corps s'échappait le sang. Sous le clair de lune, le courant de la rivière et le cours secret de ces corps lui parurent de la même couleur silencieuse. Dorotea ne put verser une seule larme sur eux. Elle ne savait même pas s'ils étaient morts, et elle dut aussitôt s'occuper d'elle-même. Un cavalier la souleva au passage, sans effort, comme s'il ramassait un objet oublié. Elle ferma les yeux pour ne pas voir la plaine qui se précipitait devant elle, et pour ne pas se rappeler ce qu'elle laissait derrière. Les souvenirs sont des bagages excessifs pour qui doit entrer, soudainement et définitivement, dans un autre monde.

Dorotea s'était souvent interrogée sur ce monde que l'horizon semblait dissimuler derrière des portes invisibles. Des éclaireurs ou des émissaires des régions azurées, au-delà des mirages de la lumière, arrivaient parfois au village de Villa María. Des femmes couvertes de laine noire et de perles d'argent. Des guerriers, parfois vêtus comme de riches gauchos, qui regardaient les maisons, les arbres et les chemins des gens comme s'ils désiraient – et peut-être le voulaient-ils vraiment – les arracher de l'espace qu'ils occupaient pour les emporter dans des lieux secrets de leur mémoire.

Dorotea oublia presque tout ce qui était arrivé cette nuit-là, qui fut comme une brèche dans le temps.

D'un côté, elle avait laissé une maison en adobe de quatre pièces, couverte en majeure partie de paille, exception faite des tuiles de la chambre à coucher principale, où le père dormait presque toujours seul, et parfois avec une domestique. Elle laissait une image rustique de la Vierge de Luján, un plâtre mal peint, dans une niche toujours éclairée par un bout de chandelle. Cette lumière misérable incitait Dorotea à chercher les traits de sa mère sur le visage empoté de la statue. Il y avait aussi un livre de prières dans lequel elle avait appris à lire, une paire de candélabres, quelques assiettes en étain. Il y avait une malle où quelques vêtements jaunâtres attendaient une femme qui ne reviendrait plus, que le père, qui avait l'alcool mauvais, insultait doucement certaines nuits, scrutant l'ombre de ses yeux coupants comme du verre brisé. Il insultait Dorotea aussi, la fille de la traînée qu'une brute quelconque avait emportée sur son cheval.

À l'extérieur de la maison, il y avait d'autres ombres plus grandes que les chambres. Dorotea se cachait dans ces replis obscurs qui ondulaient au rythme du jeu de la lune et des nuages, pour que l'amertume de l'alcool mauvais ne l'atteignît pas. Plus loin se trouvaient le verger et les enclos, de plus en plus réduits. Les champs et le bétail diminuaient en même temps qu'augmentaient les dettes de jeu d'Evaristo Cabral à l'auberge d'Álvarez : un lieu humide qui empestait le tabac, la fumée de bois vert et la sueur des cavaliers, que Dorotea connaissait trop bien. Non seulement parce que son père l'envoyait y acheter le gin qui diluait toutes les désillusions dans un liquide incolore, mais parce qu'elle avait dû parfois l'accompagner, jusqu'à ce qu'il finisse de jouer et de tout perdre.

Un jour, Álvarez, qui avait les yeux figés et noirs comme de l'eau stagnante, l'avait longuement toisée pour ensuite faire un geste en direction d'Evaristo Cabral, qui n'avait pas de quoi le payer. Mais Cabral avait fait non de la tête, et tout de suite avec la voix. « Elle, non. Elle est trop jeune. Il me reste des champs. Payez-vous en pâturage ou en vaches, si vous voulez. » En sortant, le père s'était appuyé sur l'épaule de Dorotea. Ils marchaient lentement. Elle supporta bien son poids, jusqu'à ce qu'elle réussisse à l'installer sur son cheval. Ensuite, elle le suivit sur sa jument pommelée, sans cesser de penser à ce qui allait se passer quand son père n'aurait plus de champs et qu'elle serait grande.

Chez les Cabral, non seulement les hectares, mais aussi le nombre de personnes diminuaient. Des cinq enfants, il ne resta qu'elle et deux garçons, à peine plus âgés, pour partager les colères et les pertes du père. Bientôt, ses frères partiraient eux aussi, et elle resterait seule à affronter les yeux perçants de Cabral, déchirant l'ombre. Ou pis encore, elle finirait par vivre avec Álvarez. Les vieux doigts, jaunes comme les vêtements qui pourrissaient dans la malle, jaunes comme la traînée sale du tabac, la tripoteraient comme ils tripotaient les cartes. Et qui sait si une nuit on ne la jouerait pas encore.

C'est à cette époque que Dorotea commença à regarder les hommes qui venaient à la maison. Pour se sortir de là, elle suivrait le destin de sa mère. Elle les étudiait tous avec une secrète attention, comme pour vérifier si l'un d'eux réunissait les conditions d'un sauf-conduit vers sa liberté. Mais aucun ne lui plaisait assez, et la honte ne l'autorisait pas à leur faire la conversation. Un jour, quand un régiment de cavalerie réclama un champ pour installer son campement, elle échangea quelques mots avec l'un des cadets, qui avait son âge. Elle sentit une attirance spontanée et un soupçon de tendresse. Mais elle savait qu'un jeune homme sous les drapeaux ne lui servait en rien, qu'il se démenait peut-être parmi les lois de la milice avec la même confusion et la même appréhension qu'elle parmi les ombres de la maison.

Ainsi était sa vie quand le cavalier la captura. C'est pourquoi elle ferma les yeux. Pour traverser en toute sécurité la brèche du temps.

De l'autre côté de cette brèche, qui modifiait la vision de toutes choses, les mirages cachés étaient dans la lumière. Au matin suivant, quand elle ouvrit les yeux, le monde n'était pas plat et compact, comme de coutume. La fumée transparente des foyers éteints couvrait l'air. À travers cette toile instable et délicate, la réalité prenait d'autres formes, comme si on l'étirait et la rompait, pour la refaire.

Derrière la pellicule transparente de la fumée, les maisons s'étaient transformées en huttes de cuir et de caroubier. Il y avait des gens à l'extérieur et à l'intérieur de ces huttes. Certains dormaient, d'autres pleuraient, et sur la tête des femmes éveillées s'accumulait la cendre du deuil. L'invasion – elle allait l'apprendre plus tard – avait commencé à Villa María. Ceux qui étaient venus à la ferme étaient les derniers retardataires. Sur la route gisaient les morts dont les os non enterrés ne reviendraient pas au pays du Caldén.

Une *pifilka* se mit à jouer un lamento, pour recueillir les âmes perdues dans la terre *huinca,* de l'autre côté de la brèche.

Le guerrier

Il s'appelait Lisandro Cáceres. Le matin de ses quatorze ans, son père, un monsieur veuf et grisonnant avec lequel il n'avait jamais échangé plus de vingt mots à la fois, l'appela dans son bureau.

« Mon fils, déclara-t-il, vous êtes maintenant un homme. Et dans ce pays les hommes se forment à cheval, le fusil de la patrie entre les mains. J'ai décidé que vous suivriez les traces de votre grand-père. Vous aurez le destin illustre qui ne fut pas le mien. Votre grand-père a fait l'indépendance de la patrie. Une action non moins capitale vous incombe : défendre notre civilisation contre les assauts de la barbarie indigène. Dans deux jours, vous rejoindrez le 1er régiment de cavalerie, à la frontière. Que Dieu vous bénisse, mon fils. »

D'un geste brusque, inopiné de sa part, il lui prit la tête entre ses mains, lui caressa les cheveux et l'embrassa sur le front.

Lisandro Cáceres quitta la pièce en état de choc, à cause tant de l'effusion insolite que de l'incertitude devant la magnitude du virage que prendrait dorénavant sa vie. Il ne connaissait de l'armée que quelques parades, vues depuis le balcon, il n'avait pas d'autre expérience des armes que celle de ses jeux avec de petits soldats de plomb, ni d'autres rapports équestres que des chevauchées, pendant les vacances, dans une ferme des environs. Il avait vécu les éclats de la gloire militaire et héroïque à travers les romans et les histoires épiques, ou les aventures que, comme tout garçon, il imaginait pendant les siestes interminables.

Isidoro Cáceres, son père, n'en savait pas plus que lui sur la vie militaire. Unique soutien d'une mère veuve depuis qu'il était jeune, il n'avait rien connu d'autre que les aventures et les désagréments qui mortifient les petits commerçants. Il ne s'était servi d'une arme que lors de rares parties de chasse. Tout le reste était fait de rêves et du souvenir nostalgique d'un héros : le guerrier de l'Indépendance, le compagnon de San Martín, dont l'image les observait et parfois les admonestait depuis le salon de la maison. Les deux yeux de toile de cette huile médiocre avaient décidé du sort de son fils, rien de moins.

Lisandro Cáceres fit ses adieux à quelques amis et à sa tante, qui avait protégé son enfance d'orphelin et qui ne cachait pas son indignation devant ce qu'elle croyait être une folie de son beau-frère. Avec un daguerréotype de sa mère, un scapulaire de la Vierge du Perpétuel Secours, tous les livres qu'il avait pu entasser dans la valise et quelques pesos, il quitta la ville en direction d'un monde différent et qui semblait infini.

Si différent qu'il avait peine à y croire, bien que les évidences s'imposassent douloureusement dès le début. Mais avec le temps la

153

douleur avait cédé à l'accoutumance. Il s'était habitué à vivre sous des bâches percées ou dans des cabanes en adobe, tourmenté par les insectes, et à dormir sur sa monture, couvert d'une misérable mante. Les vêtements bien lavés et repassés, les fêtes du dimanche, devinrent des objets lointains et irréels comme une gravure d'une autre époque. Il s'était résigné à l'uniforme unique, de laine en été et de coutil en hiver, aux ponchos que les mites avaient réduits à l'état de tamis, aux bottes usées et aux képis déformés avec lesquels la civilisation habillait et chaussait ses serviteurs. Il s'efforça de trouver agréables le goût des consommés de tatou et le thé de la pampa. Il était devenu aussi expert dans la chasse à l'autruche et à la perdrix que les Ranqueles qu'il combattait.

En échange de ces privations, l'armée lui payait une solde misérable et irrégulière, et lui donnait une éducation étrangère aux efforts et aux plaisirs des lettres, inexistantes en ce pays de fortins où les bibliothèques réunissaient rarement cinq livres. Les leçons étaient données sur un ton de commandement et consistaient en la pratique d'un quelconque service, de la messagerie au creusement des tranchées. On vivait sa vie à cheval et sans dormir, toujours sur ses gardes.

Cependant, Lisandro Cáceres ne s'estimait pas malheureux. Peut-être parce qu'on lui avait dit que c'était là le chemin de la gloire et qu'il était assez jeune pour être disposé à le croire. Ou peut-être parce qu'il comprit que d'autres avaient réuni plus de preuves de leur malheur. À cet effet, personne ne pouvait surpasser les soldats d'infanterie, engagés de force, envoyés à la frontière comme châtiment d'une faute, réelle ou imaginaire, et que l'on ne libérait jamais, même s'ils avaient écoulé leur peine. La pampa devenait pour eux une prison sans murs, et la libération ne venait qu'avec la mort (aux mains des Indiens, ou du peloton d'exécution pour les déserteurs qui échouaient dans leur tentative de fuite). Ils n'imaginaient pas une autre vie en dehors du service et de sa discipline très sévère qui, pour la moindre infraction, conduisait les soldats à la trappe, au piquet ou à la bastonnade.

À vingt ans, Lisandro Cáceres avait pris du muscle et en imposait, il arborait quelques cicatrices de bagarre et une barbe drue. Il savait faire la guerre, mais il gardait comme un secret honteux le pressentiment de l'amour que les circonstances avaient exclu de sa vie. Une soldate, qui avait perdu son compagnon, n'avait pu combler ce bonheur distant et entrevu, mais lui avait appris, pour un temps, les joies du corps, et Lisandro lui en fut reconnaissant. Elle était saine et pleine d'enthousiasme, et comme toute femme de fortin, habile au camp et au combat comme tout milicien gaucho. À la différence qu'elle savait aussi soigner et consoler.

Lisandro Cáceres avait expérimenté d'autres plaisirs simples. Il aimait partir en reconnaissance à l'aube, face au vent froid, tandis qu'en bas la plaine gelée n'était qu'une vibration resplendissante. Il aimait aussi les courses de nandous à champ ouvert, quand chaque tir de *boleadora* était un cri circulaire qui faisait le tour de la terre. Ou un fourneau débordant de viandes après des jours de pénurie, une danse, un maté mousseux, une cruche de gin, une partie de cartes, un mot ou une tape de reconnaissance, une décoration qui ne lui apporterait rien d'autre que le simple orgueil de l'avoir sur sa poitrine. Ou encore le retour, sain et sauf, d'une escarmouche qui avait transformé la constante attente de l'ennemi en un corps à corps et un mélange de sangs non moins profonds et intenses que l'étreinte inconnue de l'amour.

Dans ses pires moments, Lisandro pensait qu'il n'avait pas choisi d'être là. Mais il se consolait, absurdement, à l'idée qu'il n'avait pas non plus choisi de naître, ainsi que n'avaient pu le faire ces aïeux lointains qui avaient vécu dans des cavernes comme les fauves et mis un temps fou avant de trouver le feu, les armes et la roue. Il se satisfaisait alors d'être cantonné le long de la frontière, comme ceux-là l'avaient été dans un monde conçu par le dessein ou le caprice d'un Dieu trop dur avec ses créatures, et dont la loi – semblable à celle des fortins – ne se discutait pas.

La captive

À la suite de ce matin de deuil et de célébration, une fois que les morts eurent été dûment pleurés et qu'on eut justement réparti les chevaux, les captifs et les vêtements obtenus lors de l'invasion, Dorotea Cabral devint domestique dans la hutte du *lonco*, le chef, qui se nommait Cañumil : « Barbe d'Or ». Comme il appartenait au lignage de l'or, il brillait parmi les siens pour ses faits d'armes, et il était généreux. Mais sa splendeur ne l'empêchait pas d'incliner la tête avec sagesse devant Elle Chemine dans l'Ombre, la vieille *machi,* quand celle-ci s'évertuait à l'aviser du grand risque que courent les enfants de l'or : s'élever jusqu'à l'orgueil, qui est un trône instable. « L'or, énonçait la *machi,* est sûrement beau, mais il ne peut prétendre éclairer plus que le soleil. » Ainsi, Cañumil joignait toujours la prudence à ses actions, et il était pour cela un homme apprécié des siens.

Dorotea Cabral devint demoiselle de Rêveuse de la Rivière, la troisième et plus jeune épouse de Barbe d'Or, qui venait d'avoir un accouchement difficile et élevait péniblement son enfant. Il ne lui fut pas aisé de devenir domestique puisqu'elle-même en avait eu dans une autre vie, quand elle était riche comparée aux filles des ouvriers, qui ne possédaient même pas de toit sur leur tête. Elle s'était toutefois résignée, car elle avait compris que le sort est toujours appelé à changer, et que le changement du sien, même s'il lui avait apporté quelques malheurs, l'avait sauvée d'autres qu'elle estimait pires.

Rêveuse de la Rivière, avait dit la *machi,* était malade d'amour et de volonté. Elle avait perdu beaucoup de sang lors de la naissance d'un très gros garçon, mais elle ne s'était pas remise facilement, comme les autres femmes, grâce aux tasses de sang tiède de jument qu'on venait d'égorger. Elle Chemine dans l'Ombre pensait que ses morts appelaient la Rêveuse, surtout l'esprit de sa mère, une captive chrétienne qui désirait sans doute l'emmener sur les terres décolorées et arides du paradis *huinca.*

Grâce à sa pauvre patronne, qui marchait irrémédiablement et avidement vers le Ciel des chrétiens ou l'île des Anciens, Dorotea s'était sentie moins seule à cette époque. La mère de Rêveuse, celle qu'on appelait dans les huttes « Chante avec la Peur », parce qu'elle n'osait pas élever la voix, était née et avait grandi à Villa María, et sa fille souhaitait voir et toucher, à travers les souvenirs de Dorotea, les arbres, l'église, la maison et la margelle que la mère avait regardés et touchés quand elle vivait encore dans l'Autre Monde, de l'autre côté de la frontière, auquel la Rêveuse attribuait l'état indestructible et lumineux de Monde Réel. Dorotea, qui venait de la campagne et qui imaginait vaguement les rues du village, inventa pour elle une ville inexistante, jusqu'à ce qu'elle la crût consolée.

Rêveuse de la Rivière mourut avant que le nouveau-né n'atteignît la douzième lune. Elle eut de belles funérailles, et fut enterrée avec tous ses bijoux en argent puisqu'elle n'avait pas eu de fille pour en hériter. Barbe d'Or fit dignement ses adieux à sa troisième épouse, qui avait été avec son père une convenable alliée politique, de même qu'une belle femme, mais indocile et qui s'était obstinée à mourir.

La mort de Rêveuse laissa Dorotea sans protection immédiate et sans travail. Comme nouvelle domestique de la plus jeune des femmes, elle n'avait ni position ni prestige. Mais elle était devenue belle, et les autres domestiques captives et les Indiennes sans rang se mirent à la détester, parce qu'elles en avaient peur. Elles craignaient que Cañumil confondît sa chevelure dorée et cuivrée avec le lignage d'or, et la favorise entre toutes. Un matin, elles l'avaient attendue près de la rivière, puis frappée, lui avaient arraché ses vêtements et essayé de lui couper les tresses. Dorotea sut se défendre parce qu'elle n'était pas seulement belle, mais aussi très forte. Elle revint aux huttes avec le dos égratigné et marbré par les coups, mais avec toute sa chevelure.

Maîtresse des Colombes, l'épouse principale, n'était ni très belle ni très jeune. Mais elle descendait des princes de la terre, se comportait avec l'efficacité distante d'une reine et détestait le désordre. Elle punit de manière exemplaire les assaillantes. Peu de temps après, Cañumil, qui avait remarqué la nouvelle beauté de Dorotea Cabral le jour de la raclée, en fit sa troisième épouse, non seulement pour sa beauté, mais aussi pour le don de la lecture et de l'écriture qu'elle avait acquis dans le livre de prières. Dorotea lui promit loyauté. Il la dota d'anneaux et de bracelets, d'un long collier et d'un bandeau où s'alignaient les perles en argent.

Il lui donna aussi un nouveau nom : Étoile Rouge, pour faire honneur à la rare couleur de ses cheveux, et au lignage de l'or.

Le guerrier

Lisandro Cáceres avait réussi à placer une petite pierre blanche sur la longue route de la gloire, et un galon de sous-lieutenant sur son képi.

Il connut l'extravagant colonel Mansilla, qui parlait des Indiens comme s'ils étaient d'autres chrétiens à ceux qui avaient eu la chance de naître dans un autre lieu et suivaient des coutumes différentes.

Il connut également le colonel Baigorria, qui avait vécu vingt ans comme un Ranquel parmi les Ranqueles de Yanquetruz, qui avait été à la tête des guerriers et s'était marié avec des filles de caciques, et qui par la suite était revenu du côté des chrétiens, pour lutter contre les gens de la terre qui n'acceptaient pas de se soumettre à leur gouvernement, sans pour autant obtenir que les siens le considérassent pour autant moins indien.

Lisandro était rentré brièvement à Buenos Aires, pour enterrer son père qui, dans ses dernières années, aurait voulu avoir son fils près de lui, à la tête de son commerce, et qui semblait attacher peu d'importance à son galon de sous-lieutenant.

Il avait connu des amourettes passagères qui lui avaient laissé des souvenirs fragmentés. Et même avec tous ces souvenirs, il n'arrivait pas à dessiner entièrement le corps ou le visage d'une femme.

La frontière, qui se déplaçait d'avant en arrière, au rythme des échecs ou des victoires, avait aussi le même corps imprécis et oscillant.

Le ministre Alsina entreprit de stabiliser cette frontière mobile en creusant un fossé sur toute la largeur de la pampa, pour que tout ce qui se trouvait derrière la brèche demeure irréel et, par conséquent, inoffensif.

Quand le général Roca succéda à Alsina, il se proposa d'effacer cette ligne d'illusion pour prendre une terre fertile et vide, où il n'y aurait toutefois pas de place pour les Ranqueles. Lisandro Cáceres, à qui il n'était pas permis de penser ni de douter, s'emboîtait dans la machine offensive comme un engrenage qui n'était pas encore usé. Mais il craignait par moments le débordement ou la vacuité d'un monde auquel il manquerait une frontière.

La captive

Étoile Rouge, la troisième et plus jeune épouse de Barbe d'Or, a donné le jour à un enfant. Cette expression semble toutefois fausse et inappropriée à la mère. L'enfant n'est pas une créature de l'obscurité, qui arrive depuis le ventre profond jusqu'à la lumière qui le reçoit. L'enfant, comme une trombe d'or, est celui qui apporte à toutes choses une lumière vivante.

Étoile Rouge, qui a accouché accroupie sur une peau de brebis en s'accrochant à une lanière de cuir qui pendait d'une poutre, prend l'enfant dans ses bras et se baigne avec lui dans le courant de la rivière. Elle desserre son petit poing rond. Elle l'examine avec attention, de la tête aux pieds, et le trouve parfait dans toutes ses parties. Elle demande que son nom soit Plaisir d'Étoile, et Cañumil accepte.

Elle aura deux autres enfants : un garçon et une fille, la seule qui lui ressemble nettement, héritière de sa chevelure léonine et de ses yeux verts comme une jeune feuille. Ils la nommeront, à cause de ses yeux, Éclat du Puma.

Le seul temps qui existe dorénavant est celui de ce côté-ci de la brèche. Ce qui existe de l'autre côté n'est même pas le passé. Plutôt, un pays futur lointain et imminent comme le Pays des Morts. Et ces morts semblent toujours réclamer les vivants.

Maîtresse des Colombes et Barbe d'Or perdent leurs deux fils aînés à la guerre. La famille vit un deuil de plusieurs jours. Étoile Rouge place des amulettes dans le berceau ou les vêtements de ses enfants, et prie Dieu aux nombreux visages pour qu'aucune lance ni aucune balle ne trouvent leurs noms secrets.

Les années passent vite et quand Julio Argentino Roca décide de gommer la ligne qui sépare le sacré du profane et l'ordre du chaos, Plaisir d'Étoile a seize ans et vient de passer avec succès son examen d'art oratoire devant un jury de caciques.

Peu après, Cañumil sera fait prisonnier au combat. Les soldats *huincas* brûleront les huttes et raseront les cultures. Les gens de Cañumil fuiront, se disperseront. Le lignage de l'or essaiera de se cacher sous la terre.

Le guerrier et la captive (1879)

Lisandro Cáceres a connu la captive dans un espace confus et indécis. Un espace qui avait été ranquel et qui, bientôt, comme tout le pays intérieur, serait *huinca*. Peut-être qu'à cause de ce lieu inapproprié, illégal et déconcertant, celui de la transition, leur relation a été dès le début exposée au mauvais sort. En réalité, il la connaissait depuis longtemps, alors qu'elle était Dorotea Cabral et lui, un aspirant, quand le régiment de cavalerie s'était arrêté à la ferme de Córdoba. Ils n'étaient plus les mêmes lorsqu'ils se retrouvèrent, mais une dette demeurait impayée, bien qu'ils l'eussent oubliée.

C'était en avril de l'an soixante-dix-neuf, quand Roca annonça officiellement l'existence d'un Désert, une terre vierge, malléable, inhabitée, propice à la civilisation. Lisandro Cáceres marchait sous les ordres du capitaine Daza, qui quitta le fortin de Puán pour joindre les forces de Roca et de Villegas sur le río Colorado. Ils avaient laissé derrière eux Laguna del Campo et Huatraché, jusqu'à ce que le capitaine Daza trouve à Hucal Grande une distraction à sa mesure : ses hommes surprirent trois Ranqueles qui volaient des fruits dans une ferme. Le plus jeune d'entre eux était un garçon de quinze ou seize ans au visage basané, mais dont les traits s'apparentaient plus à ceux d'un blanc que d'un Ranculche. Ils remarquèrent qu'il savait le castillan : quand ils l'interrogeaient, son regard devenait sensible comme si les mots lui frôlaient la peau. Impossible de connaître le lieu où se trouvait son peuple, jusqu'à ce qu'on le convainquît que les autres avaient déjà tout avoué. C'est alors qu'ils apprirent que sa mère était une captive chrétienne.

Daza décida d'abandonner sa route et de suivre cette piste. Comme d'autres hommes enrôlés dans le métier des armes, il cultivait la faiblesse de jouer au Quichotte, et rien ne lui plaisait plus que de rescaper des demoiselles ou des veuves, sans que les intéressées le lui aient demandé. Ils trouvèrent les huttes dans une petite oasis irriguée par les sources d'Agua de Piedra. Ils arrivèrent avant l'aube, si bien que tous passèrent, sans combattre, du sommeil à la captivité. Il n'y eut pas de morts. Parmi les prisonniers se trouvaient trois chrétiennes : Ángela, de Río Cuarto, María González et Dorotea Cabral, de Villa María. Le garçon capturé était le fils de Dorotea.

María González et Ángela dirent à Daza tout ce qu'il voulait entendre. Elles l'appelèrent leur sauveur et le remercièrent de leur avoir donné la liberté. De l'autre côté de la frontière les attendait une famille.

Dorotea, cependant, se réfugia dans le silence. Plus elle se taisait, plus Daza voulait entendre les seules paroles qui pouvaient le justifier. Finalement, ce fut lui qui s'approcha.

« Alors, madame, vous serez heureuse de retrouver la civilisation, n'est-ce pas ?

– De quelle civilisation parlez-vous, mon capitaine ?

– Comment, de quelle civilisation ? De l'unique, bien sûr. Celle que nous représentons. »

Dorotea le regarda fixement, avec ce sourire incisif que les hommes détestaient.

« Pour des représentants de la civilisation, vous êtes plutôt mal vêtus. »

Elle avait raison. Comme d'habitude, les soldats marchaient vers la gloire avec leurs décorations épinglées sur des guenilles. Sauf quelques officiers, ils portaient des bottes sans talon[1] qui montraient leurs doigts de pieds, et le gros de la troupe était composé de gauchos à la *chiripá*[2] râpée et à la tignasse négligemment retenue par un bandeau.

« Soit, madame, viendront de meilleures années. Nous ne sommes pas au bal. C'est la guerre.

– La guerre ? Qui vous livre bataille présentement ? Les femmes et les garçons que vous faites prisonniers ?

– Ce n'est pas votre cas, précisément. Il semble qu'on vous a libérée.

– J'ai des enfants indiens. Et à part nous, il y a tous les autres.

– Ces enfants sont aussi chrétiens qu'indiens, et personne ne leur fera de mal, ni à eux ni aux autres.

– Vous en êtes sûr ? Je sais très bien ce qui se passe quand les soldats entrent dans les huttes et emportent les femmes.

---

1. *Botas de potro* : bottes faites de cuir de poulain, portées par les gauchos et les autochtones.
2. Vêtement que portaient les gauchos d'Argentine, de Rio Grande do Sul (Brésil), du Paraguay et de l'Uruguay, qui consistait en une pièce de tissu qu'on passait par l'entrejambe et qu'on attachait à la ceinture.

– Je ne dis pas que ces choses ne sont pas arrivées, et qu'elles ne continuent pas de se produire, dans certains cas. Mais je vous assure que cela n'arrivera pas ici, tant que je serai commandant de la troupe. De plus, je ne vois pas pourquoi vous vous scandalisez tant. N'avez-vous pas été vous-même victime des Indiens ? N'allez pas me dire qu'ils vous ont traitée avec beaucoup d'égards.

– Ce qui a pu m'arriver ne veut pas dire que je souhaite la même chose aux autres femmes. J'y ai pensé, vous savez, quand j'ai été capturée. Mais plusieurs années ont passé. Trop d'années. Maintenant, je suis Indienne, et j'ai une fille. J'ai oublié les chrétiens, comme ils m'ont oubliée depuis longtemps.

– Ne dites pas cela, madame, on ne compte plus les démarches qui ont été faites pour obtenir des libérations.

– Un père, une mère, des frères, parfois un mari… peut-être s'en souviennent-ils. Ou certaines œuvres de charité : de bonnes gens, ou des gens qui veulent acheter leur place au ciel. Mais les gouvernements, croyez-vous qu'ils s'en occupent réellement ? Croyez-vous que vous comptez aux yeux de votre gouvernement, capitaine ? Ils vous ont utilisé et vont continuer de vous utiliser pour prendre le pays, et ensuite, quand vous ne servirez plus à rien, ils vont vous jeter aux ordures comme de l'armement désuet. Ne vous faites pas d'illusions. Vous ne valez pas plus pour eux que nous. »

Daza n'insista pas, surpris par le ton et les paroles de cette femme qui cherchait à paraître singulièrement versée au sujet de la guerre et de la politique. Ce soir-là, les officiers restèrent à fumer autour du feu jusqu'à ce que s'éteignent les dernières braises.

« Pauvre femme, disait Daza, elle doit être complètement bouleversée par tant de souffrance. Cependant…

– Quoi, mon capitaine ?

– Rien, lieutenant. Rien. Ne faites pas attention à ce que je dis. »

Ils se couchèrent pour dormir. Malgré la fatigue de la journée, aucun des deux ne tomba d'épuisement. Pendant un long moment, le sous-lieutenant entendit le capitaine se retourner, inconfortable, sur sa selle.

Le matin suivant, Dorotea semblait mieux disposée. Elle salua avec déférence le capitaine et les officiers. Ses vêtements étaient dans un état déplorable ; elle était par contre propre et soigneusement peignée, comme le reste des Ranqueles, qui avaient l'habitude de se jeter à l'eau, aussi froide soit-elle, aux premières lueurs du jour.

La troupe devait poursuivre son voyage vers le Colorado, et Cáceres reçut l'ordre d'escorter les prisonniers jusqu'au fortin de Puán. La marche, bien qu'elle signifiât un recul, s'était faite en toute gaieté. L'automne était encore doux. Au crépuscule, les nuages filtraient une lumière rosée, et son cheval et celui de Dorotea se heurtaient fréquemment.

« Le capitaine m'a dit qu'aussitôt la campagne terminée, on vous procurera des vêtements et un sauf-conduit pour que vous puissiez rentrer à Villa María.

– Je ne me souviens pas qu'il m'ait demandé si je voulais y retourner.

– C'est que ça lui semblait très naturel que vous souhaitiez retourner dans votre village auprès des vôtres.

– Rien n'est aussi naturel et aussi simple qu'il n'y paraît. Je ne sais pas s'il me reste une famille, et si c'est le cas, voudront-ils me recevoir ?

– Pourquoi ne le feraient-ils pas ?

– Avec trois enfants métis ? Je ne vais pas mendier le pain, ni pour moi et ni pour eux, à la table de mes parents.

– Est-ce que vous préféreriez être l'esclave des barbares ? »

Dorotea le regarda avec un air sarcastique.

« Dans quel petit monde vivez-vous, lieutenant ? Une chrétienne n'est pas esclave toute sa vie dans le Pays intérieur, sauf si elle est laide ou bête. Je n'ai été esclave qu'au début. Ensuite, ils m'ont nommée Étoile rouge, et je suis devenue une épouse.

– Toute épouse n'est-elle pas une esclave chez les Indiens ?

– Ne l'est-elle pas aussi chez les chrétiens ? Je vous assure que le monde dont on m'a arrachée, monsieur le sous-lieutenant, n'était pas meilleur que celui dans lequel j'ai vécu après. J'ai eu de la chance. J'ai été la femme d'un cacique et aussi son ministre. On m'a confié des secrets, j'ai écrit leurs lettres pour qu'ils s'entendent avec les *huincas*. Cela représenta une amélioration notable de ma situation. Comme monter dans la hiérarchie de l'armée.

– Madame ! Osez-vous comparer l'armée nationale à quelques huttes immondes, et le harem de votre cacique à un État souverain ?

– Pas plus immondes que les écuries où vous vivez. Et ce n'est pas bien de mépriser ainsi l'influence des femmes. Dans presque toutes ses missions, Cañumil employait de préférence des ambassadrices. »

Lisandro Cáceres n'arrêtait pas de surmonter sa perplexité. À chaque question, il tombait sur quelque chose d'irritant et hors de propos, une pièce libre qui contredisait la logique simple et de fer dans laquelle cadraient jusqu'alors toutes les actions de sa vie.

« Et votre honneur bafoué ?

– Mes enfants m'ont honorée. Et mon mariage avec Cañumil ne m'a créé aucun déshonneur chez les Ranqueles, au contraire. Beaucoup de femmes – ni laides ni bêtes – ont pleuré à mon mariage. »

La captive l'exaspérait. Des siècles de morale et de catéchisme anéantis d'un souffle par l'œuvre de cette bouche petite et précise qui le séduisait de plus en plus.

« Bien, je n'en dirai pas plus. J'en conclus que votre cacique Barbe d'Or était un homme parfait et que vous étiez très amoureuse. »

Dorotea se tut. Pensait-elle au chef qui décorait ses épouses de vêtements d'étoffe fine et de bijoux en argent ? Et au père qui considérait ses enfants comme la plus grande bénédiction avec laquelle les dieux avaient choisi de le distinguer, au-delà du pouvoir et de la gloire ? Ou pensait-elle à un corps encore jeune, avec des muscles souples pour l'amour et fermes pour le combat ? Aux mains qui inventaient des poitrines de femme, aux mots nouveaux que la bouche offrait comme si c'était d'autres bijoux, pour briller dans des lieux secrets ?

Finalement, elle parla.

« Monsieur le sous-lieutenant, Cañumil était l'homme dont j'avais besoin à ce moment-là. Je l'ai aimé dans les limites que m'ont imposées les circonstances, et je lui ai été loyale. Prenez-le comme il vous plaira. Et vous, qu'avez-vous à me dire sur vous ? » Elle se retourna brusquement pour ajuster la sangle de son cheval. « Avez-vous une femme, des enfants, des fiancées ? » ajouta-t-elle en lui souriant avec une emphase qui sembla au sous-lieutenant quelque chose de plus qu'une simple courtoisie.

« Non, madame, je n'ai rien. Le service de la Patrie ne m'en a laissé ni le temps ni l'occasion.

– Alors, dites à la Patrie de ne pas être aussi exigeante. Elle peut se passer de vous un petit moment. Ne soyez pas idiot. Pour le peu de remerciements que madame la Patrie va vous offrir… »

Ils atteignirent Puán, où le contingent resterait à la charge de la garde jusqu'à ce que tous reviennent de la campagne qu'on considérait déjà comme gagnée.

Ce soir-là, près du feu, le sous-lieutenant s'enivra. Toute sa vie lui semblait une bêtise monstrueuse. Déjà qu'il ne se rappelait plus ce qu'était une ville. Les seules dames qu'il avait connues étaient des paysannes ou des soldates de la caserne. Il avait passé sa jeunesse à se battre contre les Ranqueles, dans les fortins précaires et éphémères comme des nids d'oiseau, qui chancelaient et menaçaient de s'effondrer à chaque incursion indienne. Et voilà qu'une femme, une chrétienne, osait lui dire que tout ce qu'on avait fait pour elle ne servait à rien, qu'il aurait fallu la laisser là où elle se trouvait, là où elle avait su se former, dans le Pays intérieur.

Cáceres se leva et se rendit à la cabane où elle logeait. Il voulait juste la réveiller, il voulait qu'elle écoute sa rage et sa déception. Mais quand il la vit endormie et à demi couverte d'un poncho, toutes ses pensées se confondirent en une même carte rouge. Si un Indien rustre et crasseux avait paru suffisamment bon à Dorotea Cabral, un officier de l'armée devait lui sembler dix fois mieux. Il n'allait pas accepter d'être humilié par quelqu'un qui n'avait même pas eu le bon goût ou la pudeur de présenter sa vie comme seule pouvait être la vie d'une décente femme blanche parmi les sauvages : un chapelet de souffrances interrompues seulement par la libération ou la mort. Dorotea n'était donc pas une femme décente ni ne méritait d'être traitée comme telle. Elle était une putain, qui se conformait trop facilement aux désirs des vainqueurs. Et maintenant, c'étaient eux qui avaient gagné. Elle allait devoir le remercier pour cette faveur.

Cáceres la découvrit avec brutalité. Elle planta ses dents dans ses doigts et dans la paume de sa main. Ils se mirent à lutter dans un rare silence. Dorotea ne voulait pas réveiller ses enfants : elle ne désirait pas que les autres prisonniers la voient dans cette pénible situation.

Ses années en plein air, dans le désert, et sans doute sa propre colère, avaient conféré à la captive une force difficile à contrôler.

Quand le sous-lieutenant la prit par les tresses, elle s'accrocha à sa barbe. Elle mordait, pensa Cáceres, comme une chienne. Il ne réussit pas à la saisir par le cou pour l'étouffer et, finalement, un coup de pied dans les testicules le projeta contre le mur. Ce n'est qu'à ce moment que Lisandro Cáceres comprit vraiment ce qu'il faisait.

Le guerrier et la captive se regardèrent quelques secondes, haletants. Les yeux du guerrier se remplirent de larmes de rage. Il sortit de la pièce. Il n'avait jamais senti pareille humiliation.

Le sous-lieutenant et le reste de l'escorte partirent quasi à la sauvette dès l'aube suivante pour retrouver Daza. Cáceres arborait des griffures au visage et, aux mains, de petites marques de canines.

Le soldat Vieytes ne put retenir une taquinerie, accompagnée d'un sourire prudent.

« On dirait bien que vous vous êtes couché sur une mante pleine d'épines, mon lieutenant. »

Cáceres le fit taire d'un geste, et ils reprirent la route du Colorado.

Peu de temps après, le 25 mai 1879, à la tête de la 1re division expéditionnaire, le général Roca célébrait son arrivée au río Negro et l'occupation de l'île Choele-Choel. Peu avant, sur le fleuve Colorado, le fantôme de la Gloire derrière laquelle courait Lisandro Cáceres depuis l'âge de quatorze ans s'était fait chair, il était rose et presque tangible. Le général Roca en personne loua son courage au combat contre les Indiens envahisseurs et, dans son discours, l'appela par deux fois « lieutenant ». Comme Cáceres croyait encore qu'il y avait un ciel, il le toucha avec les mains.

La victoire, l'imminence d'une promotion, le libérèrent presque du souvenir de Dorotea. Cependant, il la revit quand ils rentrèrent à Puán. Elle était habillée en chrétienne, d'une robe usée et quelque peu décolorée, digne des œuvres de bienfaisance. Ses enfants aussi avaient changé de vêtements et n'étaient plus reconnaissables : ils avaient une mine de brebis effrayées et amincies après la tonte.

Bien qu'il l'eût saluée – par courtoisie –, il ne chercha pas sa compagnie. Les petites cicatrices des griffures avaient disparu, mais non sa honte. Ce fut Dorotea Cabral qui le surprit, avec un maté à la main. Il eut le réflexe de le repousser et de se lever. Mais le maté écumait, bouillant, et le visage de Dorotea lui apparut aussi beau que celui d'une estampe, avec sa chevelure rouge feu qui formait une auréole autour de sa tête.

« Les départs pour Villa María sont pour la semaine prochaine, vous le saviez ? »

Le sous-lieutenant ne répondit pas.

« Je ne me sens pas bien, je suis malade. Je ne peux pas partir ainsi.

– Prévenez le commandant. Il peut ajourner le voyage jusqu'à ce que vous vous sentiez mieux.

– Pourquoi ne m'accompagnez-vous pas ? Ici, ils ne font pas cas de moi, c'est comme si je parlais aux murs. »

Cáceres accepta finalement, et obtint que la demande soit étudiée. L'indécision et une crainte grandissante étaient peut-être la vraie maladie de Dorotea, qui semblait avoir perdu en quelques mois de domestication une grande partie de sa vigueur.

Cette nuit-là, un frôlement au cou le réveilla, qui n'était pas celui d'une bestiole de caserne, mais de doigts humains. Le frôlement fut suivi d'un baiser sur la joue. Quand il ouvrit les yeux, il vit le visage de Dorotea, maintenant auréolé par le clair de lune.

« Je suis venue vous remercier », dit-elle.

Il lui rendit son baiser à pleine bouche, et il n'y eut plus de paroles. Seulement le toucher, qu'il apprenait à soigner quand il touchait, sans coups, sans meurtrissures, sans vexations. Le toucher qui annulait la mémoire de la douleur, quand tout devenait neuf et joyeux.

Ils continuèrent de se voir chaque fois que la discipline du fortin le leur permettait. Si les autres le savaient, Daza inclus, personne ne venait les déranger. Pareilles idylles prospéraient dans les casernes inhospitalières, sous les rigueurs de l'hiver, qui entrelace les corps comme si c'était des couvertures et tisse des liens profonds.

Cela aurait pu demeurer un amour de saison. Mais Dorotea, de plus en plus réticente au voyage à Villa María, supplia le sous-lieutenant de lui trouver un logement à l'extérieur de la caserne. Elle voulait qu'il l'aide à se cacher jusqu'à ce qu'on l'oublie, elle et ses enfants. Ensuite, elle trouverait du travail dans un des villages de la zone. Ils pourraient se voir à la première permission qu'on accorderait à Cáceres, et peut-être qu'avec le temps, ils pourraient vivre ensemble. Malgré ses résistances initiales, le sous-lieutenant consentit à tout, et trouva aussitôt une cabane pour abriter Dorotea, dans une localité voisine.

Quand ils étaient ensemble, Cáceres se sentait heureux. Mais lors des nuits passées au fortin, il bougeait sans cesse dans son lit, éveillé par des questions auxquelles il ne pouvait pas répondre. Qu'arriverait-il au moment de présenter Dorotea et ses enfants à sa tante, la seule parente qu'il lui restait ? Allait-elle renoncer à son rêve de le voir se marier avec une jeune fille vierge de bonne famille ? S'accorderait-il avec Dorotea, une femme jeune certes, mais qui avait beaucoup vécu, qui avait déjà trois enfants, issus d'un sauvage par-dessus le marché ? Les pires tourments affluaient quand il pensait à Dorotea. L'aimait-elle vraiment, ou avait-elle seulement vu en lui, suivant son pragmatisme habituel, un instrument ? La seule possibilité d'atteindre son objectif : se refaire une place dans le monde *huinca,* loin de la famille de Villa María, envers qui elle gardait apparemment tant de rancœur.

Et ce n'était pas tout.

Un soir, il entra dans la cabane, décidé à aborder le sujet.

« Dorotea, je veux que tu me parles sincèrement, et je promets de ne plus t'importuner avec cela. Je vais prendre soin de toi et de tes enfants, comme s'ils étaient les miens. Je vais même me marier pour tout partager avec toi. Je veux juste que tu me dises que ce que tu as fait avec Cañumil, tu l'as fait sous la contrainte, que tu ne l'as jamais aimé, que tu n'as jamais eu de plaisir avec lui comme tu en as avec moi. Et que cela ne te dérangerait pas qu'on le fusille pour ce qu'il est : un délinquant. »

Dorotea le regarda de la tête aux pieds. Ce fut un regard long et très triste. Au fond de la pupille verte, amère comme la lie du maté, Cáceres crut voir un sédiment dense de pitié et de mépris.

« Je comprends que tu me demandes cela. Tu ne pouvais pas l'éviter, n'est-ce pas ? Il me serait facile de dire oui à toutes tes questions pour que tu sois tranquille… du moins pour un temps. Mais aucune de ces choses n'est vraie, et je ne mens pas. »

Il ne dit plus rien. Elle se remit au tricot qu'elle avait entre ses mains quand Lisandro Cáceres était entré dans la pièce.

168

Le sous-lieutenant la salua de la tête. La rage et la peine lui serraient trop la gorge pour qu'il puisse parler. Sur le seuil, les yeux de l'aîné, noirs et profonds, le fixaient avec haine.

Un homme fier ne serait pas revenu. Cependant, Cáceres était amoureux et, au fond, bien qu'il se refusât de l'admettre, il savait que la digne franchise de Dorotea valait plus que son orgueil. Le lendemain soir, ils prirent un maté et conversèrent – comme si rien ne s'était passé – d'un avenir auquel ils ne croyaient peut-être pas. Ils n'ont plus jamais couché ensemble.

De toute façon, et même s'ils l'ignoraient encore, le temps consacré à l'amour du guerrier et de la captive touchait à sa fin. L'œil lent et à demi aveugle, mais inexorable, de l'armée avait découvert la cachette de Dorotea. Et savait aussi que Cáceres était son amant et complice.

Le châtiment fut drastique. On ne les a pas punis parce qu'ils étaient amants occasionnels – tout créole comprend, sous tous ses galons et ses insignes, que l'homme est le feu et la femme l'étoupe –, mais parce qu'ils s'étaient soustraits à l'autorité. Et surtout, parce que la captive avait eu l'effronterie inexplicable de rejeter sa libération.

Cáceres fut arrêté et obligé de remettre sa démission.

Dorotea fut reconduite sous escorte à Villa María, avec ses trois enfants.

Le guerrier (1910)

Le major Lisandro Cáceres scrute l'horizon, qui n'est plus ce qu'il était et qui n'a plus la même signification. Mais il y a des paradoxes qui continuent de se répéter. La chose désirée, qui semble proche, se trouve toujours trop loin. La chose crainte, qu'on croit éloignée, peut s'abattre à tout moment sur le paisible foyer.

Cáceres se souvient d'avoir passé toutes les années de sa prime jeunesse avec l'intime conviction qu'il se sentirait prisonnier dans l'armée. Cependant, quand on le força à se retirer, il ne savait pas quoi faire hors de ses rangs. On s'habitue tous à la prison de notre destin, si affreux soit-il, pense-t-il.

C'est pourquoi, après la mort de sa tante, il vendit le commerce familial et n'eut de cesse qu'on le réintégrât après un purgatoire de rétractations laborieuses. Il ne put se lier d'amitié avec des gens qui n'avaient pas connu l'horizon intraduisible du Désert. La ville de sa naissance le repoussait, comme s'il était sur une autre planète.

Sa carrière entachée par sa faute, il dut se retirer avec une pension de major. Il se sentait, cela dit, un survivant, méprisé par les nouveaux officiers du Progrès, éduqués à la prussienne, vêtus de drôles d'uniformes et experts en manœuvres inapplicables, mais qui n'avaient jamais vu de près la pointe d'une pique.

À sa retraite, il acheta, avec son héritage, une ferme à El Azul. Ses compagnons n'obtinrent pas de terres après la campagne du Désert, ni même le célèbre général Villegas, le chef le plus téméraire qu'ait connu la frontière. Le pays conquis resta finalement entre les mains des spéculateurs et des financiers. Ceux qui étaient déjà riches en argent et influences politiques surent être au bon endroit et au bon moment. « Maintenant, ils exportent du blé, des vaches, des chevaux, se dit Cáceres, et sont les meilleurs partenaires de la couronne anglaise. »

Quand il descend au village, le major retrouve souvent les autres perdants. Les paysans aux visages cuivrés qui regardent du coin de l'œil. Les jeunes métisses nu-pieds qui lavent les planchers de la maison du juge ou du directeur des Chemins de fer. Le métis corpulent qui s'efforce de porter une moustache et quelques poils de barbe pour imiter les blancs, et qui a troqué sa lance pour des pistolets de la police.

Comme tous les solitaires, il passe trop de temps avec ses souvenirs. Les soirs d'automne, qui distillent une agréable lumière rose, il s'installe pour prendre un maté sous la ramure de la ferme, où rien ne s'interpose entre sa vue et l'horizon plat. Il espère peut-être, avec une infinie nostalgie, que les barbares attaquent une fois de plus.

Il pense à elle, Dorotea Cabral, l'Étoile rouge, et s'abandonne à la fascination de la distance.

Les familles du chemin

> Dans la maison de mon Père, il y a plusieurs
> pièces ; sinon je vous l'aurais dit ; je vais
> donc vous aménager un lieu.
>
> JEAN, 14, 2.

Le chemin du Colorado, 1899

L'enfant renonce à la chaleur du poncho et écarte la mante de
peaux. Les craquements annoncent que l'on a commencé à traverser
les salins. Il émerge du fond de la charrette et cligne des yeux sous
le reflet de la lumière déchiquetée. Le ciel s'est abattu sur la terre et
dispersé en milliers de fragments que les roues foulent dans un bruit
transparent de verre brisé. Les premières couleurs du jour brillent,
hasardeuses, sur ces pièces qui proviennent d'un ordre supérieur et
maintenant disparu.

Les charrettes s'arrêtent. La femme indienne qu'ils ont
emmenée de la sierra de la Ventana et qui apporte des produits de son
village pour les vendre sur le chemin du río Colorado, descend. Elle
bouge avec une agilité déconcertante en dépit du bébé profondément
endormi qu'elle porte sur son dos. Carlos la voit se pencher et
recueillir les éclats gelés du sel. Elle pousse des cris de joie, aussi
petits, découpés et frais que les morceaux de glace que la chaleur
naissante du matin n'arrive pas à faire fondre. Ensuite, elle frotte
entre ses mains quelques cristaux jusqu'à ce qu'ils ressemblent à de

171

la poussière de diamant et elle les éparpille sur ses tresses noires. Le soleil lance ses rayons sur la tête couronnée et les énormes anneaux d'argent sont des miroirs où l'enfant pourrait se mirer s'il s'en approchait. La femme lui fait des signes de la main. *Chadí, chadí,* lui dit-elle. C'est un mot clair et pointu, peut-être le meilleur, pense Carlitos Brauton, pour nommer l'éclat blanc du salpêtre.

Il descend lui aussi, comme les autres passagers des charrettes, et se met à recueillir dans des sacs ces lumières dures. Le gisement est petit, mais la récolte s'ajoute aux marchandises qu'ils transportent d'un bout à l'autre de la pampa : cuirs, plumes, sucre, maté, pièces d'étoffe, vins, liqueurs, bougies, vêtements, et jusqu'à quelques exemplaires d'un petit livre de poésie, le *Martín Fierro,* que demandent souvent les paysans dans les *pulperías.*

Passé l'oasis de sel, la campagne redevient verte et touffue. Par intervalles, l'herbe haute recouvre presque entièrement les roues des charrettes. Chardons de Castille, tendres feuilles de trèfle, touffes de roseaux drus qui produisent au loin, et à mesure que le soleil les assèche, l'illusion de la neige : toutes les espèces coexistent et s'entrelacent en de rares contrepoints dans cette plaine que seuls ceux qui ne la connaissent pas trouvent monotone. Les yeux de Carlitos Brauton, lancés au vol comme des *boleadoras,* pourchassent les formes et les couleurs du ciel et de la terre. Un groupe de nandous, gris et blancs, qui traversent l'horizon comme des nuages bas. Des haciendas perchées, coupées par les barrières mouvantes des pâturages humides, qui freinent l'avancée des charrettes. Des chevaux sauvages, à la crinière longue comme des cheveux de femme, qui cachent pour un instant la face d'un soleil paisible.

De temps à autre, ils traversent un marécage ou passent une lagune à gué. Les bœufs, habitués, ne s'enfoncent pas trop dans la terre incertaine parce que le père sait employer le ton juste pour faciliter l'exécution des ordres et la mesure des mouvements. Le cacardement des oies sauvages rebondit sur les ailes des flamants qui les absorbent dans une lenteur silencieuse et rose. Carlitos voyage maintenant aux côtés de son père, sur le siège du cocher. La femme indienne, qu'on appelle Sumaí, s'est retirée sous la bâche et donne la tétée à son enfant, couchée sur des peaux. Le teint pâle du petit, les cheveux presque blonds contrastent étrangement avec le sein foncé qui le nourrit.

Parfois, quand l'enfant s'arrête pour respirer, apparaît le mamelon dilaté comme une tache vive et tremblante. Carlos ne parvient pas à quitter des yeux ces autres créatures de la terre. La femme soutient son regard sans s'émouvoir et lui sourit. Elle sourit aussi à Pedro Brauton, bien qu'il lui tourne le dos et ne puisse pas la voir.

Les journées passent sans autres nouveautés que la rareté et la diversité des êtres vivants, même de ceux qui sont morts depuis des siècles. Parfois, dans le lit d'une lagune évaporée par une sécheresse, jaillissent à la lumière du jour les os improbables d'animaux disparus : squelettes d'oiseaux aussi grands que des chevaux, carcasses de mules de la taille d'une hutte. À cette époque, pense Carlos, si les hommes habitaient cette immensité, ils étaient encore moins importants que les champignons qui poussent au hasard sur les écorces des arbres brûlés par la foudre.

Les nuits refroidissent brusquement la chaleur croissante du printemps. Une fête d'odeurs et de rumeurs profondes remplace les teintes qui embellissent la surface du jour. Après la grillade et la tournée de maté, le père retire de son étui la guitare espagnole qui est, avec sa *rastra*[1] d'or et d'argent, son unique luxe visible. Carlitos Brauton sait que cette voix, chevauchant la musique, a séduit sa mère. Elle et ses trois frères les attendent au terme du voyage, dans la campagne d'El Azul.

Carlos ne les regrette pas autant qu'il a cru, bien que sa dernière pensée soit toujours pour eux, avant de tomber dans le sommeil moelleux comme un *pellón*[2] de brebis. La voix du père est un fil de soie qui le guide dans le labyrinthe aveugle de la nuit. Le chant est un flambeau sûr qui chasse le clignotement incandescent des mauvaises lueurs et des âmes en peine. Avant de fermer les yeux, il admire une fois de plus la main qui soutire aux cordes les meilleurs sons et qui le jour suivant guidera la troupe des charrettes. Sumaí, la femme, est elle aussi dans l'attente de ces doigts qui ouvrent des chemins dans le silence et la plaine. À mesure qu'ils se rapprochent du Colorado, les charrettes s'allègent de leur cargaison dans les villages qu'ils traversent. Sumaí range des sacs de maté et de

---

1. Large ceinture de cuir décorée d'appliques de métaux précieux et de pièces de monnaie.
2. Peau de mouton utilisée comme couverture de selle.

sucre, de l'étoffe d'Angleterre, des bouteilles d'eau-de-vie, là où se trouvaient auparavant les plumes d'autruche que les marchands nomment plumes de vautour, et les peaux de loutre ou de poulain. Son enfant grandit et grossit. Protégé par la petite bâche du berceau, il offre au soleil ses yeux clairs. Carlos lui fait des grimaces, réussit à faire tordre de rire le petit visage rond. « Tu l'aimes ? lui demande la femme. J'en ai deux autres, plus âgés, que j'ai laissés à la montagne. Mais c'est celui-ci qui te ressemble le plus. » La nuit, derrière les sacs de biscuits et de fruits secs, les boîtes de conserve, les meules de fromage, Carlos entend des craquements et des déplacements, des mouvements de corps qui s'installent dans une veille partagée et joyeuse. Au matin, toutes les questions qu'il voudrait poser au père se retirent et s'accumulent, comme une autre marchandise, qui les accompagne sans emballage ni possibilité de réponses.

Parfois, dans les gros villages, ils participent aux courses et autres festivités. Le père joue aux osselets et aux cartes, gagne et perd. Devant le feu, il étale son talent de ménestrel comme il a exhibé sur les pistes sans nom du pays intérieur celui de traqueur et d'éclaireur. « Plus créole que la majorité des gens », dit-on de lui avec justesse, bien que les yeux bleus et la barbe rouge semblent le démentir, et qu'on l'appelle aussi, comme on a appelé son grand-père (un *highlander* de l'Écosse), Brauton l'Anglais.

Au retour, la charrette de Pedro Brauton s'attarde, seule, dans une localité du Sud. Les autres, longeant toujours le Colorado, se joindront ensuite à eux pour faire route en direction d'El Azul. Les Brauton descendent devant une maison basse et spacieuse, aux murs d'adobe blanchi et au toit de paille à deux versants. Une flopée d'enfants vient à leur rencontre, si nombreux qu'il est difficile de les dénombrer (Carlos en compte neuf). Il y a quatre garçons plus âgés que lui, quelques-uns peut-être du même âge et d'autres plus jeunes, et trois jeunes filles ; l'une d'elles a des taches de rousseur et des tresses rouges. Son père n'est pas un inconnu pour cette troupe de couleurs différentes aux manières paisibles, qui s'approche pour lui demander la bénédiction. Une femme apparaît à la suite des enfants. Aux yeux de Carlos, elle n'est ni jolie ni laide, ni triste ni joyeuse. Elle n'a pas la peau soyeuse et brillante de Sumaí, ni le sourire qui s'offre facilement aux créatures du monde. Elle n'est pas non plus hautaine, arrogante, resplendissante, comme la mère de Carlos, Luisa Mujica. Elle attend sagement avec ses enfants – peut-être parce qu'elle puise en eux sa force – que Pedro Brauton s'approche et l'embrasse avec une affection discrète. La femme – qui s'appelle Elvira – salue de loin Sumaí, comme si elles se connaissaient, et regarde Carlos, sans curiosité ni émotion, jusqu'à ce que son père lui prenne la main et le présente. Elle l'embrasse sur le front.

Les jours suivants s'écoulent rapidement et sans contraintes. Sumaí aide la maîtresse de maison aux travaux de la cuisine, Carlos apporte le bois de chauffage de la montagne et mène paître les brebis, routine qui tourne parfois au jeu. Pour rire, il simule un duel avec le garçon de son âge qui lui ressemble mais en mieux : ils ont les mêmes traits et les mêmes yeux célestes, mais l'autre a les cheveux lisses et doux d'Elvira, pas l'écheveau bouclé, difficile à peigner, que Carlos a hérité tant de l'Anglais que de Luisa Mujica. Il se distrait en tressant une courroie, et l'offre à la petite fille rousse pour son poney.

Quand ils partent, les dernières marchandises de la charrette (sauf celles qui appartiennent à Sumaí) restent dans la maison d'adobe. Le jour du départ, Pedro Brauton remet à la femme de la maison une bourse pleine d'écus, part appréciable de ses gains de commerce. La même scène se répète dans la montagne de la Ventana, une fois arrivés aux huttes du cacique Pérez. Sumaí et Pedro Brauton prennent congé avec réserve. Il embrasse ensuite la tête de son fils dont les cheveux ont poussé, épais et frisés, et lui met dans la bouche un carré de sucre.

Carlos et Pedro reviennent à El Azul. L'enfant – qui se sent moins enfant après ces deux mois de voyage – décide d'écarter définitivement les questions, peut-être parce qu'il sait déjà qu'à toute connaissance s'ajoute une douleur. Ils passent par un champ que les paysans ont fait brûler pour stimuler la repousse de la *gramilla*[3] et du trèfle.

« Quand tu deviendras un homme, mon fils, tu verras qu'on ne fait pas tout ce qu'on veut, et non plus tout ce que l'on doit faire. L'amour attrape le chrétien niais comme si c'était un pluvier doré, mais aussi niais soit-il, et même s'il se soumet à cette plus

---

3. Plante rampante de la famille des graminées dont certaines espèces sont utilisées comme fourrage.

forte volonté, un homme ne peut pas oublier qu'il a déjà d'autres engagements. »

À onze ans, Carlos sait faire les comptes. La femme de la maison d'adobe semble avoir été, sans doute, le premier engagement, certainement inéluctable. Sumaí, une commerçante associée et compagne de voyage, aura ensuite fourni les trois enfants qui ont poussé avec facilité au bord du chemin, en plus de ses plumes, cuirs et tissus. À Luisa Mujica, sa mère, incombe probablement le rôle de l'amour qui attrape les chrétiens comme des pluviers.

« Le principal, mon fils, c'est que tous vivent, qu'ils ne soient pas abandonnés et dans le besoin. Au moins, soupire-t-il, c'est ce que j'apporte. »

Carlos ne répond pas. Ils se sont toujours contentés de peu. Du travail quotidien de Luisa, et de ce que Pedro apporte, bien que le grand-père de Luisa, don Juan Montiel, soit un riche propriétaire terrien. La mère et Pedro Brauton cultivent l'orgueil. Pendant des années, Brauton est obstinément allé rendre l'agneau qu'un ouvrier de Montiel leur laissait à l'entrée de la cabane, à l'aube.

Dans le champ qu'ils traversent, on noie les tanières des viscaches. Certaines de ces petites peuplades enfouies sous la terre sont composées de cinquante ou soixante rongeurs. Carlos Brauton sait qu'il n'y a pas d'autre remède. Autrement cette espèce de lapins au poil soyeux mangerait tout le nouveau pâturage sans rien laisser pour le bétail. Cependant, il a le cœur serré d'amertume devant l'injustice. Dieu n'a-t-il pas créé les champs immenses pour toutes ses créatures ? Le Seigneur n'aime-t-il pas par-dessus toute chose la surprenante et extraordinaire variété des êtres ? Les rongeurs devraient-ils être sacrifiés pour le bienfait des grosses bêtes maladroites qui finiront de toute façon à l'abattoir ? Il y a – il devrait y avoir – dans ce monde de la place pour tous.

À mesure qu'ils s'approchent de la maison d'El Azul, Pedro Brauton fredonne des chansons tristes et des *cielitos*[4]. Luisa Mujica aime la musique autant que lui ; Carlos les imagine chantant ensemble, comme tant de fois. Les autres charrettes sont demeurées dans la

---

4. Danse créole très ancienne. Née sous l'influence des contradanzas européennes, elle s'est répandue dans les milieux ruraux à l'époque des guerres de l'Indépendance.

ville ou les hameaux voisins. Ils roulent maintenant seuls sur le chemin du roi et dévient rapidement sur une piste qui les mène à l'intérieur. Carlos est le premier à voir l'ombú qui continue de croître démesurément à l'entrée de la ferme, et dont le tronc aux courbures fantastiques a servi de cabanes à ses frères et lui. Apparaissent ensuite les peupliers que son père a plantés peu de temps après le mariage, comme refuge contre la brutalité des vents et du soleil, et qui sont déjà aussi hauts que les autres enfants. Enfin, au lieu de la silhouette de la mère à côté du portail, Carlitos aperçoit un énigmatique chariot chargé de paquets, auquel on a attelé le meilleur cheval de l'écurie.

Le père donne aux bœufs l'ordre d'arrêter. Ils descendent tous deux. Pedro Brauton a enlevé son chapeau et se passe les doigts – peut-être avec plus d'inquiétude que de vanité – entre les grosses boucles de sa chevelure cuivrée. Carlos, comme les petits cerfs piégés par le chasseur, sait qu'un grand danger approche et qu'il sera implacable, bien qu'il ne puisse préciser sa nature.

« Que se passe-t-il, mon amour ? demande Pedro Brauton, presque avec révérence. Tu ne sors pas pour nous recevoir ? Tes hommes sont arrivés fatigués et affamés, mais avec de l'argent frais. »

C'est à ce moment que la tête blonde, furieuse et crépue de Luisa Mujica apparaît dans le cadre de la porte. Sa mère ne le prend pas dans ses bras et ne l'embrasse pas comme les autres jours. Elle l'éloigne brusquement de Pedro Brauton, et le place derrière sa jupe qui vibre et tremble dans l'air, comme elle.

« Donnez-moi mon fils, mauvais homme, et partez avec tous les autres que vous avez semés ici et là. »

Le père s'approche. Il essaie de la toucher. Il serait inutile de manier les mots que le mensonge gaspille et détériore.

« Ne vous fatiguez pas, je sais déjà tout. Je sais que vous aviez une femme et des enfants, quand vous vous êtes marié avec moi, et que, comme si ce n'était pas assez, vous en avez cherché une autre, pour ne pas aller seul par les chemins. Ne me demandez pas de vous pardonner, parce que ça m'est impossible. Tous vos effets personnels sont chargés dans la charrette. Prenez-les et allez-vous-en. »

Pedro Brauton regarde Carlos, qui se serait approché si ce n'était les doigts de sa mère qui le retenaient.

« Ne venez plus pour ces enfants, ils n'ont pas besoin de vous. Je peux les élever et m'occuper d'eux toute seule. »

177

Ce n'est que lorsque Pedro oriente la charrette vers le chemin du roi que Carlos Brauton trouve en lui-même le courage de le suivre, malgré sa mère, à travers champs.

Les autres le suivent aussi : son oncle maternel, Albano Mujica, et le père de sa mère et de son oncle, don Faustino del Rosario, mais non pas avec les mêmes intentions. Albano lui coupe le chemin avec son pommelé, l'insulte et le défie. Les deux hommes se frappent avec les couteaux et le sang tache les deux ponchos d'une couleur indélébile. Peut-être qu'Albano aurait tué Pedro Brauton n'eût été le cri de supplique de son neveu préféré, et la douleur qui lui broie la clavicule.

Brauton parvient à monter le pommelé de son agresseur. Avant de s'effacer dans la mémoire de la plaine, il lui jette aux pieds, pour le fret, sa ceinture d'or et d'argent.

Estancia Le Sayús, 1905

La fête sent la grillade, le cuir et la graisse fondue dans laquelle on fait frire pâtisseries et chaussons. Ça sent le fenouil et le thym, le cumin et le laurier. Les odeurs lient dans un nœud lâche et consenti les ouvriers agricoles et les notables voisins d'Olavarría.

Une voiture de promenade arrive avec des boissons fraîches, parce que l'assistance dépasse les prévisions. Le commissionnaire, nouveau au village, demande le majordome. On lui montre, à sa grande surprise, une grande femme blonde qui surveille à côté du gril la cuisson des génisses.

Luisa Mujica reçoit les bouteilles et paie la note. Il ne manque plus rien maintenant. Tout est en ordre, du moins pour les autres, car elle n'a pas de mari et ses deux fils aînés, Carlos et Dionisio, lui manquent. Ils ont dû être élevés par leurs oncles et grands-parents maternels parce que l'estancia qui l'emploie n'a pas voulu leur accorder le gîte. Ou c'était suffisant qu'on se soit risqué à donner le poste de majordome à une femme ? Même si cette femme savait dompter, prendre au lasso et marquer comme tout gaucho expérimenté. Même si elle savait mieux compter et qu'elle avait lu plus de livres que la plupart des maîtres.

Cependant, Luisa Mujica ne se plaint pas. Comme l'héroïne de son roman favori : *Le capitaine Veneno,* elle croit que les femmes n'ont pas reçu de bulle papale pour les dispenser de la dignité et du courage : deux devoirs qu'elle ne considère pas virils, mais simplement humains. C'est pourquoi elle a repoussé son faux mari et a refusé de vivre sous la protection de ses parents et de son grand-père, qui s'étaient opposés à son mariage avec un étranger habillé comme un gaucho, inconnu, sans terre ni argent.

Elle ne se plaint pas. Elle ne se repent pas non plus. Parfois elle pense, en son for intérieur, qu'elle choisirait de nouveau Pedro Brauton, comme elle l'avait choisi ce matin-là de l'année soixante-dix-neuf, à seize ans, quand il était arrivé à la maison comme traqueur engagé dans la milice de Roca. Elle pense qu'elle croirait encore à l'éloquence sans rhétorique de sa musique, qu'elle irait de nouveau le retrouver dans l'obscurité propice aux invasions de la guerre et de l'amour. Qu'elle s'enfuirait une fois de plus pour finalement se marier, sous les bénédictions indignées de son conseil de famille, dans l'église d'El Azul. Elle accepterait avec délice ses biens uniques : les sens aiguisés du cheval ou du jaguar pour s'orienter dans la circonférence exaspérante du désert, la joie qui marque les pas de danse sur la routine du travail, des mains capables de transformer un corps en guitare. Peut-être même qu'elle aurait accepté les autres femmes, les autres enfants, si Pedro Brauton avait eu le courage de lui révéler cette vérité au lieu de la souiller et de se protéger avec la tromperie, qui est une autre forme de lâcheté et de mépris.

Luisa organise le service de la nourriture. Elle voit à tout, aussi bien aux tables décorées où mangent la famille Sayús, le curé et le gouverneur, le médecin, les maîtres, le propriétaire du journal, le commissaire, qu'au hangar où les ouvriers et les indigènes reçoivent la viande juteuse sur le pain frais et que le plateau de pâtés à la viande passe de main en main.

Le déjeuner terminé, elle accepte même de danser une *chacarera*[5] avec le médecin, qui est maintenant veuf et qui la regarde avec des yeux matrimoniaux. Mais elle a déjà décidé qu'il n'y aurait pas d'autre homme et encore moins d'autre mari, après

---

5. La *chacarera* est une musique et une danse traditionnelles originaires du nord de l'Argentine (provinces de Catamarca, Salta, Tucumán, Santiago del Estero et Jujuy). Elle se danse aussi dans le sud de la Bolivie (région du Gran Chaco).

Pedro. Peut-être parce qu'aucun ne peut se comparer à lui. Ou parce qu'elle a pris l'habitude de vivre comme elle vit et d'être maîtresse d'elle-même. Toutefois, cette liberté laborieuse a un prix qui la fait souffrir : les deux enfants qui sont déjà presque des hommes, et qu'elle n'a pu conserver auprès d'elle.

Elle se met à faire des étincelles sur le plancher avec le talon pointu de ses bottes du dimanche. Elle ferme les yeux, tandis qu'elle tourne. Elle imagine que c'est une autre voix qui lui chante à l'oreille la *chacarera*.

Olavarría, le 24 décembre 1945

Dans la maison de don Carlos Brauton, face au Prado español, on prépare en plein air, sous les figuiers du patio, les tables pour la nuit de Noël. Bien qu'enclin aux plaisanteries, Brauton est, sans aucun doute, un homme respecté : sergent de police, chargé du chemin de fer du Sud. Les aubes le trouvent parcourant préventivement les quais avec Puma, un chien plus brillant que beaucoup de chrétiens, et sans doute d'une meilleure nature.

Brauton regarde les lieux vides qu'occuperont bientôt les invités, parents, amis, protégés. Une petite multitude qui pourrait presque former un village. Albano Mujica, l'oncle qui l'a emmené à sa maison de Hinojo quand Luisa a commencé à travailler à l'estancia Le Sayús, sera présent avec les siens ; de même que ses autres oncles : Dionisio, José, Julián ; ses frères, Marta et Sergio, avec leurs nombreux enfants ; ses beaux-frères et ses neveux viendront depuis la Sierra Chica.

Bien sûr, il ne manquera aucun de ceux qui vivent dans sa modeste maison de brique rouge, qui n'est pas grande – trois pièces, une cuisine, un bain avec douche –, mais qui, comme les pains et les poissons du Sermon sur la montagne, peut tous les accommoder : ses deux belles-mères : doña Justiniana, celle du premier mariage avec la malheureuse Ramona Robledo, et doña Juana Báez, celle de son deuxième mariage heureux avec Juanita Crespo, qui continuera de soutenir comme toujours l'autre côté de son monde depuis la place d'honneur qui lui fait face ; sa belle-sœur Águeda, sa mère, Luisa Mujica, retirée de la charge de majordome, qui a quatre-vingts ans et monte encore à cheval ; ses sept enfants : Faustino del Rosario et Blanca, nés de Ramona, et les filles qu'il a eues avec Juana : Pasión, Nelly, Gladys Mabel, Juana Mercedes, María del Carmen.

Aux enfants et aux beaux-parents naturels s'ajouteront les adoptifs. Les garçons qu'il a surpris à voler du charbon dans les dépôts du chemin de fer, sans autre protection que leurs mères veuves ou abandonnées, que Carlos Brauton a installés dans le champ qui entoure sa maison, dans des maisonnettes d'adobe, parfaitement blanchies, où l'on ne lésine pas sur le feu et l'affection. S'assoiront aussi à la table les vieillards qui partagent une autre cabane, près des garçons. Brauton les a sauvés de la mendicité dans les chemins, de la faim et du froid, mais il les a surtout préservés de l'indigence suprême : mourir seuls.

Toutes ces présences ne lui suffisent pas, cependant. Manquent les morts, bien sûr : son frère aîné, Dionisio, qui se réveilla avec une balle dans la poitrine derrière les Sierras Bayas ; son grand-père, le premier Faustino del Rosario, ses beaux-pères don Felipe Robledo et don Romualdo Crespo. Mais manquent aussi, et manqueront toujours, un père, une guitare, douze frères, créoles et indiens, qui se sont perdus sur le chemin du Colorado. Et la femme qu'il a connue pendant le voyage où il a commencé à devenir un homme, qui n'était pas de son sang, mais qui a ébloui ses yeux avec les anneaux en argent où se reflétait la lumière du sel.

Les premiers plats arrivent : poules et canards en charcuterie, assaisonnés d'ail et de persil, pâtés à la viande et au maïs, et pains frais sortis du four. Les invités prennent place. Les visages chéris regardent Carlos Brauton à la lueur des lanternes, des lampes à huile et des flacons de lucioles qui condensent les lumières errantes de la nuit. Il regarde sa mère qui lui rend, avec fermeté, un regard clair. Il regarde Juanita, sa femme, qui lui sourit et lui montre un livre des yeux. Il regarde au loin le vide qu'ont laissé des bras et un sourire, plus de quarante ans auparavant. Il ouvre ce livre que se sont transmis les générations. Il lit : *Dans la maison de mon Père, il y a plusieurs pièces ; sinon, je vous l'aurais dit ; je vais donc vous aménager un lieu. Et une fois parti, après vous avoir aménagé un lieu, je viendrai encore une fois, et je vous emmènerai avec moi, pour où que je sois vous y soyez vous aussi.*

181

Il ferme la bible et demande la bénédiction pour les délaissés et les déshérités de la terre. Pour que tous aient un lieu dans un monde étranger. Pour que personne ne soit exclu de la maison et de la table, et spécialement, de l'amour du Père. Pour que pleuve et brille le soleil sur les justes et les pécheurs, et que se multiplient les pains et les poissons.

La jeune fille morte d'amour au pays du Diable

Là tu es atteinte du tourbillon du démon
De cela ton cœur est malade.
Tu es touchée par le messager du
tourbillon du démon,
De cela tu es restée.

Frère Félix José D'AUGUSTA,
« Canciones de machi », Lecturas Araucanas.

Huecuvú Mapú, le pays du Diable (1ᵉʳ avril 1919)

« C'est le lieu où vit le *Huecuvú* », dit la *machi* des Voroganos[1], qui arrivaient du Chili, devant les plages de salpêtre éblouissant et les rochers désolés, mais non sans âme, du lieu que les chrétiens nommaient « Bahía Blanca », sur la mer océane. Ces pierres avaient au contraire une âme incontrôlable, chaotique, capable de mouvements inquiétants et anormaux, bien qu'elles semblassent parfaitement insensibles. Tout enfant du pays pouvait percevoir cette palpitation sinistre – le *Huecuvú* –, invisible aux *huincas* (ceux de l'extérieur, les barbares), qui ne pouvaient que peser, mesurer le monde et le diviser en pièces détachées comme s'il ne s'agissait pas d'une gigantesque créature vivante. Les Voroganos ne voulurent pas

---

1. Aborigènes mapuches de la région de Voro-hué, « lieu des os » au Chili.

183

partager le territoire avec les Pampas qui rôdaient dans cet espace diabolique, érodé par les vents. Ils préférèrent se déplacer vers les lagunes de Guaminí et de Masallé, et vers Salinas Grandes que leur ennemi Calfucurá transformera plus tard en quartier général d'un vaste empire guerrier.

Dix ans plus tard, en 1828, le colonel Ramón Estomba, envoyé à Bahía Blanca par le commandant général de campagne don Juan Manuel de Rosas pour y établir un fortin et un village, se limita à exécuter avec enthousiasme les instructions précises qu'il portait, sans rien dire. Non pas parce que Bahía lui semblait un endroit plus agréable, mais il considérait que c'était l'obligation pour tout bon soldat chrétien de dompter les forces naturelles et de devenir un artisan héroïque du Destin. Ainsi le *Huecuvú,* sans cesser d'être en vie ni de provoquer la discorde et de soulever des passions aussi rebelles que les vagues qui s'écrasaient contre les rochers, fut aussitôt l'objet de l'indifférence la plus crasse et la plus dangereuse.

Un siècle après l'arrivée des Voroganos, les derniers vestiges du fortin d'Estomba avaient complètement disparu à l'intérieur d'une localité qui ambitionnait de se transformer en grande ville et qui pour cela trouvait indispensable d'effacer de toute mémoire les habitants du Désert, qu'ils soient Fortineros, Vorogas ou Ranqueles.

Un siècle après ces faits, au début de l'automne de 1919, Carolina Beltri visitait pour la deuxième fois ce site ignoré et prétentieux du sud du monde. Encline à la lenteur et à la nostalgie, elle parcourait la Promenade dans une voiture attelée de location, bien qu'elle eut pu se faire conduire dans une automobile neuve. Elle était couverte, un peu exagérément, d'un bouclier compact de peaux et de cachemires. Les dames de Bahía qui la croisèrent en chemin ne critiquèrent cependant pas sa toilette. À leurs yeux, au moins deux bonnes raisons la justifiaient. Elle était d'abord l'étoile d'une compagnie d'opérette. Comme ces dames le savaient, les artistes ont des besoins et des habitudes extravagants qui les distinguent du reste des mortels, et en particulier des mortels décents ; la décence de Carolina Beltri, encore très jeune, semblait toutefois sauve grâce à la tutelle féroce de son père : un Espagnol veuf et irascible. La deuxième excuse venait de son origine. Carolina avait été élevée à Cuba, à proximité des douces plages des Caraïbes, à l'ombre des palmiers, là où il fait toujours chaud, dans un univers quasi décoratif. Il était impossible qu'elle s'habituât au vent glacé de l'Atlantique, où le soleil irradie à peine une feinte chaleur, lointaine et somptueuse.

Bahía Blanca ne pouvait pas rivaliser avec la grâce raffinée et antique de La Havane, mais la jeune Beltri appréciait ses mérites particuliers, comme ses efforts émouvants, obstinés pour monter dès que possible dans le train du Progrès depuis les quais anglais de la gare du Sud. Ardemment, la ville polissait et améliorait son visage de carte postale moderne. Aujourd'hui, on y ajoutait une banque, demain ce serait une bibliothèque, plus tard une école de commerce. Apparemment invulnérables au *Huecuvú,* les immigrants se multipliaient, retranchés, comme en un exorcisme involontaire, derrière les diverses sociétés de secours mutuel – espagnole, anglaise, française, allemande, basque.

L'un des joyaux de cette modernité laborieuse, le Théâtre Colón, annonçait la première de l'œuvre *La Duchesse du bal Tabarin.* Carolina regarda une photo d'elle-même vêtue du costume de Frou Frou, la duchesse de Pontarcy. Ensuite, et malgré les protestations de sa sœur Josefina, qui aurait préféré une tournée des vitrines de la rue San Martín, elle demanda au cocher de les emmener sur la côte.

Une fois arrivée, elle décida inexplicablement de démentir ses vêtements d'hiver. Elle enleva ses souliers neufs et descendit sur la plage, sans se soucier des cris de Josefina (« Es-tu folle ? Tu te crois à Cuba ? Si tu n'attrapes pas une pneumonie, tu vas chanter comme une poule qui caquette. Allons, la première est dans trois jours ! »).

Carolina Beltri avait confiance en sa bonne constitution physique et, pour cette raison peut-être, ne se préoccupait pas de sa santé. Elle laissa les aiguilles du salpêtre lui blesser les pieds, au risque de déchirer ses jolis bas. La baie lui apparaissait d'une beauté désespérée et, en cela, pour elle, réconfortante. C'était ici qu'elle était venue la dernière fois avec lui. Maintenant, ce bonheur était impensable, gardée comme elle l'était par sa sœur qui exécutait inflexiblement les ordres paternels.

Elle laissa le vent de l'océan la décoiffer et presque la maltraiter. Elle résista jusqu'à ce qu'elle soit transie par la bruine des

185

vagues, qui picotait sa peau de sel. Elle embrassa les rochers et se mit à pleurer, avide et secouée, comme s'ils lui révélaient quelque chose d'ignoré et de terrible en soi.

La mort et la jeune fille (du 3 avril au 14 mai 1919)

Jeudi, 3 avril 1919

La fillette pénètre dans la chambre des invités, qui s'est transformée en atelier d'illusions. Il n'y a plus de meubles. Ou plutôt, il est impossible de les voir sous les mètres de soie, de taffetas et de velours, sous les bonnets, les chapeaux, les souliers, les bijoux, faux et authentiques, les dentelles fines et les rubans à paillettes.

Les sœurs Beltri, minutieuses, revoient les derniers détails de la garde-robe qui dans quelques heures remplira la scène du mirage lumineux de villes lointaines et de destins fabuleux. Carolina, qui est de surcroît la directrice de la Compagnie Beltri, donne des directives à sa sœur. De temps à autre, elle est interrompue par une toux de poumons congestionnés qui enrage Josefina, comme si tousser était un acte délibéré et insultant.

La petite fille s'assoit sur le seul espace libre, une banquette, dans un angle de la chambre. De là, sans gêner et sans être vue, elle peut admirer Carola – si belle et aussi importante qu'une actrice de cinéma, et qui est cependant son amie. Les vêtements sont ordonnés en un rien de temps. Les costumes reprennent la forme des cintres, et réclament d'urgence un corps humain qui leur donne du sens. Un ou deux sont mis de côté pour être reprisés.

« Gargarise-toi avec de l'eau tiède et du miel. Étends-toi une heure si tu veux, et couvre ta poitrine.

– Ne t'en fais pas. Tu as vu que tout était normal pendant la répétition. Tout ira bien.

– C'est ce que tu crois. C'est lorsqu'on s'y attend le moins qu'il nous sort un couac. Si tu m'avais écoutée, au lieu de faire la folle… Je ne sais pas ce que tu as dans la tête, ou ce qu'on t'a mis dedans. »

Des coups à la porte interrompent les reproches de Josefina. La fillette s'anime. Carola ne peut mériter la moindre réprimande, et encore moins de la part de sa sœur, antipathique comme ces bonnes élèves qui ont les tresses plus raides qu'une salopette et sont toujours prêtes à rapporter à la maîtresse le comportement d'autrui.

La tête d'Antonio Monjardín, acteur principal de la Compagnie, apparaît par la porte entrebâillée. Il fait signe à Carola. Comme dans un aparté de théâtre, ils s'éloignent de Josefina et, à la grande déception de la fillette, on n'entend pas leurs voix. Depuis la banquette, elle parvient à voir un bout de papier plié qui passe des mains de Monjardín à celles de Carola.

« Je reviens dans un moment, Fina.

– Qu'est-ce que je réponds si père me questionne ? Que tu es allée te reposer dans la maison d'à côté ?

– Je t'ai déjà dit que je reviens à l'instant. »

Josefina remarque qu'elle est maintenant seule avec la petite fille.

« Que fais-tu ici, petite ? Ne dois-tu pas étudier ?

– J'ai déjà fait mes devoirs.

– On te donne peu de leçons à ton école. Ça fait trois heures que tu es assise là comme un poteau.

– Je n'aime pas l'école.

– Dieu donne du pain à celui qui n'a pas de dents. Moi, j'aurais aimé étudier et vivre tranquille au lieu de faire le tour du monde derrière mon père et ma sœur. Maintenant, je serais déjà maîtresse d'école, et peut-être serais-je mariée et aurais-je des enfants. Et ils marcheraient droit avec moi ! »

La petite fille pense que Dieu est sage et sans doute plein de bonté de ne pas avoir permis que d'innocentes créatures aient Josefina comme mère ou maîtresse.

Elle s'apprête à le dire quand la voix de sa mère l'en empêche.

« Encarnita, c'est l'heure du goûter. Ensuite, il faut se laver et s'habiller pour aller au théâtre. Tu ne voudrais pas manquer la première, n'est-ce pas ? »

Encarnación sort de la chambre. Tandis qu'elle descend l'escalier, elle croit entendre des bruits au sous-sol. Bien qu'on ne puisse rien voir par la fente de la porte, la voix qui murmure, mêlée de baisers et de gémissements, est celle de Carolina.

Samedi, 5 avril 1919

Monsieur Marín lit les coupures de journaux étendues sur la table avec autant de délices que s'il mangeait des friandises. Il ne lit pas pour lui-même : il partage généreusement son plaisir avec son épouse et sa fille.

Encarnación reçoit la joie de son père, qui illumine la pièce d'un pétillement de feux d'artifice.

« Un franc succès, mes chéries ! Un théâtre bondé et des éloges unanimes. Que demander de plus ?

– Nous ne pouvons demander davantage. Mais je sens que Carolina n'est pas heureuse.

– María, la petite n'a jamais aussi bien chanté…

– Ce n'est pas tout de chanter, nous savons que le malheur inspire les artistes.

– Et quels malheurs vit-elle, cette créature ?

– Lesquels peut-on avoir à vingt ans ? Des amours déçus.

– Avec son ogre de père, cela ne m'étonne pas.

– Encarnita, pourquoi ne vas-tu pas voir si la cuisinière a préparé le déjeuner ? Avec autant d'invités, nous allons manquer de provisions.

– C'est dû aux caprices de Beltri. S'il n'était pas si obsédé par la moralité de ses filles, ils ne logeraient pas dans cette maison, mais à l'hôtel comme tout le monde. »

Du regard, sa mère lui intime l'ordre de sortir de la pièce. La fillette ferme la porte derrière elle. Il y a des sujets que les grandes personnes ne veulent pas aborder en sa présence, comme si elle n'avait pas suffisamment de discernement pour se rendre compte de l'évidence : que monsieur Beltri est un énergumène, et que Carola est triste par sa faute. Il avait réussi avec Josefina, à qui il ne manque pour lui ressembler que les moustaches en forme de guidon de bicyclette, bien que – il ne faut pas perdre espoir – elles pourraient pousser avec le temps.

Encarnación se réjouit que son père soit impresario de théâtre, et qu'il soit si différent de tous les autres parents qu'elle connaît. Qu'il lui permette d'aller à la plupart des premières, même si elle doit aller à l'école le lendemain. Qu'il la laisse converser avec les cantatrices et les actrices, et entrer dans les loges, et même essayer les costumes magiques qui ouvrent la porte à d'autres mondes possibles. Monsieur Marín aime lui aussi les costumes et les masques, le plaisir immense, démesuré, de jouer à être tout et à faire tout, au-delà du destin, petit et insignifiant comme le modeste pavillon de banlieue – si loin du centre, si étranger à l'aventure, à la gloire ou au pouvoir – habité par la majorité des êtres humains. Encarnación pressent que son père a renoncé à être acteur parce qu'il se croyait dépourvu du talent nécessaire. Mais il n'a pas renoncé au jeu ni aux bizarres costumes de scène, comme semble le prouver la grande photographie suspendue dans son bureau, où brillent sur sa poitrine, comme une espèce de bavoir, deux longues bandes saturées de dessins rares et amusants que les adultes nomment, avec un sérieux religieux, « symboles maçonniques ».

Dimanche, 20 avril 1919

Encarnación n'arrive pas à dormir. Dans sa tête s'entremêlent chansons d'amour, salves d'applaudissements, boas de plumes, kimonos de satin et jeux de cartes. Un almanach d'éclairages vertigineux qui reflètent les merveilleuses rotations de la Terre. Cependant, Carolina Beltri, celle qui peint soir après soir pour elle ce tableau magique, ne pense pas à autre chose que s'asseoir sur les rochers des plages de sable blanc de la baie, face à la mer qui dissout toutes les lamentations et convoque, par son énorme voix, toutes les voix.

La petite fille l'accompagne parfois dans ces promenades mélancoliques, aux côtés de l'incontournable Josefina. Elle la questionne sur les pays qu'elle a connus, la taille des théâtres, la langue et la couleur des autres nations. Mais Carola discrédite d'une larme et d'un mouvement de tête toute la variété exubérante et bruyante du vaste monde.

« Ma petite fille, tous les pays sont gris, toutes les langues sont indifférentes et incompréhensibles si l'on ne peut pas être heureuse.

– Pourquoi ne vas-tu pas pouvoir être heureuse ? l'interrompt Josefina. À cause de ce sot ? Et si père avait raison ? Et s'il voulait seulement profiter de ton talent pour t'emmener loin de nous et fonder une nouvelle compagnie ?

— Et si nous faisions cela ? Je dois quand même m'émanciper un jour.

— Et père ?

— Ne s'est-il pas remarié avec Ángela ? Ángela ne veut-elle pas être la vedette exclusive ? Elle serait bien contente que je disparaisse. »

Soudain, Josefina se lève et entoure de ses bras les épaules de sa sœur.

« N'as-tu pas pensé à moi ? Que deviendrais-je sans toi ? Je n'aime même pas le théâtre. Je deviendrai une vieille fille à la merci du mauvais caractère de papa et des caprices d'Ángela. »

Encarnación remarque, perplexe, que de grosses larmes, sensibles, tout à fait humaines, mouillent les joues de Josefina, lavent et font briller ses yeux bleus, très beaux quand ils ne rapetissent pas dans la colère ou les remontrances.

Bien qu'il fasse froid, la fillette étouffe sous les couvertures. Le lendemain, toujours trop vite arrivé, il faudra aller à l'école. Avant qu'elle ne ferme de nouveau les yeux, le miaulement d'un chat déchire, toutes griffes dehors, l'épaisse moquette de l'obscurité. Encarnación se lève, écarte les rideaux et regarde par la fenêtre.

Quelqu'un sort de la maison d'à côté, où sont logés les autres membres de la compagnie, et saute le muret qui sépare les cours des deux logements. La petite fille plisse les yeux jusqu'à ce qu'un mouvement opportun des nuages déverse la lune entière sur le visage du voisin intrus. Elle reconnaît Franco Gil Sáenz, le chef d'orchestre de la Compagnie Beltri. Le clair-obscur fait ressortir les cheveux noirs peignés vers l'arrière et le profil à la Valentino qui provoque un cortège de soupirs chaque fois que les adolescentes se massent pour le regarder, à la porte du théâtre. Il n'y a que cela : des regards ; le musicien est un homme réservé et sérieux qui préserve, telles des joyaux dans un étui en velours, les richesses élusives de sa vie sentimentale.

Monsieur Gil attend quelqu'un. De temps à autre, il se frotte les mains, pour neutraliser l'air inhospitalier de ce monde extérieur. Enfin, un amas de soie apparaît à la porte de la cuisine.

Les deux silhouettes s'embrassent. Encarnación les regarde par la fenêtre, rapetissées et lointaines, comme si c'était des poupées enfermées dans une boîte de verre. Ou des créatures océaniques, mystérieuses et étranges, capturées au fond d'un aquarium. Derrière le verre de la haute fenêtre, les sons se taisent et la vitesse des mouvements ralentit. Encarnación tire les rideaux et les abandonne à la lenteur amoureuse du sommeil. Chaque geste se condense et s'arrête dans une sculpture de lumière et d'ombre, avec les poids et les volumes charnels qui seront toujours gravés dans la mémoire de la nuit.

Samedi, 3 mai 1919

On nous rapporte que Mlle Carolina Beltri a souffert hier soir d'une grave intoxication. Son état était toujours considéré comme critique en fin de nuit, et il est maintenant assuré qu'elle ne pourra pas travailler pendant quelques jours. La représentation de Petite patrie *ainsi que la première de* L'araignée bleue *ont donc été annulées. Le chef d'orchestre et directeur musical don Franco Gil Sáenz et l'acteur principal de la Compagnie Beltri, don Antonio Monjardín ne pourront non plus s'exécuter.*

Une odeur d'hôpital se mêle à celle des fleurs qui ont rempli tous les vases disponibles dans la maison des Marín. Les admirateurs ne cessent d'en envoyer depuis que le malheur de Carolina a été connu. Le docteur Alberto Medús vérifie ponctuellement matin et soir l'état de santé de la patiente.

Des conversations ont lieu à huis clos, inaudibles. Les cris de monsieur Marín, indigné et sanguin, résonnent dans le corridor et la chambre à coucher de la fillette, située près de son bureau.

« Vous êtes un monstre, un arriéré, un obscurantiste ! Vous, vous serez l'unique coupable si votre fille meurt ! »

Encarnación eut plus de difficulté à déchiffrer la réponse de monsieur Beltri, qui n'était pas moins furieux, bien que sa colère soit froide et flegmatique.

« Je ne tolérerai pas que le premier aventurier venu me la ravisse et profite d'elle après tout le temps et l'argent que j'ai investis pour la former.

– Monsieur Gil Sáenz ne m'apparaît pas comme un aventurier. C'est un musicien compétent et expérimenté qui pourrait assurer

191

à Carolina non seulement une belle carrière, mais aussi une bonne vie familiale. Et votre fille est une personne avec des droits, non un vulgaire bibelot que vous pouvez marchander à votre guise. De plus, il ne vous suffisait pas de congédier Gil, pourquoi avoir aussi renvoyé Monjardín ? Vous allez causer la ruine de votre propre compagnie sans l'aide de personne.

— Gil Sáenz voyait ma fille dans mon dos, et Monjardín était son émissaire et entremetteur. Voulez-vous de meilleures raisons ? Vous souffrirez de cela dans votre propre chair quand votre petite fille grandira. Elle me semble assurément trop gâtée et très agitée pour son âge.

— Il ne manque plus que vous me donniez des leçons pour éduquer ma fille. Vous, qui avez amené la vôtre à s'empoisonner ! Faites-moi le plaisir de sortir de ma vue. »

Encarnación passe tout l'après-midi auprès de la malade, qui lui a offert un médaillon de sa mère avec l'image de la Vierge du Rosaire, pour qu'elle ne l'oublie pas. Les autres la nomment déjà « la moribonde » bien que la petite fille ne le sache pas encore. Elle, doña María et la cuisinière se sont dévouées pour la soigner, puisque monsieur Beltri l'a expulsée du sein familial. Les messages de Gil Sáenz arrivent à Carola de la main de madame Marín. De temps à autre, Josefina réussit à éviter l'interdiction paternelle et entre dans la chambre où le sang de Carola continue de circuler, malsain, irrémédiablement contaminé par le bichlorure de mercure qui illumine les veines du froid distant et silencieux de la lune décroissante. La maîtresse de maison doute de l'opportunité de ces visites : Josefina passe des reproches aux larmes, et ses pleurs erratiques, hors de toute raison, lui font craindre qu'elles finissent par être toutes les deux victimes d'une tristesse sans nom.

Un après-midi, une vieille femme se présente sur le seuil de la porte. C'est une Ranquel qui a la réputation d'être une guérisseuse. Marín la reçoit.

« Je veux voir la petite qui chante, monsieur. Je pourrais la soigner.

— Je vous remercie pour votre intention, ma bonne dame. Mais mademoiselle Beltri est déjà entre les mains de la science.

Un excellent médecin s'occupe d'elle. S'il ne peut pas la guérir, personne ne le pourra.

– Les médecins chrétiens ne savent pas traiter avec le *Huecuvú*. Ils sont nouveaux, ils ne sont pas de ce pays. Nous, nous le connaissons depuis des siècles. »

Monsieur Marín rejette poliment la proposition. Il s'enferme ensuite dans son bureau et consulte le programme des représentations où Carolina ne pourra pas se produire. S'il était croyant, pense-t-il, il ordonnerait d'exorciser monsieur Beltri.

Mercredi, 14 mai 1919

Carolina Beltri est morte un dimanche à l'aube. Toute la ville a aussitôt appris la fin tragique de cette étonnante artiste. Le public de Bahía ressentait pour elle une sympathie sans égal. Elle était, peut-on dire, la comédienne soprano la plus applaudie de nos scènes. Cela fut mis en évidence par le défilé du public qui, avide de voir le corps de la jeune artiste, a maintenu une véritable manifestation de deuil devant le salon funéraire.

Monsieur Marín plie le quotidien. Tout Bahía Blanca a en effet défilé au salon funéraire. Moins la famille Beltri, qui s'est volatilisée sans laisser d'argent pour payer les frais des funérailles. Moins Franco Gil Sáenz, dont on n'a pas de nouvelles et qui, pour ce qu'en sait monsieur Marín, ne s'est pas suicidé ni avant ni après la mort de Carolina. Il s'arrangera, comme tous les autres, pour vivre sans elle.

« Apparemment, dit-il à sa femme, il y a toujours plus de Juliette que de Roméo. Au lieu de la broderie et du piano, il faudrait donner des cours aux petites filles pour leur enlever la quincaillerie romantique qu'on leur met dans la tête. Le monde perd une voix et un talent par la faute d'une amourette ! »

Les Marín ont payé un bel enterrement, pompeux, émouvant et fréquenté comme une représentation théâtrale. Monsieur Marín commanda, pour la niche, un couvercle de marbre de Carrare orné dans sa partie inférieure d'un petit pentagramme.

La fillette visite la tombe pendant plusieurs jours, avec le médaillon serré dans le poing droit comme un talisman tandis qu'elle chante à voix basse les notes gravées sur la pierre.

La licorne bleue (Bahía Blanca, 2000)

De chaque côté du pentagramme croissent de fraîches roses rouges. Les écritures se multiplient aussi. Inscriptions, signatures et dédicaces de générations qui ne l'ont jamais entendue chanter. L'un de ces signataires, le collègue et compatriote Silvio Rodríguez, croit qu'au fond, Carolina a préféré mourir parce qu'elle savait que les mortels sont destinés à chercher en vain la licorne bleue, et qu'elle n'a pas voulu se résigner à l'échec.

Avant ces roses et ces inscriptions, il y eut un vase orné de dorures que doña María Varroso, veuve Marín, a placé sur la tombe en 1939. Elle l'a fait à la demande expresse de Franco Gil Sáenz, qui était de retour dans la ville comme directeur musical d'une autre compagnie d'opérette. L'émotion l'a empêché, avait-il dit, d'assister en personne aux funérailles. Le vase a disparu peu de temps après, de même qu'un portrait de Carolina, dont il ne reste qu'une photocopie.

Doña Encarnación Marín, veuve Buscarini, a vécu jusqu'à quatre-vingt-neuf ans pour raconter l'histoire. Confinée dans un fauteuil roulant, elle ne peut plus comme avant s'occuper du monument. Une nièce se charge de changer l'eau des fleurs, de laver le petit rideau de dentelle et de lustrer le marbre, qui n'a pas perdu ses notes et ne résonne qu'au pays du Diable, quand la lune monte, comme si quelqu'un les chantait encore.

L'étranger

*L'appui que ma famille m'a refusé et la
compréhension que mes amis me niaient,
j'ai trouvé tout cela chez cet étranger, il m'a
protégé sans un doute, sans relâche pendant
vingt ans, au bout desquels le dépaysement
et la vie fiévreuse dans un centre qui n'était
pas le sien – Paris – l'ont ravi à mon cœur
et à l'affection de tous ceux qui l'ont connu
et fréquenté.*

Comte Robert de MONTESQUIOU-FÉZENSAC,
Lettre à Juan José de Soiza Reilly,
Caras y caretas,
Numéro extraordinaire, mai 1910.

*... je discernai vite, en effet, chez lui une
intelligence rare et l'une des plus naturel-
lement littéraires qu'il m'ait été donné de
connaître, en ce sens que, sans culture probablement, il possédait ou s'était assimilé, rien
qu'à l'aide de quelques livres hâtivement
parcourus, les tours les plus ingénieux de la
langue. Les gens les plus doués que j'avais
connus étaient morts très jeunes. Aussi étais-je
persuadé que la vie de Jupien finirait vite. Il
avait de la bonté, de la pitié, les sentiments les
plus délicats, les plus généreux.*

Marcel PROUST,
À la recherche du temps perdu,
3 : Le côté de Guermantes

195

I

Paris, le 5 juillet 1905

Friquet appuie sa tête sur la cuisse de son protecteur. La main sort de la manche en soie et caresse les longs poils brillants, domestiqués à coups de brosse. Friquet n'est pas ennuyé par l'odeur lancinante de chloroforme et de pommes pourries qu'exhalent le corps, la main et jusqu'à la voix de l'homme qui lui parle. Il sait que c'est l'odeur de la mort, mais chez les êtres aimés, même la mort ouvre un espace hospitalier.

Friquet pense aux pâturages, au parc d'un domaine lointain, à la neige de Bruxelles qui fondait lentement, comme un paysage de rêve, derrière une fenêtre chauffée par l'éclat du feu. Maintenant, il n'y a plus que l'air immobile de l'été parisien : un paravent asphyxiant et transparent qui sépare le balcon du boulevard Maillot.

Friquet entend une ombre de pas qui importunent le tapis du corridor. Il les reconnaît, bien qu'ils viennent chaussés de babouches orientales qui frôlent à peine le sol, parce qu'il déteste celui qui les porte : le comte Robert de Montesquiou-Fézensac, qui hait aussi Friquet, comme il déteste tous les chiens, et presque tout le genre humain, sauf l'homme agonisant dans le fauteuil de brocart, qui regarde vainement vers la rue.

Montesquiou s'approche du fauteuil. Il replace d'une main affectueuse les deux ou trois boucles fines qui tombent encore sur le front de Gabriel Iturri. Il se retient pour ne pas donner un coup de pied au *griffon bruxellois** appuyé sur la jambe de son ami : il sait que le chien reste jour et nuit aux pieds d'Iturri, assurant la garde avec une loyauté à toute épreuve, pour que la mort ne vienne pas le chercher. Friquet étudie la main soignée que le comte approche du front de Gabriel. Elle sent la lavande et la nicotine, elle est sèche et méprisante ; les ongles légèrement longs, légèrement vernis, brillent un peu. Friquet mordrait avec plaisir les doigts qui s'emparent des territoires flétris de la peau d'Iturri. Mais il sait que son propriétaire trouve réconfort au froid et à la crainte dans cette main, qui n'a de bontés que pour lui.

---

* Les mots suivis d'un astérisque sont en français dans le texte.

Montesquiou tord une pointe de sa moustache. Ensuite, il introduit une cigarette turque dans l'extrémité d'un fume-cigarette qu'il tient entre l'index et le pouce, tournés vers le haut, avec un geste qu'il a breveté dans les cercles les plus *snobs**.

« Mon cher Gabriel, quelle tête tu fais ! La confrérie s'en vient te saluer. Te fais-je apporter un thé ? »

Iturri hoche doucement la tête en signe de refus. Il se met à agiter l'éventail madrilène avec lequel il s'aère de temps à autre, pour compenser l'insuffisance de ses poumons.

« Quand tu seras sur pied, nous irons encore une fois en Allemagne. Il ne me déplairait pas de passer moi aussi quelques jours dans une clinique de Francfort. Ah, Gabriel ! Je pense souvent que tout cela est un déploiement de coquetterie pour que les amis te gâtent. Et si tu n'étais qu'un malade imaginaire ? »

Le sourire confère une douceur surannée au visage de Gabriel. Il serre la main que Montesquiou a glissée sur son épaule.

La clochette de la porte d'entrée sonne.

« Ce doit être l'accordeur. Sais-tu qui vient aujourd'hui te donner un concert ? Rien de moins que le *petit** Delafosse. »

Gabriel sourit de nouveau.

« Tous le reconnaissent comme un grand artiste. Il n'est plus petit maintenant.

– Il le sera toujours devant ta grandeur d'esprit. C'est à celle-ci qu'il doit la protection que je lui ai dispensée pendant des années et qui l'a rendu célèbre. Bon, voyons ce médecin de pianos. »

Le comte file vers la porte avec une vivacité insolente. Mais avant de sortir, depuis le seuil, il regarde Iturri. Friquet le regarde, lui. Dans les yeux bleus, froids, moqueurs, de monsieur de Fézensac, apparaît une émotion généreuse, irrépressible, digne d'un chien. Bien qu'Iturri, de dos, ne puisse pas le voir, le comte détourne le regard pour cacher ses larmes et sort de la chambre.

Gabriel Iturri ouvre la bouche pour capter l'air raréfié et pollué que déplace l'éventail. Il a eu un autre éventail que celui-ci, dans un paysage aussi lointain qu'invraisemblable. Là, dans les jardins illuminés du Collège national de Tucumán, dans la nuit de gala du 9 juillet 1871, Iturri se mire dans le regard des autres, vêtu d'une basquine espagnole et coiffé d'une mantille de dentelle blanche. On ne voit qu'une paire d'yeux derrière le satin et les baguettes que sa main maintient immobiles sur le visage. Il fait trop froid en cet autre juillet austral pour vouloir agiter l'air vif qui transperce la peau de ses poignards de glace. Et ce n'est pas le vol de l'éventail qui importe, mais sa simple présence comme signe d'identité féminine. Personne ne reconnaîtrait le petit Iturri dans ce déguisement parfait, ni ce soir-là ni les jours suivants. Les condisciples commenceront à le connaître (pour son malheur) comme « Marcela », la veuve de la comédie de Bretón de los Herreros, qui a fait éclore les jeunes talents du collège.

Dans cette nuit de honte et de gloire, il y a des feux d'artifice, et jusqu'à un ballon de taffetas embrasé qui vole vers de plus hauts destins, hors des limites provinciales de San Miguel de Tucumán. Gabriel pensera souvent à ce messager vide et brillant, lancé vers les terres inconnues d'une vie plus heureuse ou, du moins, plus libre.

Cependant, la liberté tarde. Les jours de semaine s'étirent en déclinaisons stériles et en exercices d'orthographe qu'il ne finira jamais d'apprendre. Il a quelques amis qui le tolèrent, un amoureux secret et un professeur qui le déteste. C'est un Français arrogant et pauvre qui se sent comme un intellectuel exilé dans la barbarie de l'Amérique. Monsieur Paul Groussac fuit avec dégoût le garçon qu'il imaginera toujours derrière un éventail, enserré dans la crinoline de Marcela. Iturri ose à peine lever les yeux vers cette face de Jupiter Tonnant qu'il ne reverra à l'improviste que plusieurs années plus tard.

Friquet aboie, s'excite, remue la queue. Gabriel entend des saluts et des murmures derrière la porte. Une légère fragrance de myosotis et le vol d'une jupe ivoire annoncent la comtesse de Clermont-Tonnerre. Il essaie de se lever pour lui baiser la main, mais elle l'arrête. Peut-être, craint Gabriel, par dégoût.

« S'il vous plaît, mon cher, reposez-vous. Ne vous dérangez pas. Comment vous sentez-vous aujourd'hui ?

– Monsieur le comte me traite comme si je n'étais pas malade. Il me laisse mourir comme un chien.

– Il traite tous ses amis de la même façon. Et ne vous inquiétez pas, vous n'allez pas mourir. Nous allons tous les deux survivre à ce satané Fézensac. »

Le susdit dépose entre les mains de la comtesse une tasse de thé.

« Puis-je me faire pardonner ? »

La comtesse sourit derrière la voilette imperceptible de son chapeau. Les deux profils dédaigneux, coupants, engagent un duel que personne ne gagnera. Il est impossible de vaincre une femme qui use de toutes les choses et de tous les êtres du monde, mais qui ne s'arrête avec un véritable amour sur aucun. Y a-t-il une seule personne parmi les dames et les gentlemen dissipés et mordants qui fréquentent la maison de Fézensac qui a réellement aimé quelqu'un ? Sur le visage impénétrable et anguleux de la comtesse de Clermont s'imprime un autre visage, tendre et accueillant, maintenant fantomatique, que Gabriel a embrassé une dernière fois quinze ans auparavant. Que dirait la défunte doña Genoveva Zurita de Iturri si elle pouvait voir comment son fils quitte ce monde, dans le petit salon du *Pavillon des Muses** rempli des objets les plus chers et les plus rares des collections d'Europe, en compagnie de nobles non moins extravagants et somptueux, qui sont comme les pièces d'un autre genre de collection ?

Friquet lèche la main d'Iturri qui ne lui caresse plus la tête et qui pend, comme un éventail fermé, sur le genou gauche.

II

Il y a vingt ans, Gabriel Iturri a rencontré le comte Robert de Montesquiou-Fézensac dans une exposition de Whistler, où son allure raffinée et prétentieuse attirait davantage l'attention que tous les tableaux. Il est difficile de ne pas regarder les moustaches aux pointes tortillées, les gants de couleur rose, la cravate en soie et l'épingle de saphir. Il est impossible de ne pas rester suspendu aux cadences changeantes, geignardes ou brusques de la voix de Montesquiou. La canne du comte marque une ligne de partage des eaux dans le salon où se côtoient velours et cachemires, perles, pierres et plumes. Dès lors, Iturri entrera au service personnel de ce *dandy** qui pose en poète, et laissera sans remords son premier amant parisien, le fruste, énorme, corpulent baron de Doasan.

Quand il s'installe dans une maison de la rue Franklin, dans le quartier du comte, Iturri change de vêtements, de goûts, et même de nom. Il commence à signer, sur le conseil de Montesquiou, Gabriel de Yturri. Il fait imprimer son orthographe incorrecte et sa calligraphie fleurie sur un papier au discret en-tête ornemental, il se laisse attribuer une exotique origine péruvienne, et même une lointaine parenté avec la noblesse inca.

Assurément, personne ne sait que ce Gabriel de Yturri est né dans une maison d'un hameau montagnard au nom parfumé de *Yerba Buena*[1], dans la plus petite province du pays le plus austral de l'Amérique du Sud. Personne n'imagine qu'il est le rejeton d'une famille créole, modeste, décente, ancienne. Que sa mère, veuve, s'habille de noir, porte des cols de dentelle et vénère saint Raphaël. Qu'il a grandi en jouant avec une balle en chiffon parmi les caroubiers d'une place de village, et qu'il a fait des cauchemars à l'évocation de desserts comme le riz au lait et la confiture de courge.

Personne ne sait non plus qu'il n'a pas terminé les cours du Collège national de Tucumán, ni ceux du Collège national de Buenos Aires, où il a étudié un temps comme boursier du président Avellaneda, ni les classes du collège de Lisbonne, où il fut emmené par un presbytérien vendeur de bibles et enclin à la protection d'éphèbes démunis. Mais certains savent qu'il a trouvé son premier emploi dans la Ville Lumière dans une chemiserie du boulevard de la Madeleine, et d'autres sont au courant – et ils le font payer de leurs rires et de leur mépris – qu'il est ensuite devenu secrétaire du baron de Doasan.

Malgré tout, Gabriel de Yturri ne s'intéresse pas au passé. Il ne lui reste plus de place pour les souvenirs, que l'on entasse comme des meubles désuets, démodés, ridicules, dans le grenier le plus retiré de la mémoire. Tout fait place aux nouvelles présences qui remplissent les salons illuminés *à giorno**. Y circulent, sur un pas de danse, les romanciers Pierre Loti et Anatole France, la comtesse de Noailles, la princesse Mathilde, la duchesse de Rohan, la célèbre actrice Sarah Bernhardt, l'abbé Mugnier, la comtesse de Clermont-Tonnerre et, comme toile de fond, quelques garçons de bonne famille que leurs parents envoient pour être éduqués dans l'ombre aiguisée et exquise de Montesquiou. Parmi ceux-ci un jeune homme pâle,

---

1. Menthe ; littéralement : bonne herbe.

appelé Marcel Proust, qui consulte le comte sur ses inclinaisons littéraires, et qui est le fils d'un médecin réputé.

Mais Yturri ne rencontrera Proust qu'au retour de son seul voyage au pays de La Plata où sa mère et son frère l'attendent pour l'embrasser, et la majorité de ses parents, pour murmurer à leur aise sur l'origine équivoque d'une opulence au demeurant ostentatoire. Une petite cour de valises en cuir de Russie précède son entrée triomphale au village de Yerba Buena, où personne n'a jamais été vu vêtu de telle manière. Gabriel de Yturri se promène dans les pièces presque conventuelles de sa maison natale avec une cape vert émeraude, un fez de Turquie et une cravate en soie blanche sur un gilet de velours noir. Il fume des cigares légèrement parfumés de *haschisch**, tandis que ses cousines lui offrent un mate amer avec une pincée de cannelle. Il retourne à la gastronomie monotone de son enfance – pot-au-feu, ragoût, pâtés à la viande de Santiago del Estero –, mais il parle des *hors-d'œuvre** d'endives et de caviar que l'on sert à la table du comte de Montesquiou.

Cependant, le vrai étonnement commence quand les valises sont ouvertes et qu'apparaissent les cadeaux pour doña Genoveva : des vêtements en soie avec fronces et bouffant, un éventail brodé de perles qui se marie avec un collier et des boucles d'oreilles, des souliers recouverts de satin, des bourses de dentelle et de la passementerie fine, que sa mère n'osera jamais porter lors de ses rares sorties : petites soirées domestiques ou messes du dimanche. Et jusqu'à une sculpture en bois de saint Raphaël, qui trouvera un meilleur usage : présider toute la dévotion de la famille. Les maisons tucumanes se disputent le privilège d'avoir Iturri à leur table, bien que ce ne soit pas tout le monde qui y assiste avec de saines intentions. Certains y vont seulement pour vérifier la version scandaleuse de Paul Groussac, qui est tombé sur lui, peu auparavant, dans les salons littéraires de la capitale française.

Monsieur de Yturri a essayé d'oublier le plus tôt possible de telles rencontres avec son ancien professeur du Collège national, qui d'abord l'évite dans la rue, et ensuite refuse de le saluer chez Edmond de Goncourt, où Groussac n'hésite pas à montrer sa répugnance envers ce jeune homme *pomponné, efféminé,* qui s'adresse à l'amphitryon *avec un sourire stéréotypé de danseuse.*

C'est ainsi que le professeur se le rappellera dans son récit de voyage, quelques années plus tard. Iturri, qui dispose pour tout capital d'un français abominable, d'un vernis précaire de culture classique et d'une paire d'yeux languissants, couleur café, est celui qui fréquente quotidiennement Anatole France ou les frères Goncourt, tandis que le professeur Groussac, malgré son intelligence impitoyable, son érudition vorace et sa formation d'esthète accompli, devra s'enterrer de nouveau dans la brume imprécise d'un pays sud-américain que ses compatriotes seront toujours disposés à confondre avec toute petite république vaguement voisine. La vie lui semble aussi injuste que la tenancière d'une maison de tolérance ignorant la bourse bien garnie d'un bourgeois respectable pour remettre la meilleure de ses pupilles à un marin brutal et sans le sou.

Bientôt, monsieur de Yturri retournera à Buenos Aires, et de là en France, épuisé de tant de mise en scène de la part de familiers et d'amis douteux. Une seule chose le fait profondément souffrir : laisser doña Genoveva. Mais il n'y a pas de place pour lui entre les murs fades de la maison de Yerba Buena, et il ne peut y en avoir pour elle dans le salon de Montesquiou, où sa mère détonnerait autant qu'une chaise en bois dur de monastère espagnol parmi les sofas de style Empire et les ottomanes d'Orient, et où les calomnies des provinciaux deviendraient la claire vérité à propos de l'amour qui n'ose pas dire son nom. Un nom que doña Genoveva se refusera toujours à entendre.

Arrivé au port, il s'attarde plus que prévu, traqué par la révolution de 1890. Il écrit à sa mère des chroniques de barbarie urbaine et de secrètes grivoiseries, tirées de la vie d'indésirables membres de leur famille. Il envoie un message après l'autre, des télégrammes pour l'apaiser, et attend une réponse qui n'arrive jamais. Peu lui importe l'opinion de ses cousins, de ses oncles et connaissances de Buenos Aires, qui restent toujours au ras du sol. Mais le silence maternel est aussi intolérable qu'incompréhensible. Cette bonté sans mesure ni condition se serait-elle aigrie avec le poison de monsieur Groussac ? Il soulage sa désillusion dans quelques dernières lignes. *Le moment de partir approche. Je ne devais pas envoyer cette lettre, mais je veux être plus généreux. Heureusement que la conduite de tous dans ces moments ne donne pas lieu de partir triste comme j'aurais pu l'être. La déception que je sens est plus forte que tout et, comme le dit le proverbe : À quelque chose malheur est bon.*

Quand le *Brésil* lève l'ancre et s'éloigne des côtes du Río de la Plata, Gabriel de Yturri se dilate comme ce ballon allumé à la fête du Collège national, qu'il ne foulera plus : inaccessible et resplendissant, enfin libéré de ses amarres.

III

Paris, le 5 juillet 1905

La dernière note se prolonge dans l'air. Léon Delafosse termine la version musicale d'un poème des *Chauves-souris,* le premier livre du comte de Montesquiou.

Gabriel Iturri émerge à peine d'une somnolence silencieuse. Il parvient à donner deux applaudissements symboliques. Montesquiou demande qu'on apporte des linges froids pour rafraîchir le visage et le cou du malade. Il agite de nouveau l'éventail devant le visage d'Iturri, bien que l'air calciné et épais n'accorde pas de soulagement.

« C'est toujours un plaisir de vous écouter, mais je crois que vous ne jouerez plus jamais cette pièce comme lors de cette première grande fête au *Pavillon Montesquiou**, souligne la comtesse de Clermont-Tonnerre.

– *Où sont les neiges d'antan,* ma chère ? médite le comte. Bien que les fêtes reviennent, rien ne sera plus pareil. Nous avons tous vieilli. »

Gabriel Iturri ne parle pas, mais se salue lui-même dans le miroir du temps passé, paré comme un jeune libertin du XVIIIᵉ siècle, pour s'harmoniser avec le costume du comte de Montesquiou. Ainsi, maîtres de maison, ils recevaient ensemble le tumulte élégant qui imitait les salons des poètes satiriques et des précieuses ridicules, la cour de Marie-Antoinette et les fausses bergères habillées de satin du petit Trianon. Après tout, le *Pavillon Montesquiou** était situé à Versailles, dans une maison ancienne ou un paradis perdu (deux grilles la clôturaient, couronnées par des fruits dans des corbeilles en pierre) qui se transfigurait la nuit en théâtre de fantasmagorie et d'enchantement, où tous les déguisements étaient coupés à la vraie mesure des désirs.

« Nous n'avons jamais été aussi heureux qu'à cette époque, n'est-ce pas, Gabriel ?

– Il vous est resté un souvenir impérissable de cette époque, ajouta, parmi les rires, la comtesse de Clermont-Tonnerre. Ce n'est pas tout le monde qui a le privilège de plonger dans la généreuse baignoire de madame de Montespan.

– Ce fut l'une des meilleures affaires de mon cher Yturri. Il l'a trouvée dans les profondeurs du couvent de Versailles, et on l'a échangée aux bonnes sœurs pour une paire de vieilles chaussettes. C'étaient les miennes, mais il a réussi à les convaincre qu'elles avaient appartenu au pape.

– Vous ne ressemblez pas du tout à Sa Sainteté.

– Qu'en savez-vous, Delafosse ? Avez-vous idée de la façon dont Dieu nous regardera, au paradis ? Saint Paul n'a-t-il pas dit que notre vue est brouillée comme à travers un verre opaque, et que c'est seulement à ce moment-là que nous connaîtrons tout, de la même manière que Dieu nous connaît ? Cela dit, Notre Seigneur est une personne complètement imprévisible.

– Vous paraissez très sûr d'aller au paradis, monsieur le comte.

– Pourquoi pas ? Je n'ai pas péché plus que ceux qui communient et entendent une messe quotidienne à Notre-Dame, assis dans la première rangée. »

Gabriel ferme les yeux. Parmi tous les êtres et les choses extraordinaires qu'il lui a été donné de voir, il y eut le pape. Sa Sainteté a eu la déférence de les recevoir, lui et Montesquiou, et elle s'est même intéressée à la littérature française. Il raconte cela à sa mère, quand elle condescend enfin à lui répondre. Il lui fait aussi une peinture – lumineuse, innocente, éblouissante – des fêtes de Versailles, que les autres qualifient de bacchanales. Il ajoute toujours un chèque aux missives, qui parlent de voyages – Zurich, Venise, Naples, Saint-Moritz, Bruxelles, Monte-Carlo, et même New York. Il lui cache seulement que ces visites dans les plus beaux lieux et dans les meilleurs sanatoriums ne réussissent pas à lui refaire une santé qui décline. Il ne lui explique pas non plus que les chapeaux de ses dernières photographies servent à tromper une calvitie croissante.

Dans son dos, il entend, entre deux rêves, une voix connue. C'est celle de madame Jeanne Proust, qui arrive pour s'enquérir de l'état d'Yturri.

« Il n'y a pas de signes d'amélioration, malheureusement, murmure le comte.

– Le diabète est cruel. Et si difficile à soigner. Mon défunt mari a vécu des années avec cette maladie. »

Madame Proust le salue d'une main aimable et pâle. Elle s'en va aussitôt. Elle soigne un autre malade : son fils Marcel, qui noircit des feuilles, couché dans son lit entre les intervalles que lui laissent les attaques d'asthme.

Gabriel Iturri regarde autour de lui. Chacun des objets exposés dans la salle représente une démarche heureuse pour satisfaire les velléités de son amant et employeur. Derrière chaque missive à la gloire des poèmes de Robert de Montesquiou gardée dans les tiroirs du bureau, il y a une relation délicatement cultivée par son secrétaire, qui n'a pas lésiné sur les flatteries les plus subtiles à chaque prince des lettres.

Il caresse de nouveau la tête de Friquet, peut-être la seule tête sensée de l'assemblée des folies et vanités qui fréquente quotidiennement le *Pavillon des Muses**. Tout à coup, cette enceinte que Montesquiou considère comme l'archétype du raffinement le plus pur lui semble un ramassis hasardeux et déconcertant d'objets hétéroclites dignes d'un bazar. La baignoire de la Montespan, les pendules de Boule, les meubles de Riesener, la vasque, la collection de *bonsaïs**, se conjuguent en un chœur dissonant avec les « hortensias bleus » et les « perles rouges » des poèmes du comte, si lourds et péniblement cultivés, comme les bustes de marbre d'une salle ministérielle.

Gabriel Iturri regarde Robert de Montesquiou. Ni l'un ni l'autre n'ont d'affections plus profondes que celle qu'ils se portent mutuellement. Même son frère Pedro est mort depuis un certain temps, d'une pneumonie, avant doña Genoveva. En ce qui a trait au comte, sa famille le tolère à peine, et ses amis sont plutôt des convives amusés, ou de jeunes artistes en quête d'un mécène de prestige. Il sait que Robert restera désespérément seul dans cette brocante luxueuse dont l'unique loi d'élaboration a été le caprice, non la mémoire décantée des générations qui ont édifié la vieille maison du village de Yerba Buena, dans la plus petite province du pays le plus austral dont il a maintenant la nostalgie.

Les yeux de Robert de Montesquiou s'obstinent à le chercher. Il y a tant de peine dans ceux-ci que Gabriel Iturri lui tend la main pour prendre congé, bien que les circonstances le forcent à le faire en public, devant l'assemblée frivole où ils ont toujours exhibé le spectacle d'une vie ostentatoire. Il cherche la phrase la plus adéquate pour que Montesquiou garde un souvenir heureux, bien que les plus authentiques résident dans l'affection.

« Merci, lui dit-il vaillamment, pour m'avoir appris à comprendre la beauté de toutes ces choses. »

IV

Versailles, le 23 décembre 1921

L'Ange du Silence maintient obstinément un doigt sur les lèvres. L'avertissement est superflu, puisque l'homme qui regarde le mausolée, appuyé sur une canne, la tête découverte malgré le froid, n'a aucune intention de perturber le repos parfait de la lumière surgelée ou des morts sous leur dalle en pierre.

Ici, le comte Robert de Montesquiou-Fézensac a accompli un souhait retardé de quinze ans. Il repose maintenant à Versailles, dans le cimetière des Gonards, au côté des restes de Gabriel Iturri. L'Ange du Silence domine le petit jardin avec une grâce androgyne, frivole, bien qu'il soit fait de plomb. Une autre des heureuses trouvailles d'Iturri, une pièce achetée sur un chantier de démolition que Montesquiou a voulu placer là après la mort du secrétaire, comme un gardien de la future tombe partagée. Même son Friquet odieux a obtenu, avec ceux-ci, une immortalité modeste. Le groupe sculptural inclut un chien rappelant le *griffon bruxellois**, jeté aux pieds de l'Ange, qui soumet avec ses pattes le serpent de l'Envie.

Le gentleman à la canne se rappelle le livre – *Le Chancelier de fleurs** – que Montesquiou avait écrit au sujet d'Iturri, et qu'il a lu devant un groupe d'amis choisis. Il sourit. Sans doute, les meilleurs sentiments du comte sont-ils répandus dans ces pages.

Mais Robert de Montesquiou n'obtiendra pas avec celles-ci la gloire littéraire, ni avec ses poèmes distillés et précieux, bien que résolument dérangeants.

C'est lui, Marcel Proust, qui contemple maintenant cette tombe surveillée par un ange ambigu, qui vient d'offrir à Montesquiou et à Gabriel Iturri un autre genre de gloire. Il les a transformés en baron de Charlus et en son ami Jupien. Il leur a légué un royaume où ils vivront pour toujours : le monde de Guermantes.

Un domestique s'approche en portant sur le bras une cape et un foulard.

« Monsieur, vos poumons ne sont pas faits pour ces froids. Que dirait votre médecin s'il vous voyait ?

– Il ne me voit pas, heureusement. Du moins, nous devrions conserver le droit de mourir à notre goût », proteste Proust, mais consentant à s'envelopper dans la cape et le foulard.

Il monte dans la voiture qui l'attend. Il croit avoir trop bien connu Robert de Montesquiou, ou le baron de Charlus : orgueilleux, arbitraire, intempérant, à son regret vulnérable et par moments redoutable. En revanche, le mystère persiste autour de Gabriel Iturri. Qui était-il, d'où venait-il ? Que de piété ironique dans ce *regard compréhensif, dévasté et rêveur,* qui traduisait patiemment un monde étranger dans une autre expérience et dans une autre langue.

Marcel Proust grelotte sous la cape. Il sait qu'il est près de passer de l'Autre Côté, dont l'entrée est gardée par l'Ange du Silence. Il sait que derrière ce seuil, il saura enfin comment il a été connu, et se verra lui-même : un personnage de plus aux yeux de l'Étranger.

La regardant dormir

Je ne désire rien sinon l'impossible ; je ne voudrais pas être l'homme le plus puissant de la terre, ce que je désirerais peut-être c'est d'être jeune, sain, beau, aimé d'une femme jeune et jolie, l'aimer à mon tour et comptant sur sa fidélité. Comme c'est impossible, surtout cette dernière, je n'ai rien à faire dans ce monde ni dans l'autre, puisqu'il n'existe pas.

Lettre d'Eduardo Wilde à Julio A. Roca,
13 septembre 1909.

Ici nous vivons sans peine ni gloire, et nous n'avons pas conscience du temps qui passe. Eduardo est très jeune et bien, moi moins que lui, mais en harmonie avec la vie, ce qui est la grande science, comme vous le savez.

Lettre de Guillermina d'Oliveira Cézar
à Julio A. Roca, 1913.

Buenos Aires, 1894

Le docteur Wilde gravit avec précaution l'escalier d'une maison qu'il n'aime pas. C'est la sienne, assurément, mais sa possession n'est pas une raison valable pour l'apprécier. À l'intérieur, comme

209

dans toutes les riches demeures de Buenos Aires, s'accumulent d'anarchiques jardins de plantes exotiques et de palmiers nains. Les vitrines chargées de figurines de Meissen et de cristaux de Bohème rivalisent avec les copies estompées des Vierges dépourvues de sourcils de Raphaël ; les héroïques bustes lisses de Napoléon ou de César concurrencent les déesses décapitées aux seins parfaits. Parfois, Wilde s'amuse de l'idée de dissimuler un vrai chien, borgne et noir, derrière les paravents japonais, près des éléphants de porcelaine, juste pour le plaisir d'effrayer les visiteurs. Cependant, par négligence, par compassion, ou pour ne pas déclencher les foudres verbales auxquelles il s'est si souvent exposé, délits d'un autre ordre, les seuls chiens de sa résidence demeurent quelques mâtins de collection aux dents froides et inoffensives de marbre noir.

À l'étage, dans une pièce secrète protégée comme une chambre forte, se trouve la seule belle chose de toute la maison. Wilde ressent le besoin de monter la regarder de temps à autre. Au milieu des parties de cartes, sous la fumée des cigares qui bouchent les derniers restes d'un ciel possible, il se sent perdu plus que jamais dans cette jungle de meubles et retourne – comme en quête d'une boussole – à l'enfance de Tupiza, quand le monde était un parfait amalgame de couleurs, de volumes, d'idées et de sons. Ce n'est que dans une chambre de cette maison avec autant de portes que l'on peut trouver le lieu perdu de l'harmonie.

La clef tourne sans bruit dans une serrure aussi petite que celle d'une boîte à musique. Quand la boîte s'ouvre, le docteur Wilde pénètre, triomphant, dans une symphonie en blanc majeur où affluent les puissantes basses de la neige, les trémolos du jasmin qui fleurit sous la lumière voilée, et le souffle du vent polaire qui tombe comme un rideau sur le lit à baldaquin. Tout, le mobilier, les boiseries, les toiles, a été soigneusement choisi pour ne pas perturber l'ordre immaculé. Il écarte les rideaux du lit et respire à pleins poumons le parfum du corps qui se cache derrière et qui exhale le son léger et persistant d'un ruisseau. Eduardo Wilde oublie les livres qu'il a écrits et ceux qu'il voudrait écrire, les charges qu'il a occupées et celles qu'il aimerait occuper, et se remet à poursuivre le quotidien à travers le prisme de la raison poétique. Comme un jeu mystérieux d'ombre et de lumière où la lune est un fil d'argent courbé et brillant qui naît de l'autre côté de la terre.

Le docteur Wilde en a vu des corps. Cadavres presque amis dans les morgues des hôpitaux, ceux qu'il déboutonnait avec la négligence d'un étudiant, pour mieux conserver dans l'humidité de la blessure le bouquet que lui avait offert en sortant de chez lui une quelconque voisine énamourée. Cadavres ignorés et hostiles déposés à la porte des églises et enveloppés dans des draps comme des menaces dissimulées. Corps vivants et endoloris des dames de la société qui se protégeaient de la mort ou du mal de l'amour sous des coiffes de rubans, derrière une mousse de dentelle. Corps indigents et parfois sales, non seulement malades, mais nus. Petits corps d'enfants qui allaient tout droit vers leur voûte jouet dans un carrosse tiré par des chevaux blancs. Corps plats de peintures célèbres dans les musées d'Europe et d'icônes russes dont l'émail disparaissait sous un tapis lourd et fourni de pierres précieuses. Corps concaves et convexes de princesses, artistes et déités, nus et vêtus, dans des jardins ou salons de palais, assis ou debout. Ou des gisants, étendus sur leurs tombes, comme l'effigie de la fille d'un roi entrevue dans une des nombreuses villes du monde dont il ne se souvient plus du nom, même si les formes couvertes d'une toile de marbre transparent étaient, elles, demeurées dans sa mémoire comme une curiosité des sens parce qu'il n'y avait rien en elles, toutes pleines qu'elles fussent, qui transmettait la moindre impression de sensualité. De même que les formes féminines qu'il a maintenant sous les yeux. Wilde s'assoit sur un tabouret, à côté du lit, pour les observer de plus près. C'est tout ce qu'il désire, regarder. La femme pourrait être une statue si ce n'était ses cheveux d'un or flamboyant, presque rougeâtre, et le sillon des veines sous une peau trop blanche. On pourrait croire à une morte si sa respiration ne soulevait pas sa poitrine, légère mais insistante.

Cependant elle est vivante dans cette rythmique disciplinée, et à tout moment, à l'appel de son nom prononcé à son oreille ou d'un claquement de doigts, elle pourrait ouvrir les yeux, se réveiller, sourire. Lui, le maître, il peut briser l'enchantement de la Belle au bois dormant, car, en accord avec les lois de ce monde et de l'autre, il est le propriétaire de la femme. Toutefois, Eduardo Wilde ne se soucie pas, comme se soucierait un mari bourgeois, de l'exercice du droit de propriété auquel il ne croit pas. Il n'a pas acheté son épouse et ne tient pas à la vendre. Et il sait être plus qu'un simple propriétaire. Ce n'est pas le maître qui la tient en son pouvoir, mais lui-même qui a fait de Guillermina, davantage que son propre père et sa propre mère, ce qu'elle est maintenant.

Le docteur Wilde étudie d'un œil bleu, clinique, la longueur et la largeur, le volume et la densité de ce corps qui, une fois mis en mouvement, imprègne d'une âme difficile à situer l'ensemble des sens. Cette femme svelte, alerte, distincte, éblouissante sur toute la ligne, ressemble peu à l'adolescente pâle et chétive qui fit, dix ans plus tôt, un mariage que tous jugèrent absurde. Il entend encore l'écho des commentaires. « La différence d'âge est-elle si grande ? – Quinze et quarante et un ans. On raconte que la fiancée profitera de la messe de fiançailles pour faire sa première communion. – Une si jolie colombe pour ce dévergondé. – Eh bien, pour Wilde la friandise ne compensera pas le désagrément de devoir entrer dans l'église. Il paraît que c'est sur les instances du président Roca que l'évêque de Cuyo a consenti à les unir. »

Wilde sourit, comme il souriait alors sous la rafale des murmures. Son mariage tardif a peut-être été son scandale le plus prolixe et celui qui lui a apporté le plus de plaisir et de satisfaction. « Peut-être désire-t-il un héritier ? De nos jours, la seule façon de dénicher une honnête femme, c'est d'aller la chercher à la petite école. – On raconte que don Ramon de Oliveira Cézar lui demanda en signe d'amitié de prendre soin d'une de ses filles. »

Ils se trompent tous, pense-t-il. L'idée lui est venue un soir d'été, à la maison de campagne du Tigre, où les Oliveira passaient les mois de grande chaleur. Don Ramon se caressait la moustache, bourru, comme d'habitude. « Rien de grave, mon ami ? – Rien pour l'instant, mais si vous voulez contracter une maladie grave dans les prochains jours, je ne vous en voudrai pas. – Vous n'êtes pas drôle, Wilde. Je suis inquiet. Voilà. Vous pouvez bien plaisanter, vous, veuf, célèbre, riche, sans enfants. Moi, en revanche, j'ai une brochette de filles à marier. Que va-t-il leur arriver si je ne leur trouve pas un bon parti ? – Vos inquiétudes sont causées par nos stupides coutumes. Si nous préparions les femmes à être autre chose

que des parures de salon, elles pourraient se passer du mariage. »
La mélodie de *Pour Élise* jouée par deux doigts malhabiles arrive
jusqu'à la petite table blanche en osier comme un complément du
jardin envahissant et négligé. « Regardez-la, soupire Oliveira. Ma
Guillermina n'a rien d'un bibelot. Après des années de collège et
quelques professeurs, elle pianote à peine, et il sera bientôt temps
de la présenter en société. »

Eduardo Wilde se lève lentement et se place dans un angle
d'où il peut voir la maladroite pianiste sans être vu d'elle. Il aime
les doigts : longs, osseux, aux jointures fortes. Il aime encore plus
le regard. Tout en jouant machinalement, Guillermina de Oliveira
Cézar scrute avec anxiété les champs et le ruisseau. Tout semble petit
au regard prisonnier de ce corps inadéquat, cuirassé de dentelles,
sujet à l'ennui convenable d'une jeune fille de bonne famille. « Cette
jeune fille s'ennuie », conclut Wilde, mesurant dans ces yeux clairs
de brusques éclats d'intelligence qui interrompent le rêve des choses.

Il revient vers Oliveira et lui pose la main sur l'épaule. « Je ne
suis pas d'accord avec vous. En Guillermina, il y a matière à quelque
chose de mieux. Laissez-la-moi et vous la verrez se transformer sous
vos yeux. » Oliveira sursaute. « Que voulez-vous dire par *laissez-la-
moi* ? C'en est assez de vos extravagances, Wilde ! Elle a toujours
ses parents, et à ce que je sache vous n'avez pas encore fondé de
collège pour jeunes filles. Si vous pensez qu'elle sera votre cochon
d'Inde pour quelque expérience médico-pédagogique, oubliez ça. »
Wilde tiraille sa moustache, qui commence à grisonner. Il tourne
autour d'Oliveira et se plante droit devant lui, d'un air si sérieux qu'il
semble plaisanter. « Pour qui me prenez-vous, don Ramon ? Rien de
cela. Je vous demande la main de votre fille Guillermina. » Oliveira
se lève. Il fixe le soudain prétendant jusqu'au tréfonds fuyant des
yeux bleus trop brillants. « Mais que vous arrive-t-il ? Je vous semble
un si mauvais candidat ? C'est vrai que j'ai quelques années de plus
que la jeune fille, mais je ne suis pas précisément décrépit. Vous
venez à peine de me dire que je suis riche et célèbre. Allons, où
allez-vous trouver un meilleur mari ? Pensez au style de vie qu'elle
aura avec moi. Je l'emmènerai voir le monde. Je complèterai son
éducation dans les musées et les théâtres d'Europe. Elle deviendra
une reine, et vous-même ne reconnaîtrez plus votre fille. »

Wilde a largement rempli ses promesses. Et sa femme a comblé toutes les attentes. Personne ne se moque du docteur Wilde parce qu'il a épousé une femme qui, les premiers mois, l'accompagnait aux premières du théâtre Colón couverte de bijoux comme une vierge andalouse, riait à gorge déployée durant les entractes en dévorant des chocolats et se balançait dans son fauteuil comme une enfant mal élevée. Maintenant Guillermina connaît la différence entre le français de Paris et celui que baragouinent les demoiselles de Buenos Aires. Elle sait qu'à Bordeaux les chevaux portent des chapeaux de paille avec un ruban rouge et que les chiens dans les rues de Constantinople, où tout s'achète et se vend, forment des familles plus unies que celles des humains. Elle sait que les aristocrates chinois fument de l'opium durant six longues, interminables et truculentes heures d'opéra et qu'à Washington les femmes assistent aux débats du Parlement ; que les Russes, hommes ou femmes, s'embrassent sur les lèvres et qu'à Stockholm les femmes peuvent être médecins, ingénieures ou avocates. Elle sait que le bien et le mal dépendent du miroir dans lequel on se regarde, et que les êtres humains voient d'un mauvais œil les valeurs et les mœurs d'autrui parce qu'elles ne sont pas les leurs. C'est peut-être pour cela qu'elle entre maintenant dans les maisons de Buenos Aires avec le sourire amusé et curieux d'une étrangère. Les habitants familiers de la ville qu'elle a laissée ressemblent à des pantins de bazar, amoncelés dans un coin peu important de la terre qui tourne dans le vide.

La transformation de Guillermina étonne et fascine le Tout-Buenos Aires, spécialement l'ex-président de la nation, le général Roca, ami du docteur Wilde depuis les années du collège Concepción de l'Uruguay. L'œil sur le bâton de commandement, il jouit maintenant, tout comme Wilde qui a été son ministre, des délices de la vie privée à la suite d'une présidence qui tourna l'Argentine à l'envers pour mieux la faire briller, comme on fait avec les gants usés par le temps. Wilde se rappelle, non sans plaisir, l'air surpris de son comparse et condisciple en le voyant entrer au bras d'une femme sûre d'elle, et sûre de l'admiration de tous, capable d'enflammer un salon d'un seul coup d'éventail, et de s'adresser à l'ambassadeur anglais avec un irréprochable accent oxfordien.

214

Guillermina est devenue sa fierté. Il lui a consacré plus de temps, d'efforts, d'assiduité, de soins, qu'à n'importe laquelle de ses œuvres littéraires, écrites dans les intervalles que lui accordaient son cabinet, sa chaire d'université, et les turbulences de la politique. À l'instant, en la regardant dormir, il croit voir une petite fille qui n'est jamais devenue femme, et qui ne ressemble en rien à Guillermina, si ce n'est sa lucidité à la fois candide et aiguisée. Parfois, il pense que tout ce qu'il apporte à sa jeune épouse (les voyages, les bijoux, les *toilettes*[1], les langues étrangères, les étranges et luxueux pays) est ce qu'il aurait souhaité accorder, en réalité, à l'autre, à Vicenta, la sœur cadette, chérie avec une passion concentrée et excessive qui alarmait ses parents. Parfois, il croit voir cette petite morte dans le corps harmonieux et adulte de la femme avec laquelle il se maria quand elle était encore une petite fille. La mort de Vicenta a fané et déchiré les aimables figures de carton avec lesquelles les adultes masquent, selon lui, les authentiques lois de l'existence. Après cette perte qu'il n'a jamais cessé de pleurer, Eduardo Wilde comprit prématurément que Dieu, s'il existait, était un être malintentionné et cruel, que la divine providence était une perverse sorcière et l'ange gardien, un idiot inutile.

Le docteur Wilde soupire. La tête de Guillermina se tourne. Une de ses mains s'enroule doucement dans sa chevelure étalée sur l'oreiller. Le profil acquiert la perfection d'une médaille, et Wilde retient son souffle comme si celui-ci pouvait ternir cet éclat de miroir. Tant de beauté lui fait mal au creux de l'estomac et, comme les autres nuits, il décide de la partager. Depuis le palier de l'escalier, il fait signe aux quelques amis intimes avec lesquels il dispute des tournois d'astuce au poker ou au *truco*[2].

Dans quelques instants, ils monteront l'escalier et s'installeront à ses côtés dans l'embrasure de la porte. Ils ne se priveront pas d'échanger les regards ironiques que mérite le dada de leur hôte. Mais ensuite ils tomberont sous le charme de Guillermina au bois dormant. Ils resteront immobiles dans un profond silence, graves et

---

1. En français dans le texte.
2. Jeu de cartes originaire d'Espagne.

révérencieux dans la maison de l'athée comme s'ils priaient dans une église.

Buenos Aires, 1901

Le général se promène pieds nus dans la pénombre soyeuse. Il regarde par la fenêtre de la chambre à coucher. À l'extérieur, la sieste de février brûle d'une lumière effrontée. Dans l'intimité de la pièce, en revanche, toute ardeur s'est dissoute en une pensée taciturne et impénétrable qui menace de se solidifier dans un moule congelé.

Julio Argentino Roca s'approche du lit où elle dort, dépassée par les émotions contradictoires du deuil et du plaisir. Il s'assoit près d'elle, sur une chaise basse, pour la regarder dormir. Il sait que le temps qu'il leur reste se compte en jours. Seule la mort inattendue de Ramon de Oliveira Cézar a permis le retour de Guillermina de Bruxelles au Río de la Plata, alors qu'ils étaient déjà résignés à ne plus se voir que lors d'événements officiels. Il ferme les yeux et les bouts de ses doigts amorcent un parcours délicat et aveugle du corps qu'il connaît par cœur. Peut-être devra-t-il alimenter ces souvenirs pour survivre.

Le général Roca ne peut se permettre d'avoir pour maîtresse l'épouse de son meilleur ami. Non pas parce qu'il s'agit de son meilleur ami, mais plutôt parce qu'il est redevenu président de la nation. Wilde, qui croit à sa propre liberté et à celle d'autrui, et jusqu'à celle des femmes, ne lui a pas fait de reproches ni ne pourrait le faire. Il sait trop bien que l'amour ne se vole pas, mais s'offre, simplement parce qu'il est disponible. Pourquoi l'amour de Guillermina de Oliveira a-t-il cessé d'avoir comme destinataire (s'il l'a déjà eu une seule fois) son conjoint légitime ? Le général Roca l'ignore et ne cherchera pas à le savoir. Il a vécu assez longtemps pour ne pas s'embarrasser de questions intempestives. Il n'y en a qu'une seule – rhétorique, car personne ne peut y répondre –, qu'il pose de temps à autre, non à Guillermina ni à Wilde, mais à l'énigmatique destin. Il n'arrivera jamais à comprendre pourquoi ce destin ne put attendre quelques années, du moins jusqu'à ce que Guillermina eût raisonnablement vieilli et que lui-même devînt veuf, pour rencontrer cette femme qui entre toutes les femmes de la terre était l'unique, faite et préparée par Dieu ou la providence pour constituer la juste et absolue félicité de Julio Argentino Roca. Et si ce n'était pas la providence mais Eduardo Wilde lui-même qui, sans le savoir, lui avait préparé ce cadeau du destin dont il ne pourrait profiter que pour un temps trop bref ? Guillermina serait-elle parvenue à être ce qu'elle est sans l'intervention de son mari ?

Mais le général chasse aussitôt l'inconfortable et presque perverse tentation d'une semblable reconnaissance. Guillermina se doit d'abord à sa bonne étoile, et aussi à lui, Roca. À quoi sert la vie d'une femme privée de son destin primaire et authentique : l'amour, évidemment ? Wilde ne lui avait pas donné ni ne lui donnerait d'enfants. Cela seul était un malheur pour toute femme honnête. Si, qui plus est, il lui manquait la passion, la vie de Guillermina, avant qu'il n'arrive, ne pouvait avoir été qu'une lande déserte, un seul et monotone séjour dans un désert peuplé de voyantes hallucinations, où rien ne change même si le voyageur se déplace. Wilde avait promené sa femme de pays en pays, de royaume en royaume, comme on promène une dame dans un palanquin. Sans lui laisser frôler le sol, à la fois proche et inaccessible, intouchable pour tout et pour tous. C'est grâce à lui, Roca, que Guillermina avait cessé d'être cette figure hiératique dorée et maquillée dans sa chaise mobile pour se transformer en un corps vivant et actif, à la fois puissant et vulnérable. Un instrument magnifique – et il songe à la harpe de Bécquer – que Wilde se limitait à exhiber en vitrine comme la meilleure pièce de sa collection de Meissen, mais dont il n'avait jamais réussi à tirer une seule note.

Et voilà maintenant qu'arrivait le finale de cette histoire d'enchantement mutuel. Guillermina, après tout, avait un époux. L'Argentine, après tout, n'admettait ni n'admettrait le divorce. Et Julio Roca, comme toujours, se devait à une autre femme de pierre, aux dimensions cosmiques : la nation argentine, qu'il imaginait sous la forme d'une déesse de parc public, exubérante et dignement nue, comme une statue signée par son amie Lola Mora.

La statue ne possède pas, bien sûr, cette peau tiède et légèrement humide sous les plis du cou, où s'attardent maintenant ses doigts. Par contre, elle est solide, durable, presque immunisée, veut-il croire, contre les intempéries. Quand lui et Guillermina seront

217

morts, la nation argentine restera debout, et on se souviendra du général Roca comme de son plus grand Pygmalion, celui qui, après Sarmiento, Avellaneda, Mitre, a su octroyer à cette déesse de la fertilité ses formes opulentes et définitives. Aucune femme réelle, de chair corruptible, ne pourrait rivaliser avec ce rêve de marbre.

Le général Roca prend la main de Guillermina. Il bute contre les anneaux de mariage et de fiançailles, dont elle n'a jamais voulu se séparer même dans les moments de fervente intimité. Les femmes connaissent et respectent davantage les formes de l'ordre. En tout et pour tout, elles sont éduquées pour cela : pour le représenter, pour être dépositaires de la continuité des familles et de l'honneur des hommes. Tout sera à sa place. Les Wilde, loin, le plus loin possible, à la délégation de Bruxelles où Eduardo continuera de s'ennuyer en Belge, et Guillermina sera une représentation de la patrie absente, tellement plus belle et plus légère que la sculpture d'un parc. Parfois, cependant, il pressent que sa patrie de marbre et Guillermina ont le même sourire de sphinx. Toutes deux lui demandent quelque chose qu'il n'arrive pas à comprendre.

Roca s'allonge de nouveau auprès de celle qui partira bientôt. Il ferme les yeux mais n'a pas sommeil. Guillermina, par contre, continue de dormir – vingt-cinq ans plus loin, dans un pays jeune où l'amour et la douleur sont une seule et même épuisante intensité. Peut-être sera-ce mieux ainsi. Qu'elle demeure avec Wilde, et que seul Wilde faiblisse et vieillisse aux côtés d'une femme qui ne se rappellera de Roca que la maturité qui précède le déclin, le désir et la force.

Le général se calme, se détend. Il lâche la main de Guillermina. Sa respiration se fait lourde, lente. Il s'abandonne au plaisir animal et égoïste du repos, comme un cheval qu'on a laissé courir jusqu'à l'épuisement et qui maintenant souffle un peu, dans des pâturages boueux, au bord d'une rivière. Il a baissé la garde et il ne s'aperçoit pas que maintenant ses yeux le regardent, vides comme ceux des statues, tenaces et implacablement ouverts.

Bruxelles, 1913

Eduardo Wilde n'ouvrira plus jamais les yeux. Il est toujours en vie, mais les paupières définitivement baissées pressentent la mort. Peut-être jouit-il par anticipation de l'unique paradis qu'il souhaitait : une réplique de Tupiza, sans anges ni séraphins, mais près de ses chers morts, surtout sa sœur Vicenta qui a toujours cru être exclue du ciel parce que les béatitudes des Évangiles, énoncées au masculin, ne promettaient rien pour le genre féminin.

Guillermina ne veut pas se détacher de ces yeux qui lisaient à contre-courant les images routinières du monde, et qui la regardèrent, il y a de cela plusieurs années, pour lui révéler une femme que personne n'avait jamais été capable de voir dans les miroirs. Mais elle ignore si cette femme est réellement elle. Peut-être son être véritable n'est-il pas encore né et a-t-il besoin, pour ce faire, que se brouille et se ferme le regard des deux hommes qui l'ont aimée et qui l'ont élevée de manière si distincte.

Elle n'a jamais cessé de se demander pourquoi Eduardo Wilde l'avait épousée, et bien qu'elle n'ait jamais non plus cessé de le lui demander, elle n'a obtenu que les réponses évasives d'un esprit moqueur (« Parce que je m'ennuyais beaucoup tout seul, et comme j'ai vu que tu t'ennuyais toi aussi, j'ai pensé que ce serait plus supportable de s'ennuyer ensemble »). Il n'y eut pas de serments d'amour. Il n'est jamais venu à l'idée de son mari, reconnaît-elle, de les lui demander, peut-être parce qu'il savait parfaitement qu'elle aurait dû lui mentir. Il lui semblait invraisemblable de se déclarer subitement amoureuse de l'ami et du médecin de la famille, ce monsieur bien mis et distingué qui l'avait toujours irritée avec son air d'insolente supériorité. Mais se marier était autre chose. Comment rejeter un bel homme qui lui proposait un autre style de vie, dans le bigarré carrousel de la planète, enfin loin du contrôle des mère, sœurs, tantes et chaperons, de la soupe de l'internat, des pénitences d'orgueil, à genoux sur un dur oreiller de pois chiche.

La noce provoqua des soupirs d'envie et des exclamations d'horreur parmi ses condisciples. Envie parce qu'une jeune insignifiante, qui n'était même pas une grande héritière, se mariait avec le ministre de la Justice et de l'Instruction publique, parrainée par le général Roca lui-même, président de la nation. Horreur, parce que le mariage ecclésiastique ne pouvait être qu'une façade derrière laquelle l'invétéré athée dissimulait sa dépravation et son mépris de toute décence. Jusqu'à la mère supérieure qui l'avait appelée pour lui remettre un cadeau d'adieu, un missel neuf et trois scapulaires, et qui ne cessait de la mettre en garde entre des soupirs de honte : « Ma fille, souviens-toi que tu dois te soumettre à ton mari selon ce que te prescrit la pudeur d'une mariée vertueuse. Sois ferme et prie. Prie beaucoup. Qui sait si ce mariage n'est pas le moyen choisi par le Seigneur pour sauver l'âme d'un fils égaré. »

Guillermina sourit tristement. Peut-être auraient-ils été plus heureux si Eduardo Wilde avait été plus disposé à transgresser avec elle les limites de ce que les conventions appellent décence. Il n'avait rien à voir avec le mange-curé des débats parlementaires, ce mari sérieux, respectueux, presque timide, qui la traitait parfois de manière inexplicable comme une sœur cadette et d'autres fois comme une porcelaine qui pourrait se défraîchir ou se lézarder au moindre toucher. Jamais elle n'aurait imaginé, en revanche, que la discipline de l'école lui paraîtrait un divertissement léger, comparé à l'apprentissage méthodique des voyages. Wilde – un professeur amusant mais infatigable – lui démontrait chaque jour l'amplitude de son ignorance (attribuée à la pauvre éducation de l'internat religieux) et lui procurait les moyens d'y remédier. Elle suivit simultanément des cours de langues et de géographie, de médecine et d'arithmétique, de droit, d'art plastique, de philosophie de l'amour, et apprit l'art d'injurier ses adversaires. Elle reçut des leçons sur l'art d'avancer le pied correctement pour monter dans une voiture, et sur la meilleure façon de chercher un mot dans le dictionnaire Webster et d'ouvrir une ombrelle. Quand ils s'établirent finalement à Buenos Aires, tous la considéraient aussi cultivée que belle. Elle, par moments, détestait férocement son professeur. Elle s'était lassée de l'homme qui savait tout, sauf la manière exacte de trouver les battements de son cœur sous les draps brodés.

Est-ce à ce moment qu'elle décida de changer d'illusion ? Qu'elle décida de remplacer l'homme qui savait tout par l'homme qui pouvait tout, qui pourrait, ou qui l'avait pu ? La seule chose que Guillermina se rappelle, c'est qu'à cette époque le général Roca était pour elle une figure à la fois connue et légendaire. Un authentique héros de chair, non de musée ; le général encore jeune qui était parvenu à vaincre tous les obstacles guerriers et politiques pour atteindre la plus haute magistrature. Pour Roca, en revanche, elle avait été jusqu'alors l'obscure collégienne avec laquelle son imprévisible ami s'était marié dix ans plus tôt. Les rencontres à Buenos Aires et la fascination de Guillermina se chargèrent bientôt de corriger ce souvenir erroné.

Ils s'exposèrent à beaucoup, mais exposèrent surtout Eduardo Wilde, qui savait peut-être aussi cela, mais qui planait avec indifférence ou mépris au-dessus de cette passion honteusement proche qui aurait dû l'engager. Mais cela ne semblait pas lui importer. Il n'était pas étonnant qu'il ne fasse aucun cas de la raillerie publique, puisque c'était l'attitude qu'il avait adoptée dans toutes ses actions. De même que cela ne semblait pas l'affecter dans ses rapports intimes. Au contraire, il continuait de traiter Julio Argentino Roca avec la même amitié à la fois déférente et bon enfant, et Guillermina comme la compagne de voyage qui a vieilli un peu, mais à qui on peut recommander une bonne lecture ou corriger une faute de syntaxe. Cependant – et elle le sait, parce qu'elle l'a épié et espéré en vain sous ses paupières baissées –, il n'est plus jamais apparu sur le seuil de la chambre à coucher pour veiller sur son sommeil.

L'autre homme qu'elle a aimé ne la regardera plus dormir lui non plus. Depuis des années, Julio Argentino Roca préfère regarder son portrait, bien qu'il ne soit pas à la vue de tous, sur le mur ou sur le piano du salon, ni même sur la petite table de sa chambre à coucher. Il doit être dans quelque tiroir, peut-être pas tout seul et, pour faire diversion, parmi les lettres et papiers des parents et des amis. Quelqu'un – une maîtresse ou peut-être une de ses filles – l'y enlèvera quand Roca s'installera dans l'immortalité, ou autrement dit, dans le monde froid des gloires nationales.

Guillermina se lève. Elle rafraîchit le front de l'agonisant avec un mouchoir imbibé d'eau parfumée. Elle écarte les rideaux de la chambre et regarde l'automne imminent. Pourquoi Eduardo doit-il mourir à Bruxelles ? Une ville fonctionnelle et efficace dont le plus bel édifice est le palais de justice, mais qui sera toujours discrète face à la joie effrontée et brillante des rues madrilènes. Elle soupçonne que son mari avait d'autres raisons que celles liées à l'architecture pour venir en Belgique et laisser le bizarre palais de la capitale de l'Espagne où ils résidaient comme représentants argentins depuis

221

six ans. Quelqu'un lui a dit qu'Eduardo voulait rendre visite à sa maîtresse belge, qu'il avait entretenue pendant qu'ils vivaient à la légation.

Guillermina dégrafe les premiers boutons de son col. Elle appuie les paumes de ses mains sur ses joues brûlantes, comme si elle aussi avait de la fièvre. Elle trouve un visage plus maigre que celui de sa jeunesse, mais sans rides dessinant des creux et des reliefs. C'est un visage transformable, une matière sensible et nerveuse qu'elle-même va pétrir et modeler avec le bout de ses doigts. Jamais plus elle ne sera une représentation d'une beauté fermée aux yeux des hommes.

Elle retourne auprès d'Eduardo, s'assoit à ses côtés, et lui prend la main, qui n'a pas encore perdu la chaleur du sang, pour qu'il ne soit pas leurré par les premiers mirages qui resplendissent de l'autre côté de la mort.

Postface

Ce « livre des amours insolites » est né d'une note de bas de page. Loin de constituer un simple étalage d'érudition, que peut ignorer celui qui désire arriver rapidement « à l'essentiel », de telles digressions offrent parfois le charme de la lecture et du voyage. J'ai trouvé ladite « note d'origine » dans le *Juan Facundo Quiroga* de David Peña, un précurseur du révisionnisme qui a essayé de rendre au Tigre des Plaines une partie de l'humanité et de la rationalité que la géniale mythification de Sarmiento lui avait soutirée. Cette note, qui s'étire sur trois pages, établissant presque un record de longueur dans le genre, raconte en détail l'exploitation des gisements de Famatina, incluant l'histoire des amours difficiles du contremaître des mines Karl von Phorner, que j'évoque dans la nouvelle « Des yeux bleu clair de cheval ».

L'histoire de Phorner m'a ensuite rappelé d'autres cas, lus ou entendus ici et là, des curiosités ou les éléments secondaires d'une recherche. J'ai alors pensé écrire un recueil de nouvelles qui réunirait ces épisodes dispersés, où « l'amour insolite » serait l'axe principal, et la marge se transformerait en centre d'intérêt. Comme je l'ai déjà fait dans un livre précédent (*Historias ocultas en la Recoleta*, 2000) – et parce que je l'ai toujours souhaité depuis l'autre côté de l'écriture, comme lectrice –, je voulais brièvement montrer ici le fondement de « vérité » (faits réellement arrivés et personnages à l'existence empirique, non seulement fictionnelle) de chaque nouvelle. Mais ce n'est pas le plus important. Comme le remarque si bien Tomás Eloy Martínez dans *Ficciones verdaderas*, toute fiction – « historique » ou non – génère sa propre vérité, en même temps qu'elle élabore de nouveau quelque chose de « réel » à partir de médiations : en premier lieu, l'expérience vitale de son auteur, soumise aux nouvelles lois de l'imaginaire. Dans le cas de ce livre, il est possible de suivre avec une transparence relative la trace des « faits » dans le monde narratif qui les englobe et les transcende, parce qu'il les transforme en symboles.

« Tatouages dans le ciel et sur la terre » est basée sur l'histoire d'Ulrich (Utz) Schmidl (v. 1500/10 – v. 1580/81), mercenaire bavarois provenant d'une riche famille de commerçants en bétail de Straubing. Comme il était le fils cadet, il a sans doute cherché en Amérique gloire et fortune, qu'il ne connaîtra en fait que beaucoup plus tard. Sa gloire – ou sa permanence dans la mémoire historique –, il ne la dut pas aux armes, bien qu'il fût un excellent sergent arquebusier, mais à son *Derrotero y viaje a España y las Indias,* où il raconte les événements extraordinaires qu'il a vécus lors de ses vingt années passées en Amérique (1535-1554), entre autres, la première fondation de Buenos Aires (qu'il nomme « Bon Vent »). Utz était un homme curieux et un fin observateur à qui rien n'échappait – de la nourriture aux vêtements ou à leur carence, des animaux aux accidents de terrain. Mais il a surtout conservé un souvenir indélébile des femmes indigènes, dont les charmes l'animaient d'une ardeur constante. Dans plusieurs épisodes, sa fascination devant la beauté, la grâce et les aptitudes érotiques des danseuses tatouées Xarayes, ou Jerús, ressort. C'est pourquoi cette nouvelle unit virtuellement – dans un arc céleste qui va du Mato Grosso à Ratisbonne (Regensburg) – les souvenirs possibles de l'une de ces danseuses, que j'ai nommée Ximú, avec ceux du vieil Utz. Les recherches biographiques sur Schmidl réalisées par Werner Friedrich ont déjà confirmé qu'à son retour il s'était marié trois fois (sa dernière épouse, Ehrentraud Stockhammer, n'apparaît pas dans cette histoire). Il n'a eu aucun enfant de ses femmes allemandes ; les deux premières étaient des veuves avec des enfants, pour lesquels, selon des témoignages, il fut un excellent beau-père. En revanche, il semble avoir laissé des héritiers de son sang dans la ville d'Asunción (la ou les mères étaient probablement Guaranis). Ainsi, dans une lettre envoyée au facteur Raisser avant son mariage avec Juliane,

Schmidl exprime son désir de retourner en Amérique pour les retrouver. Les magnifiques mariages d'Utz, tous avec des femmes de familles influentes – l'une d'elles, de la noblesse – et, de plus, fortunées, suggèrent qu'il ne manquait pas de charme. Avant tout, il aimait la présence féminine, et il savait sûrement raconter à ses amoureuses des histoires fantastiques. Il fut enterré à Regensburg en tant que dernier représentant de la lignée des Schmidl, et, faute d'héritier mâle en Allemagne, il a légué l'armure qu'il portait en Amérique à un ami : le conseiller Haubold Flettacher.

« L'histoire que Ruy Díaz n'a pas écrite » rappelle le côté occulte de la mémoire familière de notre pionnier historien du Río de la Plata, Ruy Díaz de Guzmán (Asunción, v. 1558-1629). Vers 1612, il avait terminé ses *Anales del descubrimiento, población y conquista de las Provincias del Río de la Plata,* œuvre connue par la suite comme « L'Argentine manuscrite ». Dès le début, l'auteur, qui reçoit le nom et le prénom de son noble grand-père paternel, assume l'écriture de cette histoire « au nom du père », comme le devoir filial du premier-né (« au bout de cinquante ans, il quitta cette vie, me laissant les devoirs du premier-né... »). En cette qualité, il offre son « humble et petit livre » à don Alonso Pérez de Guzmán, le Bon, duc de Medina Sidonia, le chef vivant du lignage des Guzmán.

Ce n'est pas le seul lignage dont Ruy Díaz s'enorgueillit : il est aussi le petit-fils, du côté de sa mère Úrsula, de Domingo de Irala, conquistador et gouverneur du Paraguay, l'une des figures les plus exaltantes de ses *Anales*... Cependant, Ruy avait d'autres aïeux dont il ne parlera jamais. La mère d'Úrsula, sa grand-mère N. Coya Tupamanbe (dont le nom de baptême était Leonor), a été l'une des sept concubines guaranis de Irala (mentionnées dans son testament comme « les domestiques » qui lui donnèrent des enfants qu'il reconnaît légalement). Nous ignorons quel souvenir intime a pu conserver Ruy Díaz de son sang indigène. Même si, dans un chapitre de son histoire (chap. XVIII du Livre I), il loue les métis, et surtout les femmes métisses d'Asunción (dans un hommage aux vertus qu'il voyait chez sa propre mère), il ne mentionne pas le fait d'avoir lui-même une grand-mère indigène. Dans ses *Anales...,* qui évoquent apparemment un sujet culturel hispanique, il promet de raconter « cette découverte, population et conquête » entreprise par

« nos Espagnols ». Cependant, dans ce sujet hispanique, on devine les tensions, les ambivalences, les dédoublements, du sujet colonial. Non seulement Ruy Díaz ne parle-t-il pas de la « patrie » comme la « terre de ses pères » (la sienne, il ne la connaîtra jamais), mais comme le sol où il est né ; mais qui plus est, le trait « dramatisé » de son écriture est bien défini. Díaz de Guzmán, se sachant métis, exagéra son rôle de narrateur espagnol face aux « natifs » ou aux « barbares ». Et le récit de Lucía Miranda est peut-être l'un des fruits les plus remarquables de cette dramatisation, qui met en scène l'un des « fantasmes » les plus craints du conquistador : la possibilité que l'ordre « naturel » des choses s'inverse et que le métissage cesse d'être édifié sur un élément dominant masculin blanc, capable de donner *forme* à la « matière barbare ». Penser le contraire (que Lucía ait eu des enfants de Siripó) troublerait les relations de domination et humilierait la culture blanche, après l'avoir transformée, comme la femme indigène, en objet/corps pénétrable.

La nouvelle de ce livre donne à Ruy Díaz une occasion de renouer avec la partie secrète de sa « vraie histoire » avant de mourir, et imagine aussi l'intimité du « mariage forcé » (mais durable, fécond et peut-être heureux) qui a uni ses parents, doña Úrsula et don Alonso, neveu politique et défenseur du « puritain » Alvar Núñez Cabeza de Vaca, qui échoua dans sa tentative de moraliser le soi-disant « paradis de Mahomet ».

« Le sous-lieutenant et la proviseure » reprend les aventures extraordinaires de *Vida i sucesos de la Monja Alférez,* autobiographie attribuée à doña Catalina de Erauso (Donostia, 1592, selon un extrait de naissance – Veracruz, Mexique, 1650, bien que le texte autobiographique indique 1585 comme date de naissance), qui, après une puberté précoce, décida de défroquer pour prendre l'épée. Même si elle regorge d'événements bigarrés, cette autobiographie laisse en blanc presque tout l'espace de l'intériorité et du souvenir. C'est dans cet espace que s'installe le récit, qui amplifie et allonge quelques épisodes, comme la confession du sous-lieutenant de sa véritable identité sexuelle devant l'évêque de Cuzco, ou son passage, sous le nom de don Alonso Díaz, dans notre Tucumán. Son entrée mouvementée dans ce territoire et ses projets frustrés de mariage avec l'héritière des haciendas et avec la nièce du proviseur occupent à peine deux pages dans le récit d'Erauso, et rien n'est dit des sentiments du sous-lieutenant ou de ses amoureuses, si ce n'est que l'héritière lui a déplu par son teint foncé et sa laideur, et que la proviseure lui a semblé jolie. Cela dit, la nouvelle va bien au-delà des événements de la biographie (puisque celle-ci est brusquement interrompue pendant le séjour d'Erauso à Naples) et retrouve son protagoniste, peu de temps avant sa mort, au Mexique – où, selon d'autres documents, il s'est consacré au trafic de marchandises sous le nom de don Antonio de Erauso. Le texte lui accorde une dernière rencontre avec la proviseure – celle qu'il imagine transformée en religieuse itinérante – et l'ultime occasion de discuter avec elle des destins (et des rôles dans le grand théâtre du monde ?) des femmes et des hommes.

« Des yeux bleu clair de cheval » aborde l'histoire de l'Allemand Karl von Phorner, que son futur beau-père méprisait parce que la couleur bleue de ses yeux semblait plus appropriée à un cheval *quitilipe* qu'à une personne et, plus grave encore, parce qu'il ne possédait pas sa propre hacienda. Phorner n'a eu que des biographes occasionnels – l'ingénieur Courtois et, surtout, Guillermo Dávila – dont les données concises ont servi de canevas à ma narration. Les deux auteurs étaient beaucoup moins intéressés à Phorner qu'aux mines de Famatina et à l'échec de la River Plate Mining Company, qu'ils attribuaient à la barbarie de Juan Facundo Quiroga, et non à l'évidente incompatibilité des intérêts provinciaux avec ceux de Buenos Aires.

Le récit de Guillermo Dávila permet à Phorner de survivre à son entretien avec Quiroga et le justifie par deux raisons possibles : ou Facundo, dans un de ses beaux jours et malgré la colère de Phorner, ne se vexa pas et écouta ses récriminations sans chercher vengeance ; ou il aurait accepté et gagné le duel avec l'Allemand, pour ensuite le gracier en reconnaissance de sa valeur (geste que l'on retrouve dans les biographies du caudillo, dont celle de Sarmiento). Cependant, Dávila fait mourir Phorner peu après la bataille de La Tablada (1829) – où Quiroga connut son premier échec retentissant aux mains de Paz –, œuvre « d'une poignée de sbires envoyés à son hacienda de Guaco », qui l'auraient exécuté parce que son nom apparaissait sur les listes de proscription. Courtois, plus expéditif, le condamne à être décapité en 1826.

L'historien David Peña, pour sa part, discrédite empiriquement les deux conjectures après avoir trouvé dans les archives de Juan Facundo Quiroga des obligations autographes de don Carlos Phorner – le prêt que Facundo lui aurait promis –, signées en 1832. J'ai voulu imaginer Phorner alors installé dans son hacienda de Guaco, marié avec sa Riojanne[1], s'acharnant à s'assurer une prospérité difficile à atteindre, parce que les temps ont toujours été durs. J'ignore si on l'a déjà appelé « l'étranger du fourneau », mais il m'a semblé vraisemblable que son nom exotique suscite chez les paysans une version simplifiée et narquoise.

« Facundo et le maure » évoque la relation intime (sans doute amoureuse, mais pas précisément dans un sens sexuel) entre le caudillo des llanos et son célèbre cheval maure (connu sous le nom de « Pou », que nous avons préféré, en raison de ses connotations comiques, ne pas utiliser dans la nouvelle). Quelques contemporains (comme le général Paz, éternel ennemi du Riojan) et la correspondance de Quiroga témoignent de l'énorme importance de ce lien. Comment comprendre cette passion extraordinaire d'un guerrier pour son cheval ? Les précédents ne manquent pas dans l'antiquité (et David Peña les énumère). Je crois, de plus, que pour Quiroga (1788-1835), le descendant de familles anciennes galiciennes et basques, mais aussi le fils de la terre qu'il foulait et de ses cultures aborigènes, le maure – à qui des pleins pouvoirs surnaturels étaient attribués – accomplissait une fonction similaire à celle du totem. C'était peut-être l'image animale de sa propre âme, l'être qui le liait secrètement aux forces et aux éléments surhumains du cosmos.

La perte du maure (qu'il a toujours considérée comme un vol) l'a amené à rompre ses relations personnelles et politiques avec Estanislao López, gouverneur de Santa Fe, et présumé ravisseur du coursier. Ni la médiation de Juan Manuel de Rosas, ni celle de Tomás de Anchorena, ni assurément l'anxiété jalouse de doña Dolores, sa femme, ne réussirent à le faire renoncer à sa rancune.

« Le maître et la reine des Amazones » rédime le personnage – fascinant mais peu connu, comme celui de tant d'autres femmes

---

1. Riojan, habitant de la province de La Rioja.

combattantes – de Martina Chapanay (Vallée du Zonda, v. 1800 – Mogna, v. 1874). Fille du cacique huarpe Ambrosio Chapanay et de la créole Mercedes González, Martina, mariée avec un *montonero* de Quiroga, s'est battue aux côtés de son mari et s'est distinguée sur les champs de bataille. Après la mort de Facundo et celle de son compagnon, Martina fut un temps bandit de grand chemin (du style de Robin des bois) dans les montagnes de Pie de Palo. Ensuite, elle accompagna Chacho Peñaloza lors de ses campagnes, et défia dans un duel le major Irrazábal pour venger l'assassinat du caudillo. Toutes les habiletés démontrées dans la nouvelle sont véridiques : guide, éclaireuse, et même guérisseuse. Dans la période postérieure à la perte de son mari, elle semble avoir mené avec une totale liberté sa vie sexuelle et sentimentale, choisissant à loisir des partenaires occasionnels (l'un d'eux blessé à la suite de ses agressions). Le récit s'inspire d'une anecdote racontée par Marcos de Estrada (*Martina Chapanay. Realidad y mito*) selon qui, dans son époque de banditisme, la Chapanay serait descendue à Pueblo Viejo pour s'emparer d'un jeune homme qui lui plaisait. Comme un autre biographe (Pedro Echagüe) avait aussi attribué à Martina une curiosité pour la lecture et l'écriture (rien d'étonnant chez une experte éclaireuse, capable de déchiffrer des signes beaucoup plus ambigus), j'ai pensé que la rencontre amoureuse pourrait avoir coïncidé avec cette volonté d'apprentissage. De là surgit l'idée de l'enlèvement du maître qui se développe dans cette histoire. À la différence de la religieuse-lieutenant, Martina (bien que ses exploits de guerre soient aussi remarquables que ceux d'Erauso) semble avoir été une femme résolument hétérosexuelle et très active sur le plan érotique.

« Le baron et la princesse » renvoie à l'amour foudroyant qu'a ressenti John Caradoc, Lord Howden, pour Manuela (1817-1898), la fille de Juan Manuel de Rosas. Des lettres de Howden témoignent de sa vraie passion (il l'a formellement demandée en mariage). Mais le lord anglais était voué à l'échec, en amour comme dans la guerre. Il a supporté avec une gentille ironie le refus de Manuela, et – en sa qualité de représentant du gouvernement britannique – il décida de lever le blocus que maintenait alors sa flotte sur le Río de la Plata, convaincu par les raisons de Rosas, ou peut-être ramolli par le charme persuasif de la femme qu'il courtisait. L'histoire ne dit pas ce qui arriva à Lord Howden après son retour en Angleterre. Après la chute de Rosas, Manuela réussit à s'émanciper et à se marier avec son fiancé, Maximo Terrero, qui attendit patiemment sa promise, jusqu'à ce qu'elle ait trente-six ans. Ils ont eu deux enfants et, après une longue vie ensemble, ils ont fini leurs jours en exil, à Londres. Ce ne serait pas étonnant qu'elle y ait croisé John Caradoc. Je chéris cette histoire depuis que j'ai commencé à écrire *La princesa federal* (publiée en 1998), où j'ai aussi traité, bien qu'indirectement, de la faiblesse intime de Howden devant la princesse sans couronne d'une cour créole.

« Les amours de Juan Cuello ou les avantages d'être veuve » provient du roman *Juan Cuello* (1880) qu'Eduardo Gutiérrez a écrit au sujet de ce « cavalier rebelle » (selon l'expression d'Hugo Chumbita) exécuté sur l'ordre de Rosas en 1851, et qui avait été enrôlé de force dans les casernes de Santos Lugares à cause d'une rivalité amoureuse avec un membre du corps des vigiles de nuit. Troubadour, querelleur et coureur de jupons, devenu voleur et déserteur, Cuello jouissait doublement de la situation si les femmes qu'il emmenait sur la croupe de son cheval étaient les filles ou les fiancées des policiers de Rosas (comme la malheureuse Margarita Oliden). Cependant, dans les huttes de Mariano Moicán, l'invincible brigand allait trouver chaussure à son pied : la très belle sœur du cacique, une fois mariée avec lui, le dénoncerait à la police pour toucher une forte somme. Mais la perspective à partir de laquelle cette histoire est ici racontée diffère de celle qu'a adoptée Gutiérrez. La narratrice, une jeune *machi* ranquel (personnage purement fictionnel), jette un nouvel éclairage sur la personnalité de Cuello comme sur les raisons de Manuela – et des femmes en général – et sur les valeurs de la culture aborigène. De plus, elle ferme le récit avec le tour d'écrou d'un autre « amour insolite » qui semble confirmer le paradoxe que les malheurs engendrent le bien.

Toute la documentation que l'on retrouve au sujet de l'idylle de Domingo Faustino Sarmiento et de la belle Ida Wickersham figure dans le livre – aussi érudit que captivant – d'Enrique Anderson Imbert, *Una aventura amorosa de Sarmiento,* qui invite d'autres écrivains à utiliser ce matériel dans un roman historique. Bien que de portée plus modeste, mon « récit historique », « Aimer un homme laid », s'installe dans les creux des documents pour conjecturer de complexes liens humains. Non seulement ceux de Sarmiento et d'Ida, mais ceux d'autres participants indirects, tacites : le mari d'Ida, Swayne Wickersham (qui par la suite la quittera sans crier gare), et l'amante et lucide amie portègne de Sarmiento (Aurelia Vélez, conseillère et organisatrice politique dont l'intelligence finit par déloger la belle et frivole Ida). Mon récit imagine aussi « l'après » de cette relation, qui semble avoir laissé en rade deux solitaires : Ida et Swayne.

« Une autre histoire du guerrier et de la captive » surgit (en partie comme « contre-écriture » du fameux récit de Borges[2] ; de là « l'autre histoire ») de l'un des « Épisodes militaires » de José Daza, où sont racontées la libération de Dorotea Bazán et la subséquente aventure de celle-ci avec un sous-lieutenant de l'armée. Daza ne rend pas compte, bien sûr, de « l'autre côté » : la vie antérieure de Dorotea parmi les Ranqueles. Il imagine plutôt une horreur à laquelle, plus tard, Borges ajoutera la fascination (« la puanteur et la magie »). Cependant, les relations interethniques et interculturelles étaient extrêmement compliquées et, dans bien des cas, les captives avaient de bonnes raisons de ne pas vouloir retourner à leur société d'origine. Raconté du point de vue de la captive et de celui du sous-lieutenant, ce récit repose sur le choc des perspectives, des cultures, des conceptions de la famille, de l'amour et de l'honneur. Et aussi sur les déceptions d'une entreprise supposément épique dont les aborigènes ne furent pas les seuls perdants.

« Les familles du chemin » récupère une histoire totalement personnelle et inconnue, grâce au témoignage d'une descendante de Pedro Brauton, « l'Anglais », qui, sensible à l'excès aux charmes féminins – tout en étant responsable de ses actes –, a longuement essayé de soutenir, du mieux qu'il le put, trois familles. C'était compter sans la fierté et l'autonomie de l'une de ses femmes, qui était aussi son grand amour : Luisa Mujica. Pour elle commença après la séparation une vie très différente : elle est devenue la

---

2. « Historia del guerrero y la cautiva » (1949), paru en français sous le titre « Histoire du guerrier et de la captive », dans *L'Aleph* (Paris, Gallimard, 1967).

première majordome de ferme d'élevage de la province de Buenos Aires, et pour occuper ce poste elle a dû laisser à la garde des grands-parents maternels deux de ses enfants. Mais la meilleure partie de l'histoire commence après. Carlos Brauton, au lieu de s'abandonner à la rancune, et pour compenser l'éloignement précoce de son père et la perte des « autres familles » (celles du chemin des charrettes qu'il parcourut avec Pedro Brauton), a fait de sa modeste maison un foyer, où des orphelins, des personnes âgées et des démunis trouvèrent refuge.

Carolina Beltri (1899-1919), jeune et talentueuse chanteuse cubaine, a eu le rare destin d'être « La jeune fille morte d'amour au pays du Diable », trop loin des douces plages de son île natale. Encore aujourd'hui, on se la rappelle dans la venteuse Bahía Blanca, où les Indiens voroganos qui arrivaient du Chili n'ont pas voulu habiter, la considérant comme un territoire régi par le sacré dans son aspect le plus sinistre (le « Huecuvú », ou « wekufü »). Chose certaine, ce fut le lieu où Carolina a choisi de se suicider, peut-être entraînée – comme l'Agata Cruz d'Eduardo Mallea – par l'influence malfaisante du paysage, mais surtout à cause d'un amour malheureux, contrarié par un père tyrannique. Des doutes persistent toujours au sujet du destinataire de la passion de Carolina. Des rumeurs impliquèrent le médecin qui s'est occupé d'elle dans son agonie, le docteur Medus, un homme réservé, puisqu'il était marié. Mais des versions apparemment plus dignes de confiance (nourries par le témoignage d'Encarnatión Marín) supposent que son prétendant fut le musicien Franco Gil Sáez, que monsieur Beltri détestait, parce que, s'il avait épousé Carolina, il aurait formé avec elle sa propre compagnie. Carolina n'a peut-être pas réellement voulu mourir, mais seulement alarmer son père pour obtenir son consentement. Mais le poison a été inexorable, et aujourd'hui sa tombe est un sanctuaire profane que les artistes et les amoureux visitent, émus.

Tant dans « Les familles du chemin » que dans « La jeune fille morte d'amour… », j'ai préféré le regard des enfants – étonné, attentif, nuancé, capable de voir ce que les adultes ne voient pas, ou tiennent pour acquis – pour orienter la narration.

232

Grâce à l'excellente biographie de Carlos Páez de la Torre (*El Canciller de las Flores*), on connaît en Argentine autre chose que les insultes homophobes de Paul Groussac sur Gabriel Iturri. La nouvelle « L'étranger » se propose d'investiguer et de comprendre la condition permanente d'extranéité de ce transhumant, qui s'est sans doute senti harcelé pour son homosexualité dans la société traditionnelle tucumane, mais qui n'a peut-être pas non plus réussi à s'intégrer tout à fait à l'extravagant et sophistiqué monde parisien où il a fini ses jours. Son identité, son origine, sa terre natale n'ont jamais cessé d'être un vague mystère pour les *habitués*[3] de la maison du comte de Montesquiou-Fézensac, son employeur et amant. Gabriel Iturri, qui n'avait pas un grand talent littéraire mais avait ce qu'on appelle « de l'entregent », a probablement été la seule personne que l'ironique, narcissique et arbitraire Robert de Montesquiou-Fézensac parvint à aimer d'une manière intense et éternelle, au-delà de la mort. Il est aussi l'unique Argentin qui a survécu dans *À la recherche du temps perdu,* peint et transfiguré à côté du baron de Charlus (Fézensac), sous le nom de Jupien.

« La regardant dormir » évoque le triangle amoureux formé par Eduardo Wilde, sa jeune femme, Guillermina de Oliveira Cézar, et l'amant de celle-ci (et grand ami de Wilde), Julio A. Roca. Un triangle qui a scandalisé la société portègne à la fin du XIXe siècle et que Félix Luna relève dans *Soy Roca.* On n'a généralement pas « de preuves documentaires » des adultères – surtout ceux commis par des personnages publics, qui prennent bien soin de détruire toute preuve –, mais la puissante tradition orale et ce qu'on a déduit des lettres et de certains témoignages ont suffi à convaincre Luna de la véracité de l'étrange relation. Ce récit essaie de comprendre Guillermina, du point de vue des deux hommes qui l'ont aimée (ou qui ont voulu la modeler comme des Pygmalion), et depuis le sien (objet du désir, l'objet en lequel les amoureux ont projeté leur propre désir), elle qui a fini ses jours en une active et austère solitude, et peut-être dans la redécouverte de son propre être.

Après la mort d'Eduardo Wilde à Bruxelles le 4 septembre 1913, sa veuve n'a pas voulu revenir à Buenos Aires (« je ne crois pas

---

3. En français dans le texte

que je pourrais y vivre tranquille… du moins pendant les premières années – et les raisons vous les comprenez déjà », écrit-elle dans une lettre à Julio A. Roca). Pendant la guerre mondiale de 1914, elle travailla pour la Croix-Rouge de la Belgique et de la France, et fut décorée par ce dernier pays. Elle n'est rentrée en Argentine qu'après 1920, avec les restes de Wilde, qui ont été inhumés pour la deuxième fois à la Recoleta. Dans notre pays, elle siégea au Conseil des Femmes, fonda et présida la Confédération nationale de bienfaisance. Elle rédigea un testament exhaustif en 1935. En 1914, elle céda à l'université de Buenos Aires la totalité des droits d'auteur de son mari, grâce auxquels un prix annuel est octroyé par la Faculté de médecine. Parmi ses legs figure l'édition des œuvres complètes d'Eduardo Wilde, réalisée conformément à sa volonté. Elle est décédée le 29 mai 1936.

Julio Argentino Roca est mort au matin du 19 octobre 1914. Quelques années auparavant, en 1906, il avait brièvement rencontré Eduardo Wilde et son épouse à Bruxelles, à la suite d'un voyage officiel. Ils ne se sont plus jamais revus. Roca partagea ses dernières années avec Hellène Gorjan, une belle Roumaine qui habita près de l'estancia « La Larga », dans un manoir construit pour elle, connu par la suite comme « La Casa de la Madama ».

Bibliographie

Prologue

Aromatico, Andrea, *Alquimia, el secreto entre la ciencia y la filosofía,* Barcelona, Ediciones B, 1997.

Bataille, Georges, *L'érotisme,* dans *Œuvres complètes,* vol. X, Paris, Gallimard, 1987.

Borges, Jorge Luis, *Ferveur de Buenos Aires,* dans *Œuvres complètes,* tome I, traduit de l'espagnol par Jean Pierre Bernès et Nestor Ibarra, Paris, Gallimard, coll. « Bibliothèque de la Pléiade », 1976.

Bourdieu, Pierre, *La domination masculine,* Paris, Seuil, 1998.

Chatwin, Bruce, *Utz,* traduit de l'anglais par Jacques Chabert, Paris, Grasset, 1990.

Jung, C. G., *Mysterium Conjunctionis,* tome 1, Paris, Albin Michel, 1980.

Lojo, María Rosa, « Metáfora y realidad en las poéticas de Jorge Luis Borges, Leopoldo Marechal y H. A. Murena », *Escritos de Filosofía,* Academia Nacional de Ciencias, Centro de Estudios Filosóficos : « Metáfora », vol. XII, n°s 23-24, janvier-décembre 1993, p. 69-80.

Marechal, Leopoldo, *Adán Buenosayres,* Buenos Aires, Sudamericana, 1970.

– *Poesía (1924-1950),* Buenos Aires, Ediciones del Ochenta, 1984.

Paz, Octavio, *La flamme double : amour et érotisme,* traduit de l'espagnol par Claude Esteban, Paris, Gallimard, coll. « Du monde entier », 1994.

Platon, *Le banquet,* dans *Œuvres complètes,* tome IV, Paris, Belles Lettres, 1992.

Tatouages dans le ciel et sur la terre

Cócaro, Nicolás et Kirbus, Federico, *Utz Schmidl. Su vida, sus viajes, su obra,* Buenos Aires, Tres Tiempos, 1984.

Friedrich, Werner, « Ein Abrechnungsblatt von Ulrich Schmidl im Stadtarchiv Straubing », *Historischer verein für Straubing und Umgebung,* Rapport annuel n° 88, 1986, p. 255-264.

– « Der Einband des Stuttgarter Ulrich Schmidl-Manuskirpts », *Historischer verein für Straubing und Umgebung,* Rapport annuel n° 88, 1986, p. 265-278.

– « Ulrich Schmidl, Bürger und des Rats zu Straubing. Ein Beitrag zur Genealogie der Familie Schmidl », *Historischer verein für Straubing und Umgebung,* Rapport annuel n° 98, 1996, p. 93-130.

– « Ulrich Schmidl von Straubing, Bürger zu Regensburg. Zur Biographie seiner zweiten und dritten Ehefrau », *Historischer verein für Straubing und Umgebung,* Rapport annuel n° 98, 1996, p. 131-148.

Kloster, W. et Sommer, F., *Ulrico Schmidl no Brasil Quinhentista,* Sâo Paulo, 1942. Introduction de Francisco de Assis Carvalho Franco.

Schavelzon, Daniel, *Arqueología de Buenos Aires,* Buenos Aires, Emecé, 1999.

Schmidl, Ulrico (Utz), *Viaje al Río de la Plata y Paraguay,* dans Pedro de Angelis, *Coleccion de obras y documentos relativos a la Historia antiga y moderna de las provincias del Rio de la Plata,* 2ᵉ éd., tome VI, Buenos Aires, Plus Ultra, 1970, p. 245-346.

– *Vera historia de Ulrico Schmidl,* édition facsimilée, avant-propos de Raúl Quintana, Buenos Aires, Imprimerie de la Bibliothèque nationale, 1942.

– *Derrotero y viaje a España y las Indias,* traduction et commentaire du manuscrit original allemand de 1554 par Enrique Wernicke, Santa Fe, Universidad Nacional del Litoral, Instituto Social, 1950.

– *Crónica del viaje a las regiones del Plata, Paraguay y Brasil,* reproduction du manuscrit de Stuttgart, traduit en espagnol par Enrique Wernicke, avec annotations critiques, précédé d'études publiées en Allemagne et en Argentine, Buenos Aires, Ediciones de la Veleta, 1993.

L'histoire que Ruy Díaz n'a pas écrite

Azara, Félix de, *Descripción e historia del Paraguay y del Río de la Plata,* Buenos Aires, Editorial Bajel, coll. «Biblioteca Histórica Colonial», 1943.

Gálvez, Lucía, *Guaraníes y jesuitas. De la Tierra sin Mal al Paraíso,* Buenos Aires, Sudamericana, 1995.

– *Mujeres de la conquista,* Buenos Aires, Sudamericana, 1999.

Guzmán, Ruy Díaz de, *Historia Argentina del descubrimiento, población y conquista de las provincias del Río de la Plata,* dans Pedro de Angelis, *Coleccion de obras y documentos relativos a la Historia antigua y moderna de las provincias del Río de la Plata,* 2ᵉ éd., tome I, Buenos Aires, Plus Ultra, 1969, prologue et notes d'Andrés M. Carretero.

– *La Argentina,* édition, prologue et notes d'Enrique de Gandía, Buenos Aires, Huemul, 1974.

Herren, Ricardo, *La conquista erótica de las Indias,* Buenos Aires, Planeta, 1991.

Iglesia, Cristina, «La mujer cautiva: cuerpo, mito y frontera», *Historia de las mujeres. Del Renacimiento a la Edad Moderna. Discurso y disidencias,* tome VI, Madrid, Taurus, 1993, p. 294-307.

Lafuente Machain, R. de, *El gobernador Domingo Martínez de Irala,* Buenos Aires, La Facultad, 1939.

– *Alonso Riquelme de Guzmán. Los capitanes de acer,* Buenos Aires, 1942.

Meléndez, Concha, *La novela indianista en Hispanoamérica,* dans *Obras completas,* tome I, San Juan de Puerto Rico, Instituto de Cultura Puertorriqueño, 1970, p. 169-177.

Molina, Hebe Beatriz, «Los españoles en las *Lucías Mirandas* (1860)», *Actas del III Congreso Internacional de Hispanistas,* Buenos Aires, Facultad de Filosofía y Letras, 1993.

Otálora, Alfredo J., *Antecedentes históricos y genealógicos: El Conquistador Don Domingo Martínez de Irala,* Buenos Aires, Casa Pardo, 1967.

– *Nuevos estudios históricos genealógicos milenarios: Domingo Martínez de Irala, Ruy Díaz de Guzmán, El general Miguel Estanislao Soler,* Buenos Aires, Casa Pardo, 1970.

Pistone, Catalina, « Indias, mestizas y españolas en la época de la conquista de América », *Revista de la Junta de Estudios Históricos,* n° 58, 1992, p. 119-152.

Rotker, Susana, « Lucía Miranda : negación y violencia del origen », *Revista Iberoamericana,* vol. LXIII, n°s 178-179, janvier-juin 1997, p. 115-127.

Salas, Alberto M., *Crónica florida del mestizaje en las Indias. Siglo XVI,* Buenos Aires, Losada, 1960.

Le sous-lieutenant et la proviseure

Erauso, Catalina de, *La nonne soldat,* traduit de l'espagnol et présenté par José-Maria de Heredia, avant-propos d'Élisabeth Burgos, Paris, La Différence, coll. « Les voies du Sud », 1991.

Lastarria, J. V., *El Alférez Alonso Díaz de Guzmán, Miscelánea histórica i literaria,* Valparaíso, Imprenta de la Patria, 1868.

Ruiz Wayar et Amelia, M., « La increíble historia de la Monja Alférez », *Todo es historia,* n° 336, juillet 1995, p. 66-73.

Vida i sucesos de la Monja Alférez. Autobiografía atribuida a doña Catalina de Erauso, édition, introduction et notes *de Rima de Vallbona,* San José de Costa Rica, Ediciones Perro Azul, s/f (1re édition : Arizona State University, Center for Latin American Studies, 1992). Cette édition savante est enrichie de plusieurs appendices dont des fragments d'autres œuvres inspirées de la vie de Catalina de Erauso. Une imposante bibliographie énumère les sources premières et secondaires.

Des yeux bleu clair de cheval

Arias, Abelardo, *Él, Juan Facundo,* Buenos Aires, Galerna, 1995.

Courtois, M., « El mineral de Famatina », *La Biblioteca,* vol. II, n° 21, Buenos Aires, février 1898.

Dávila, Guillermo, « Mineral de Famatina. Rápida ojeada sobre el origen, descubrimiento y trabajos de este mineral desde el tiempo de la conquista hasta nuestros días », *La Revista de Buenos Aires. Historia Americana, Literatura, Derecho y Variedades,* tome XXIII, Buenos Aires, 1870, p. 66-136.

De Paoli, Pedro, *Facundo,* Buenos Aires, Plus Ultra, 1973.

Ferns, Henry Stanley, *Britain and Argentina in the ninetheenth century,* Oxford, Clarendon Press, 1960.

Lacay, Celina, *Sarmiento y la formación de la ideología de la clase dominante,* Buenos Aires, Contrapunto, 1988.

Peña, David, *Juan Facundo Quiroga,* Buenos Aires,᾽ Hyspamérica, 1986.

Torres Molina, Ramón, *Unitarios y federales en la historia argentina,* 2ᵉ éd., Buenos Aires, Contrapunto, 1988.

Facundo et le maure

Barba, Enrique, *Quiroga y Rosas,* Buenos Aires, Pleamar, 1974.

– *Correspondencia entre Rosas, Quiroga y López* (compilation, notes et étude préliminaire), 2ᵉ éd., Buenos Aires, Hachette, 1975.

– « Quiroga y su caballo moro », *Revista de la Junta de Estudios Históricos de Mendoza,* série 2, n° 10, 1984, p. 365-368.

Cárcano, Ramón, *Juan Facundo Quiroga,* Buenos Aires, Losada, 1960.

González, Joaquín V., *La tradición nacional,* Buenos Aires, Hachette, 1957.

Lafforgue, Jorge (éd.), *Historias de caudillos argentinos* (étude préliminaire de Tulio Halperin Donghi), Buenos Aires, Alfaguara, 1999.

Luna, Félix (dir.), *Grandes protagonistas de la Historia Argentina,* vol. 5 : *Facundo Quiroga,* Buenos Aires, Planeta, 1999.

Paoli, Pedro de, *Facundo. Vida del brigadier general don Juan Facundo Quiroga, víctima suprema de la impostura,* Buenos Aires, Plus Ultra, 1973.

Paz, José María, *Memorias póstumas,* Buenos Aires, Biblioteca del Oficial, tome II, 1924. Édition spéciale annotée par Juan Beverina, et augmentée d'une cartographie originale.

Peña, David, *Juan Facundo Quiroga,* Buenos Aires, Hyspamérica, 1986.

Sáez, Justo P., *Equitación gaucha en la Pampa y Mesopotamia,* Buenos Aires, Emecé, 1997.

Saldías, Adolfo, *Historia de la Confederación Argentina,* tome III, Buenos Aires, Editorial Americana, 1945.

Sarmiento, Domingo Faustino, *Facundo,* préface de Jorge Luis Borges, traduit de l'espagnol par Marcel Bataillon, Paris, Éditions de l'Herne, 1990.

Solanet, Emilio, *Pelajes criollos,* Buenos Aires, Sainte Claire, 1984.

Zárate, Armando, *Facundo Quiroga, Barranca Yaco, Juicios y testimonios,* Buenos Aires, Plus Ultra, 1985.

Le maître et la reine des Amazones

Chertrudi, Susana, « La leyenda de Martina Chapanay », *Cuadernos del Instituto Nacional de Antropología,* n° 7 (1968-1971), p. 223-237.

Chumbita, Hugo, *Jinetes rebeldes. Historia del bandolerismo social en la Argentina,* Buenos Aires, Vergara, 2000.

Echagüe, Pedro, « La Chapanay. Novela-Tradición », dans *Memorias y Tradiciones,* Buenos Aires, 1884.

Estrada, Marcos de, *Martina Chapanay. Realidad y mito,* Buenos Aires, Imprenta Varese, 1962.

Ini, María Gabriela, *Cuerpos y placeres. La leyenda de las amazonas y el orden sexual,* thèse de maîtrise, Universidad de Buenos Aires, 1992. Inédit.

Pagano, Mabel, *Martina, montonera del Zonda,* Buenos Aires, Vergara, 2000.

Le baron et la princesse

Benencia, Julio Arturo, *Un diplomático británico coleccionista de armas indígenas,* Academia Nacional de la Historia, Buenos Aires, 1977, p. 335-341.

Busaniche, José Luis (compilateur), *Rosas visto por sus contemporáneos,* Buenos Aires, Hyspamérica, 1986.

Calzadilla, Santiago, *Las beldades de mi tiempo,* Buenos Aires, Sudestada, 1969 (1891).

Dellepiane, Antonio, *Rosas* (Juan Manuel José Domingo Ortiz de Rosas), Buenos Aires, Santiago Rueda, 1950, p. 281-366.

Ferns, Henry Stanley, *Britain and Argentina in the nineteenth century,* Oxford, Clarendon Press, 1960.

Gálvez, Manuel, *Vida de don Juan Manuel de Rosas,* Buenos Aires, El Ateneo, 1940.

Ibarguren, Carlos, *Manuelita Rosas,* édition définitive, Buenos Aires, La Facultad, 1933.

Lynch, John, *Juan Manuel de Rosas (1829-1852),* Buenos Aires, Emecé, 1996.

MacCann, William, *Viaje a caballo por las provincias argentinas,* Buenos Aires, Hyspamérica, 1986.

Mansilla, Lucio Victorio, *Mis memorias. Infancia-Adolescencia,* introduction de Juan Carlos Ghiano, Buenos Aires, Hachette, 1954.

– *Rozas,* Buenos Aires, Malinca Pocket, 1964.

Mármol, José, *Manuela Rosas. Rasgos biográficos,* Buenos Aires, Casa Pardo, 1972 (1851).

Ramos Mejía, José María, *Rosas y su tiempo,* tome II, Buenos Aires, ECYLA, 1927.

Sáenz Quesada, María, « Manuelita : un mito sin polémica », *Todo es historia,* n° 49, mai 1971, p. 8-29.

– *Mujeres de Rosas,* Buenos Aires, Planeta, 1991.

Saldías, Adolfo, *Historia de la Confederación Argentina,* tome III, Chap. LVI, Buenos Aires, Eudeba, 1968.

Sánchez Zinny, *Manuelita de Rosas y Ezcurra, Verdad y leyenda de su vida,* Buenos Aires, Imprimerie López (à compte d'auteur), 1941.

Les amours de Juan Cuello ou les avantages d'être veuve

Chumbita, Hugo, *Jinetes rebeldes. Historia del bandolerismo social en la Argentina,* Buenos Aires, Vergara, 2000.

Drei, Silvia, « Ladrillos con historia », *El Clarín,* 28 juin 1971. (À propos de la maison du 319, Carlos-Calvo, où vivait Margarita Oliden).

Erize, Esteban, *Mapuche,* 6 tomes, 3ᵉ éd., Buenos Aires, Yepun, 1989-1990.

Gutiérrez, Eduardo, *Juan Cuello,* Buenos Aires, Domingo Ferrari, coll. « Dramas policiales », s/d (1880, La Patria, Argentina).

Mansilla, Lucio Victorio, *Une excursion au pays des Ranqueles,* Paris, Christian Bourgois, 2008 (1870).

Mayo, Carlos, *Pulperos y pulperías de Buenos Aires (1740-1830),* Buenos Aires, Biblos, 2000.

Aimer un homme laid

Anderson Imbert, Enrique, *Genio y figura de Sarmiento,* Buenos Aires, Eudeba, 1967.

– *Una aventura amorosa de Sarmiento. Cartas de Ida Wickersham,* Buenos Aires, Losada, 1968.

Bellotta, Araceli, *Aurelia Vélez, la amante de Sarmiento. Una biografía amorosa,* Buenos Aires, Planeta, 1998 (1ʳᵉ éd. 1997).

Luna, Félix, *Sarmiento y sus fantasmas,* Barcelona, Planeta, 1998.

Ollier, María Matilde et Sagastizábal, Leandro de, « El amante Sarmiento », dans *Tu nombre en mi boca : historias argentinas de la pasión y del amor,* Buenos Aires, Planeta, 1994.

Sarmiento, Domingo F., *Diario de un viaje : de Nueva York a Buenos Aires de 23 de julio al 20 de agosto de 1868,* dans *Obras completas,* compilation d'Augusto Belin Sarmiento, Buenos Aires, 1895-1903, tome XLIX, p. 294-298.

Une autre histoire du guerrier et de la captive

Althube, María Inés, « Mujeres en *tierra adentro*. Las cautivas en las sociedades indígenas de la región pampeana y norpatagónica (siglos XVIII y XIX) », dans Villar, Daniel (dir.), *Historia y género : seis estudios sobre la condición femenina,* Buenos Aires, Biblos, 1999, p. 89-120.

Amieva, Evar Orlando, *Crónicas de Pichimirico,* Santa Rosa, La Pampa, Fondo Editorial Pampeano, 1988.

Daza, Colonel José S., « Desde Puán a Choele-Choel. La cautiva Dorotea. El alférez N. Del regimiento 1º de Caballería », dans *Episodios militares,* Buenos Aires, Eudeba, 1975 (1908), p. 81-85.

Ebelot, Alfredo, *Frontera Sur. Recuerdos y relatos de la campaña del desierto,* Buenos Aires, Kraft, 1968.

– *Relatos de la frontera,* Buenos Aires, Solar/Hachette, 1968.

Mandrini, Raúl José, « La sociedad indígena de las Pampas en el siglo XIX », dans Lischetti, Mirta (dir.), *Antropología,* 11ᵉ édition de la

5ᵉ réimpression revue et augmentée, Buenos Aires, Eudeba, 1987, p. 309-336.

Mansilla, Eduarda, *Pablo, ou la vie dans les Pampas,* Paris, Lachaud, 1869.

Mansilla, Lucio Victorio, *Une excursion au pays des Ranqueles,* Paris, Christian Bourgois, 2008 (1870).

Martini, Yoli, « Los franciscanos de Río IV, indios ranqueles y otros temas de la vida en la frontera (1860-1885) », *Archivo Iberoamericano,* vol. XLI, nᵒˢ 163-164, 1981, p. 3-75.

Mayo, Carlos A., *Fuentes para la historia de la frontera. Declaraciones de cautivos,* Cátedra de Historia de Américana I, Facultad de Humanidades, Universidad Nacional de Mar del Plata, 30 p.

– « El cautiverio y sus funciones en una sociedad de frontera », *Revista de Indias,* 1985, vol. XLV, nᵒ 175, p. 235-243.

Prado, Comandante, *La guerra al malón,* Buenos Aires, Eudeba, 1980.

Rotker, Susana, *Cautivas,* Buenos Aires, Planeta, 1999.

Socolow, Susan Migden, « Los cautivos españoles en las sociedades indígenas : el contacto cultural a través de la frontera argentina », *Anuario IEHS,* nᵒ 2, Instituto de Estudios Histórico-Sociales, Universidad Nacional del Centro de la pcia. de Buenos Aires, Tandil, 1987, p. 99-136.

Tamagnini, Marcela, *Cartas de frontera. Los documentos del conflicto inter-étnico,* Río Cuarto, Facultad de Ciencias Humanas, Universidad Nacional de Río Cuarto, 1995.

Terrera, Guillermo A., *Caciques y capitanejos en la historia argentina,* Buenos Aires, Plus Ultra, 1986.

Les familles du chemin

Bioy, Adolfo, *Antes del 900,* Buenos Aires, Guías de Estudio, 1997.

Brauton de Sánchez, Gladys M., *Un siglo y tres familias.* Première partie : *Pinto mi aldea, enlazando letras,* à compte d'auteur (Impresos San Cayetano), Azul, 2000.

Ebelot, Alfredo, *La Pampa. Costumbres argentinas,* Buenos Aires, Taurus, 2001. Introduction de María Sáenz Quesada.

Rocha, Aurora Alonso de (dir.), *Revista n° 3,* Archive historique Alberto et Fernando Valverde, municipalité d'Olavarría, 1993.

La jeune fille morte d'amour au pays du Diable

Cien años de periodismo 1898-1998, édition spéciale du journal *La Nueva Provincia* (Bahía Blanca), 1ᵉʳ août 1998.

Montezanti, Néstor, « Rosas, el Fundador de Bahía Blanca », *La Nueva Provincia* (Bahía Blanca), dans le supplément *Ideas/Imágenes,* vol. VI, n° 295, 8 avril 1999, illustration de Pérez D'Elías.

– « Informe completo sobre el caso Carolina Beltri » (inédit). Contient du matériel provenant des archives des journaux *La Nueva Provincia, El Hogar, El Atlántico,* des documents légaux, des entrevues avec doña Encarnación Marín et la professeure Ema Vila, directrice du Museo Histórico Municipal, et des photographies (de la maison où vivait Carolina, et de sa tombe, qui a été déclarée d'intérêt historique et culturel).

Sulé, Jorge O., *Rosas y la problemática del indio,* Buenos Aires, Instituto de Investigaciones Históricas Juan Manuel de Rosas, 1996.

L'étranger

Ardiles Gray, Julio, « Carta sobre *El Canciller de las Flores. Una biografía de Gabriel Iturri* », *La Gaceta,* supplément littéraire, San Miguel de Tucumán, 1ᵉʳ novembre 1992.

Carilla, Emilio, « Gabriel Iturri y la *chasse au perroquet* », *La Gaceta,* supplément littéraire, San Miguel de Tucumán, 8 mai 1994.

– « Gabriel Iturri y Paul Groussac », *La Gaceta,* supplément littéraire, San Miguel de Tucumán, 28 juin 1997.

Groussac, Paul, *El viaje intelectual* : *impresiones de naturaleza y arte,* série II, Buenos Aires, Simurg, 2005 (1920).

Páez de la Torre, Carlos, « Gabriel Iturri : de Yerba Buena al mundo de Marcel Proust », *La Gaceta,* supplément littéraire, San Miguel de Tucumán, 28 octobre 1973.

– *El Canciller de las Flores. Una biografía de Gabriel Iturri,* Tucumán, Ediciones del Gabinete, Secretaría de Posgrado, Universidad Nacional de Tucumán, 1992.

Painter, George Duncan, *Marcel Proust ; les années de jeunesse (1871-1903),* traduit de l'anglais par Georges Cattaui, Paris, Mercure de France, 1985.

Posse, Abel, « Un tucumano en la corte del Rey Marcel », *La Gaceta,* supplément littéraire, San Miguel de Tucumán, 1985.

Proust, Marcel, *À la recherche du temps perdu ;* 3 : *Le côté de Germantes,* 4 : *Sodome et Gomorrhe,* Paris, Gallimard, coll. « Bibliothèque de la Pléiade », 1988.

La regardant dormir

Acerbi, Norberto, *Eduardo Wilde. La construcción del Estado nacional roquista,* Buenos Aires, Confluencia, 1999.

Eduardo Wilde : 1844-1913, Buenos Aires, Peuser, 1914.

Escardó, Florencio, *Eduardo Wilde,* Buenos Aires, Lautaro, 1943.

Gori, Gastón, *Vagos y mal entretenidos. Eduardo Wilde,* Santa Fe, Universidad Nacional del Litoral, Centro de Publicaciones, 1993.

Luna, Félix, *Soy Roca,* Buenos Aires, Altaya, 1996 (1989).

Peers de Perkins, Carmen, *Éramos jóvenes el siglo y yo,* Buenos Aires, Jorge Álvarez, 1969.

– *Crónicas del joven siglo. Cartas de Roca y Wilde,* Buenos Aires, Plus Ultra, 1976.

Ponce, Norberto A., *Eduardo Wilde. Apuntes para un estudio crítico,* Buenos Aires, La Semana Médica, 1916.

Wilde, Eduardo, *Obras completas,* vol. I à XIX, Buenos Aires, Peuser, 1917-1939.

ACHEVÉ D'IMPRIMER
EN JUILLET 2011
SUR LES PRESSES DE MARQUIS IMPRIMEUR INC.
SUR PAPIER SILVA ENVIRO
100 % POSTCONSOMMATION